위로받고 싶은 날들

이 도서의 국립중앙도서관 출판시도서목록(CIP)은 e-CIP홈페이지(http://www.nl.go.kr/ecip)와
국가자료공동목록시스템(http://www.nl.go.kr/kolisnet)에서 이용하실 수 있습니다.
(CIP제어번호:CIP2016005954)

위로받고 싶은 날들

편안히 숨쉴 땐 있음을 알지 못하다가 숨 막혀 질식할 때 절실한 사람이 있다
나무그늘 같은 사람이 있다 그 그늘 아래 쉬고 있을 땐 모르다가
그가 떠난 후 그늘의 서늘함을 느끼게 하는 이가 있다

조재도 자전소설

실천문학사

머리말

이 글은 지금까지 살아온 내 인생을 언어가 뒤따라가며 쓴 것이다. 그러기에 이 글은 머리보다는 발바닥에 가깝다. 나를 떠받치고 있는 발바닥. 이 글에는 나의 땀과 눈물과 절망, 상처와 기억과 회한, 역사와 한 개인의 문화가 깃들어 있다. 나는 이것들을 자랑하지도 숨기지도 않는다.

이 글을 쓰고 있는 지금, 어머니와 아버지가 만나 '나'라는 한 점 생명을 잉태한 후, 나는 또 하나의 삶의 한 구비를 돌아가는 중이었으며, 그 과정에서 이 글을 썼다. 아마도 직접 계기가 된 것은 그동안 근무해온 학교를 떠난 일일 것이다. 2012년 8월 31일 나는 24년여 근무한 학교를 떠났다.

이 글을 쓰면서 두 가지를 줄곧 유념했다. 하나는 글의 내용이 주로 '나의 이야기'가 되도록 했다는 점이다. 꼭 필요한 경우에만 시대상황 등 객관적 상황을 언급했고, 내가 살았던 '사소한' 이야기에 집중했다. 사소함 가운데 존재가 드러나리라 믿었기 때문이다. 다른 하나는 등장인물 중 이미 돌아가셨거나 살아 있지만 꼭 이름을 밝혀야 하는 경우에만 본명을 썼고, 그 외 분들은 모두 영문자 이니셜로 썼다는 점이다.

오래 전 초등학생이 쓴 시 가운데 이런 시가 있다.

나는 시험이
무섭다

시험 보고
매 맞고

통지표 받고
매 맞고

내 다리

장한 다리

_「시험」(김민선, 대구 대봉초 5학년)

나도 나에게 '장하다'는 말을 해 주고 싶다. 그동안 살아오면서 크고 작은 여러 일들을 견뎌냈다는 것. 상처 속에서도 절망하지 않고 매일 조금씩 꼼지락거리며 앞으로 나아갔다는 것. 그런 나에게 '장하다'는 위안의 말을 건네고 싶다.

이 글을 통해 어쩌면 나의 삶이 그렇게 위로받고 싶었는지 모른다.

2016년 2월

조재도

차례

제5부

1부

1

학교를 떠나다

2012년 8월 31일.

태풍 볼라벤의 영향으로 억센 비가 내리던 날, 나는 그동안 근무해 온 학교를 떠났다. 24년 2개월 동안 몸담았던 학교였다. 그날 아침 나는 교무실에서 여러 선생님들께 퇴임 인사를 했다.

"드디어 오늘……."

나는 첫마디 인사말로 '드디어'라는 말을 했다. 그 속에 담긴 의미는 참으로 컸다. 우선 명예퇴임을 신청한 후 결정되기까지 두어 달 지루한 시간이 흘렀다. 거의 한 학기를 이 일에 신경 쓰며 보냈는데, 그럴 수밖에 없는 것이 퇴임을 하기로 결정하자 벌써 마음이 학교를 떠난 듯 허둥거렸다. 수업도 제대로 되지 않았고, 학교 일이나 아이들과의 만남도 전처럼 진지하지 않았다. 행정상 처리해야 할 문제들, 예컨대 여러 서류와 돈 계산 따위가 그러잖아도 퇴임으로 인해 어수선한 마음을 갈피 없이 마구 헤집어놓았다. 한마디로 몸은 학교에 있으면서 마음은 이미 그곳을 떠난 고약한 시간이었다.

그런 시간이 한 학기 내내 지속되었으니. 그러나 어쨌든 시간은 가고 달력의 날짜는 하루하루 지워져 '드디어' 그날 퇴임 인사를 하게 되었다.

교무실에서 인사 후 곧바로 강당으로 갔다. 원래 운동장에서 아이들과 작별 인사를 하려 했는데, 비바람이 몰아쳐 강당에서 하게 되었다. 아이들에게 인사말로 두 가지를 당부했다. 하나는 사람과의 만남(인연)을 소중히 여기자는 것, 하나는 어떤 어려움이 있어도 좌절하지 말고 이겨내자는 것(죽은 물고기는 물살에 떠내려가지만 살아 있는 물고기는 물살을 거슬러 오른다).

헤어지는 시간. 나는 강당을 빠져나가는 아이들 손을 잡으며 작별을 아쉬워했다. 그 순간 아이들이 몰려들기 시작했다. 지난해 나에게 국어를 배운 2학년 여학생들이었다.

"선생님, 왜 가세요?"

"안 가시면 안 돼요?"

아이들이 고개를 숙인 채 울먹였다.

한두 아이가 울먹이자 몰려든 아이들이 저마다 눈물을 터트렸다. 아이들이 울음바다를 이루자 몰려드는 아이들과 빠져 나가려는 아이들로 복도는 금세 북새통을 이루었다. 아이들은 교복에 달린 자기 이름표를 떼어 내 옷에 달아주며 절대 잊지 말라고 했다. 자기들도 나를 잊지 않을 테니 나도 그들을 잊으면 안 된다고 했다. 나는 아이들 어깨를 다독이며 다음에 다시 만날 것을 약속했다.

그렇게 학교를 떠났다. 교문을 나설 때 바람에 이리저리 쏠리는 빗줄기가 허공을 하얗게 그어대고 있었다.

24년 2개월.

순수하게 아이들과 함께 한 시간. 그러나 그동안 학교를 떠나 있던 시간까지 포함한다면 내가 교직에 머물렀던 기간은 31년 6개월이었다. 1981년 3월 첫 발령 이후 2012년 8월 31일 학교를 나왔으니까.

그동안 나의 삶을 돌아보았다. 해직 두 번에 숱한 경고와 인사조치, 담임박탈 등으로 얼룩진 학교생활. 24년 동안 13개 학교를 옮겨 다녔다. 그런 나를 한마디로 표현한다면 다음 세 단어로 압축할 수 있겠다.

'운동, 문학, 청소년.'

운동은 교사로서 해 온 교사운동을 말하고, 문학은 1985년 『민중교육』지에 시 「너희들에게」 등을 발표한 후 계속해 온 작품 활동을 말하며, 청소년은 교직에 첫발을 내딛은 이후 지금까지 함께 한 중고생들을 말한다. 이 세 영역은 오늘날의 나를 떠받치고 있는 요소이자, 앞으로 살아갈 내 삶의 기본 틀이기도 하다.

이 세 가지 중 가장 먼저 내 삶에서 시작된 부분은 문학이다. 운동과 청소년은 대학 시절 혹은 그 이후 교사로 근무하며 한 일이지만, 문학은 나의 유년기에 형성된 원체험과 관계가 깊기 때문이다. 장애인이었던 형과, 어린 시절을 보낸 충남 청양군 남양면 온암리, 그곳에 살던 사람(농민)들의 삶과 정서가 이후 내 문학의 출발점이 되었다.

2

내력

충남 부여군 내산면 지티리 326번지.

어머니 배 속에서 열 달을 머문 후 내가 태어난 곳이다. 하지만 그곳은 내 기억의 그물망에 남아 있는 알갱이가 아무것도 없다. 부여에서 태어난 지 한 살 때 나는 포대기에 싸여 청양으로 이사했기 때문이다.

우리 집이 청양으로 이사하게 된 내력은 이러하다.

3형제 중 맏이였던 아버지는 그곳 지티리에서 나고 자라셨다. 할아버지는 내가 예닐곱 살 때 한 번 뵈었기에 그분에 대한 기억은 남아 있는 게 없다. 나중에 커서 안 사실이지만 할아버지는 한학을 하셨고, 아버지에게도 학교교육보다는 당신이 직접 한문을 가르치셨다고 한다.

『천자문』, 『소학(小學)』, 『사기(史記)』 등을 배우면서 아버지는 자연 또래에 비해 학교 입학이 늦었다. 비록 늦게 입학을 했지만 공부나

운동에서 아버지는 다른 이들을 곧 따라잡을 수 있었는데, 그건 아버지의 재주가 여러 방면에서 그만큼 뛰어나서였다.

흔히 이런 이들에게서 발견되는 함정이 아버지에게도 있었으니 그건 바로 자만심이었다. 궁벽한 산골에서 어린 나이에 뭐 하면 아무개 또 뭐 하면 아무개 하는 식으로 이름을 날리다 보니, 아버지 심중엔 마음만 먹으면 언제든지 세상을 돗자리 말 듯 말아버릴 듯한 자만심이 늘 자리 잡고 있었다.

언젠가 나는 이런 마음을 헤아려본 적이 있다. 그때 내가 느낀 것은 자만심이야말로 자신이 목표하는 일을 너무 쉽게 달성하는 데서 오는 것이며, 하늘이 인간에게 내려준 약점 가운데 가장 자아도취적인 약점일지도 모른다는 것이었다.

그래서였을 것이다. 초등학교 졸업 후 아버지는 중학교 입학을 스스로 포기했다. 중학교라도 나와야 나중에 취직자리라도 알아볼 수 있다며 남들은 기를 쓰고 학교에 가려 했지만, 아버지는 그러지 않았다. 까짓것 필요하다면 언제든 그때 가서 못할까 보냐는 심사로 학교 입학을 포기했던 것이다.

아버지는 하다 만 한문 공부를 계속했다. 그렇게 어영부영 세월을 보내고 있을 무렵 6·25가 났다. 아버지 나이 열아홉 되던 해였다.

당시 지티리는 워낙 산골이라 전쟁의 폐해가 그리 크지 않았다. 전쟁으로 인해 모두가 불안해했지만 생업에 큰 지장은 없었다. 그렇게 지내던 어느 날 친척 한 분이 찾아와 아버지에게 군대 이야기를 꺼냈다. 어차피 곧 군대에 가야 하는데 기왕이면 장교 후보생으로 가는 게 어떠냐고 했다. 전쟁이 나자 국가에서는 부족한 병력을 보충하기 위해 3개월짜리 단기 코스로 장교 후보생을 모집하고 있었다. 장교 후보생에 대한 사람들 반응은 두 갈래로 엇갈렸다. 하나는 전쟁 통에 총알받이용으로 모집해 간다는 거였고, 다른 하나는 그래도 3개월만 고생하면 장교가 되는데 그게 어디냐는 거였다.

아버지는 고심했다. 전쟁터에 나간다고 꼭 죽으라는 법은 없다, 또 어차피 가야 할 군대라면 장교 후보생으로 갔다 오는 게 누가 봐도 반듯한 일 아니냐, 아버지의 저울질은 그쪽으로 기울었고, 마침내 대구에 내려가 시험을 쳤다.

합격이었다. 언제 어느 곳으로 모이라는 통지서가 날아들었다. 그러나 아버지는 또 가지 않았다. 시험을 치른 후 집에 와 있는 동안 생각이 다시 달라져서였다.

그렇게 군에 가지 않고 하는 일 없이 세월을 보내고 있을 무렵 혼인 이야기가 나왔다. 청양 돌보(온암리)에 참한 색시가 있으니 선을 한 번 보라고 했다. 몇 마디 말끝에 혼사가 이루어졌다. 아버지 나이 스물, 어머니 나이 스물한 살 때였다.

천천히 비젓이 실비명을 질러 대며 열리는 문
마흔 몇 해만에 처음 와보는
내산면 지티리 내가 태어난 집
어느 먼 곳을 돌아
처음의 자리, 낯선 문지방 넘어 들여다보는
어둡고 눅눅하고 퀴저분한 방

그날 어머니는 몸을 풀어 여기 이 아랫목에 누워 있었지
어머니 머리맡의 놋대야
후더운 공기 탯줄 잘린 핏덩이

닭 울 새벽
숯불처럼 바알갛게
세상에 나를 밀어 올려놓은 방

_「빈 방」 부분

언젠가 추석 때 부모님을 모시고 부여에 있는 할아버지 산소에 성묘를 간 적이 있었다. 그때 어머니는, 언제 또 여길 와 보겠냐며 지티리 마을 고샅을 샅샅이 더듬다, 어느 집 문 앞에서 발길을 멈추셨다. 본채는 함석집이었고, 사랑채는 슬레이트 지붕으로 되어 있는 허술하기 짝이 없는 농가였다.

"여기가 니가 난 집이여."

어머니가 혼잣소리로 말씀하셨다.

"이, 방은 여적 그대로 있구먼."

어머니 말씀에 전율이 일었다. 온몸에 소름이 오스스 돋았다. 알 수 없는 서늘한 냉기가 정수리에서부터 등골을 타고 허리까지 뻗쳐 내려왔다.

'내가 태어난 방.'

나는 본능적으로 그 방을 살폈다. 오랜 세월에 문틀은 좀이 슬어

구멍이 송송 뚫려 있고, 문종이는 언제 발랐는지 햇볕에 삭아 째깃째깃 실금이 가 있었다. 사람 서넛이 눕기에도 비좁을 듯한 방, 그곳에서 어머니는 나를 낳으셨다. 닭이 우는 새벽, 어머니 머리맡에 놓인 놋대야. 방 안의 공기는 후덥고, 물에 불린 미역 냄새가 나는 그 방에서, 어머니는 나를 숯불처럼 발갛게 이 세상에 밀어 올려놓으셨다.

지티리에서 누님과 형, 나까지 낳고 우리는 청양으로 이사했다. 그렇게 한 데는 두 가지 이유가 있었다고 한다. 하나는 당시 논금이 부여보다 청양이 싸서 제금 날 때 받은 땅을 팔아 청양에 산 일이요, 다른 하나는 그때까지 풀리지 않고 꼬이기만 하던 아버지 군대 문제가 청양으로 이사하면 풀리지 않을까 해서였다.

3

온암리

지금도 나는 책에 약력을 적을 때 '부여에서 태어나 청양에서 자람'이라고 적는다. 태어난 곳은 부여지만 실제 자란 곳은 청양군 남양면 온암리이기 때문이다. 온암리, 비로소 내 삶이 시작된 곳.

그곳 온암리에서 나는 초등학교 5학년 때까지 살았다. 산과 산으로 둘러싸인 조그만 마을. 봄이면 복사꽃 살구꽃이 지천으로 피고, 여름이면 산과 들을 헤집으며 흙강아지가 되던 곳. 자연과 내가 분리되지 않고 온전한 일체를 이루었던 시절. 올려다보는 밤하늘이 밥상보만 하게 작았지만, 그곳에 살던 사람들의 말과 행실이 나의 정서의 원형으로 자리한 곳.

낮은 천장엔 얼룩얼룩한 쥐 오줌 자국이 있었다
빛바랜 벽지엔 댓이파리 같은 빈대의 핏자국도 있었다
아침이면 밥 짓는 고신내가 문틈으로 기어올라 스며들던 곳

살뜰한 별이 숭늉 빛 문창호질 간질이기도 하던 곳

그곳에서 어머니는 내가 갓난쟁이였을 때 오줌 싸고 구들장이 싸하니 식어 응애응애 울면

나를 배 위에 올려놓고, 그렇게 길렀다고 쓸쓸히 웃으신다

_「그 방」 전문

예전에 나는 어머니한테 어려서 나를 어떻게 길렀는지 들은 적이 있다. 추운 겨울 방구들이 차갑게 식어, 그때 마침 내가 오줌을 싸 몸이 척척해서 응애응애 울면, 어머니는 나를 당신 배 위에 올려놓았다고 했다. 어머니 배의 따뜻함에 나는 다시 새근새근 잠이 들고, 밤은 그렇게 은하수 너머 저 멀리 깊어가고. 부모 자식 사이지만 따뜻한 체온을 바탕으로 빚어진 이 같은 인간적 유대는 이후 내가 자라서 사람에 대한 궁극적 믿음을 갖도록 하는 정서적 원형이 되었다.

4

원체험

몇 살 때인지 기억나지 않는다. 나는 밤마다 숫자를 세며 잠들곤 했다. 천까지 세기로 작정했다. 얼마간 세다 잠이 들면 다음 날 전에 세던 숫자에 이어 다시 세곤 하였다. 몇 날 며칠을 그렇게 했는지 모른다.

그 무렵 우리 집은 몹시 비좁았다. 초가집 두 채가 있었는데, 한 채는 방과 부엌이 딸린 본채였고 다른 한 채는 본채와 마주한 헛간 채였다. 방은 아랫방과 윗방 두 칸이었다. 방 사이 미닫이가 하나 있었지만 형식적이었을 뿐, 아래 윗방을 한 칸 방으로 쓰고 있었다.

그곳에서 아버지, 어머니, 우리 6남매가 살았다. 여름이면 파리 모기 각다귀가 들끓었고, 찢어진 벽지 틈에서 빈대가 튀어나오기도 했다. 밤이면 문풍지를 울리며 내달리던 밤바람 소리.

아버지는 아랫목에서 주무시고 어머니는 우리와 뒤섞여 잤다. 아버지는 해가 지면 늘 우리에게 뒤스럭대지 말고 일찍 자라고 했다.

우리가 일찍 자길 바라는 마음은 어머니도 마찬가지였다. 석유 닳아 없애며 괜히 앉아 있지 말라고 했다.

우린 밥만 먹으면 안방 윗방 가리지 않고 뒹굴뒹굴 뒹굴다 그 자리에서 곯아떨어졌다. 그렇게 지내던 어느 날, 나는 문득 천까지 세어보고 싶었다. 까무룩 잠이 쏟아질 때까지 숫자를 세었다.

그러다 보면 어느새 아침, 명주실 같은 햇살이 문창호지에 가득 비쳐들면 우린 이부자리 위에서 강아지처럼 뒹굴었다. 아, 그때 부엌에서 스며들던 밥 짓는 냄새의 고소함. 청솔가지 타던 내음.

그즈음이었다. 나는 한 가지 생각에 진지하게 사로잡혀 있었다. 나에겐 한 살 터울의 형이 있었다. 형은 말을 하지 못했다. 내가 매달린 의문이란 왜 다른 사람은 말을 다 잘하는데 형만 하지 못하는가였다.

어머니와 외할머니를 통해 나중에 안 사실이지만, 형은 태어난 지 얼마 되지 않아 경기(驚氣)가 있었다고 한다. 젖을 먹다가도 누워 잘 놀다가도 갑자기 얼굴이 새파랗게 질려 몸을 뒤틀며 기절하듯 뒤로 잦혀졌으니. 요즘 같은 세상이면 어린애 경기야 대수롭지 않은 일일 테고, 설혹 그보다 더한 경우라 하더라도 어렵지 않게 고칠 수 있었을 것이다. 그러나 그때는 사정이 여의찮았다. 병원에 간다는 건 언감생심이요, 조금 지나면 괜찮겠거니 하며 용하다는 침쟁이를 찾아가 침 몇 대 맞혔을 뿐.

무지와 가난이 문제였다. 이 사람 저 사람 찾아가 침을 맞혔으나 차도가 없자 급기야 외할아버지께서 손을 대셨다. 원래 외할아버지도 인근에서 알아주는 침쟁이였는데, 외손자라서 끝내 형에게 침을 놓아주지 않다가, 피치 못할 사정에 이르자 손을 대신 거였다. 침을 놓고 정수리에 뜸을 뜨고. 형 머리 한가운데는 그때 외할아버지가 떴다는 침 자국이 닭 발톱만 하게 남아 있었다.

어쨌든 그런 일이 있으면서 형은 말을 하지 못하게 되었고, 몸 한쪽을 바로 쓰지 못하게 되었다. 어머니는 그때 침을 잘못 맞아서 그런지, 아니면 팔자소관이라서 그런지 모르겠다며 형만 보면 말가웃 넘는 한숨을 폭 내쉬었다. 형이 할 수 있는 말은 단 하나 "엄마"라는 말뿐이었다.

'다른 사람은 말을 잘하는데 왜 형은 못할까?'

내가 가진 세상에 대한 최초의 의문은 이것이었다. 이 의문은 운명이 나에게 가져다준 최초의 상처였으며, 오래도록 풀리지 않는 삶에 대한 근원적 질문이었다. 내 안에 남아 그 답을 재촉하던 의문. 나는 그때 형처럼 말을 못하는 사람은 다른 방법으로 의사표현을 하는 줄 알았다.

'왜 형은 말을 하지 못할까?'라는 의문은 나에게 인간의 본질적 한계에 대해 절망하게 했으며, 그에 대한 반항심을 갖게 했다.

형에게 말을 가르치기 시작했다. 내가 먼저 한 단어를 말하고 형에게 따라하도록 했다. 엄마라는 말은 잘했다. 그다음 아버지, 동생들 이름, 소, 돼지, 꽃 이름 등 주변에서 흔히 볼 수 있는 사물의 이름을 따라하도록 했다. 그러나 형은 못했다. 따라하라고 하면 말귀는 알아들어 빙긋이 웃기만 할 뿐, 끝내 엄마라는 말밖에 하지 못했다.

밤마다 천까지 숫자를 세던 시절, 비좁은 방에서 잠들기 전 말 못하는 형에게 말을 가르치던 체험, 이런 체험들이 나에겐 이후 지워지지 않는 원체험으로 남았고, 나중에 느닷없이 시를 쓰게 되는 보이지 않는 끈으로 작용했다.

5

대자연

형에 대한 의문이 내 안에 지워지지 않는 끈으로 남아 있었지만, 그렇다고 나는 그것에만 얽매여 있지는 않았다. 한창 막 자라는 시기에 있었던 나는 하루하루가 생명의 성장으로 충만했으며, 따라서 나는 매일 온몸이 혼곤하게 지칠 정도로 아이들과 노는 데 여념이 없었다.

대자연 속에서였다. 우린 우리도 모르는 사이 이미 자연 속에서 뒹굴었고, 자연을 먹고 살았으며, 자연 속에서 뼈마디를 늘려 나갔다.

노랗게 빛바랜 사진첩 속 사진들처럼 기억에 떠오르는 일이 있다.

대여섯 살쯤 되었을까? 우린 아침을 먹고 나서도 동네 고샅을 한 바퀴 돌고 나면 배가 훌쭉 꺼져 배고픔에 시달렸는데, 그때 마침 부엌 찬장에 어머니가 만들어 놓은 개떡이 소쿠리에 담겨 있었다. 그러나 그것이 찬장 맨 위에 놓여 있어 내 키로는 아무리 해도 닿지 않았다. 나는 궁리 끝에 한 가지 꾀를 내었다. 부엌에 옹깃대가 있었다. 옹깃대는 불을 땔 때 바람을 일으켜 불이 잘 타게 하는 풀무였다. 나는 그 옹깃대를 가져다 놓고 그것을 밟고 올라가 개떡을 내릴 참이었다. 옹깃대 위에서 까치발을 딛고 찬장에 매달려 떡 소쿠리를 내릴 때였다. 손끝이 소쿠리에 닿을 듯 말 듯 했다. 나는 마지막으로 용을 쓰며 소쿠리를 내리려고 몸을 솟구쳤다. 순간 옹깃대에서 미끄러지며 나는 부엌 바닥에 나동그라졌고, 그 바람에 떡 소쿠리가 떨어져 개떡이 바닥에 나뒹굴었다. 문제는 그것으로 끝나지 않았다. 나는 넘어지면서 머리를 부엌 기둥 모퉁이에 짓찧었다. 피가 낭자한 채 정신을 잃고 쓰러졌다.

점심때가 되어 들에서 오신 어머니가 나를 발견했고, 혼비백산하여 마루로 옮기셨다. 그때서야 나는 잃었던 정신이 돌아왔고 어머니가 목화솜으로 찢어진 상처를 꽉 누르며 지혈을 했다. 상처에 약을 바르기 위해 상처 부위 머리칼을 가위로 잘랐는데, 그때 잘려진 한 움큼의 피 묻은 머리칼이 지금도 기억에 생생히 남아 있다.

또 이런 일도 있었다. 우리 집에서 외갓집 가는 길목에 늙은 호두나무가 있었다. 구새 먹어 나무줄기에 구멍이 뻥 뚫려 있었는데, 그곳에 왕탱이라는 말벌이 집을 짓고 살았다. 왕탱이는 호랑무늬 몸통에 몸집이 커 아이들뿐만 아니라 어른들에게도 위협적인 존재였다. 붕 날갯짓 소리를 내며 머리 위를 날면 누구나 바짝 긴장하여 목을 움츠리고 녀석의 비행을 살폈다. 오죽하면 밤송이가 왕탱이에게 쏘이면 억지로 벌어진다는 말이 나왔겠는가. 그런 왕탱이가 호두나무에 집을 짓고 밖에 나와 날면서 지나는 사람들을 위협했다. 멀리서 보면 사뭇 겨울철 눈발이 붐비듯 집에서 나와 주변을 어지럽게 윙윙거렸다.

한여름이었다. 외갓집에서 삼(麻)을 한다고 했다. 삼을 한다는 것은 삼베 원료인 대마(大麻)를 밭에 심었다가 베어서 수증기로 쪄 내고 껍질을 벗기는 일을 말한다. 삼을 하다 보면 '저릅'이 나오는데, 저릅은 대마 껍질이 벗겨지고 남은 하얀 속대를 말한다. 사람들은 저릅을 묶어서 창고나 헛간에 세워두는데, 시골에서 마른 저릅은 여러 용도로 쓰였다. 집을 지을 때 벽에 대고 엮기도 했고, 어느 집은 화장실에다 저릅을 묶어놓고 일을 본 후 그것을 잘라 뒤처리를 하기도 하였다.

동네 형들이 말했다.

"니가 저 저릅을 갖고 호두나무에 올라가 왕탱이 집을 이 진흙으로 막으란 말여."

"그러다 벌들이 달려들어 쏘면?"

"그러니까 이 저릅을 갖고 가란 말여. 이걸 갖고 가서 벌이 달려들면 막 이렇게 가로로 휘둘러. 그러면 벌이 니가 싫어하는 줄 알고 안 덤빈단 말여. 이렇게 이렇게 세로로 했다가는 니가 좋아한다는 줄 알고 너한테 달려들어 쏘니께."

"진짜루?"

"진짜지 그럼. 킥킥……."

"알았어. 그럼 내가 하고 올게."

나는 진흙더미와 저릅을 들고 호두나무로 향했다. 등 뒤에서 형들이 누런 이를 드러내며 키득거렸다.

호두나무에 가까이 다가가자 왕탱이 중 한 마리가 붕 머리 위로 바짝 날았다. 나는 나도 모르게 고개를 움츠린 채 저릅을 휘두르려고 하였다. 처음 왕탱이는 쏜살같이 날아가고, 다른 왕탱이가 나에게 날아왔다. 나는 형들이 가르쳐준 대로 저릅을 가로로 마구 휘두르며 호두나무 쪽으로 바싹 다가갔다. 그러자 한꺼번에 달려드는 왕탱이들. 아무리 저릅을 휘저어도 소용없었다. 나는 몇 방이나 쏘였는지 몰랐다. 머리, 목, 팔, 다리는 물론 얼굴까지 그 살벌한 왕탱이 습격에 나는 그만 정신을 잃고 쓰러졌다.

그 소리를 듣고 어머니가 달려왔고, 쏘인 상처에 된장을 바르고, 물에 빠진 듯 퉁퉁 부은 몸은 열흘이 지나서야 겨우 붓기가 내렸다.

짓궂은 형들도 형들이지만 말도 안 되는 그런 말에 속아 왕탱이 집을 진흙으로 막겠다고 호두나무로 간 내가 지금도 이해되지 않는다. 그날 형들은 아버지에게 된통 혼이 났고, 그 후 나는 외갓집에 갈 때면 벌이 없는 곳으로 멀리 에돌아 다녔다.

이뿐만이 아니었다. 산에 버찌를 따러 갔다 벚나무 가지가 찢어져 역시 머리가 깨진 일. 아침부터 저녁까지 고픈 배를 채우려고 산과 들을 쏘다니며 나무 열매를 들추고, 노는 데 정신이 팔려 아버지한테 혼나면서도 다음 날이면 언제 그랬냐는 듯 다시 밖으로 내뺐으니. 무료함을 이길 수 없어 잠시도 가만있지 못했던 것은 유년기 특유의 생명의 신장 때문이었던 것이다.

산과 들과 하늘과 흙의 대자연 속에서였다. 유년기 생명의 성장은 햇빛을 받아 안은 나뭇잎만큼이나 푸르게 반짝였고 거침이 없었다. 그 속에서 나의 성장은 아직 미완이었으며, 그리하여 나는 대자연과 분리되지 않은 존재, 대자연이라는 어머니의 젖꼭지를 물고 자라는 존재였다. 그 시절 내 눈에 비친 풍경 하나하나가 지금껏 지워지지 않고 손에 잡힐 듯이 남아 있음은 그만큼 내가 그것들과 하나의 몸을 이루었기 때문일 것이다.

나는 나중에 커서 이 같이 유년기에 겪은 자연 속 경험을 바탕으로 『싸움닭 샤모』라는 청소년 소설을 쓴 적이 있다. 사람을 집에 비유하자면 유년기는 집터와 같고 청소년기는 그 집의 대들보와 같다는 생각에서 쓴 것인데, 그만큼 유년기는 한 사람의 인격 형성에 아주 중요한 시기라는 것이다.

6

외할아버지

외할아버지는 기름한 얼굴에 수염을 잔잔히 기르고 계셨다. 그분은 나를 특히 귀여워하셨는데, 그러나 무턱대고 귀염성 있게 보시지는 않았다. 외할아버지는 시골 노인들에게서 흔히 볼 수 있는 완고함에 이따금 자애로운 빛을 띠고 나를 대하셨는데, 내가 하는 짓이 마음에 들지 않으시면 가차 없이 나무라길 잊지 않으셨다.

외할아버지는 외가에 내가 놀러가도 그냥 마루에 앉게 하지 않았다. 꼭 무엇인가 나에게 물어 흡족한 답을 얻어야만 그제야 마루에 앉게 하셨다. 만약 대답이 시원치 않으면, "저, 저런 놈을 뭐에다 쓸꼬?" 하시며 혀를 쩟쩟 차셨다. 가차 없는 면박에 나 스스로 견디기 어려워 온다 간다 말도 없이 슬그머니 집으로 돌아오기도 하였다.

초등학교 입학 전 일이다. 한번은 외가에 갔는데 할아버지께서 마루에 앉아 무슨 책인가를 보고 계셨다. 할아버지는 전과 달리 마당에 들어서는 나를 힐끗 한번 바라만 보실 뿐, 당신께서 몰두하신 일에 눈을 떼지 않으셨다. 나는 슬그머니 마루 끝에 엉덩이를 들이밀고 걸터앉았다. 할아버지는 콧대 중간에 돋보기를 걸치고 한문이 가득 쓰여 있는 책을 넘기며 뭐라뭐라 목안소리로 중얼거리셨다. 그러다 돋보기 너머로 나를 흘끔 보시더니 책을 탁 덮으며 말씀하셨다.

"인저부터 내가 이걸 가르쳐줄 테니 머릿속에 꼭 느둬. 니가 힘든 일이 있을 때마다 이걸 외워라. 그럼 좀 나아질 테니."

그러면서 당신 스스로 눈을 감고 무엇인가를 외워 보이셨다.

각항저방 심미기 두의녀 허울심벽 규류의묘 필지삼 정계유성 장익진 진익장 성유계정 삼지필 묘의류규 벽심울허 녀의두 기미심 방저항각.

도깨비 주문 같기도 하고 스님 독경소리 같기도 한 이것을 외할아버지께서 나에게 외우게 하셨다. 나는 아무 뜻도 없고 제각기 다른 말만 배열되어 있는 이 주문 같은 것을 몇 날 며칠에 걸려 외었다. 할아버지께 이게 무엇이냐고 물었지만, 할아버지는 아무 말씀 없이 그냥 머릿속에 넣어두었다 급할 때 속으로 외라고 하셨다.

그 후 나는 이 주문을 어렵고 긴박한 일이 있을 때마다 외웠다. 예컨대 학교가 파해 집에 오는 길에 똥이 마려워 어쩌지 못할 때 나는 이 주문을 속으로 외웠고, 그러면 정말 이 주문이 효력을 발휘했는지 신기하게도 똥이 마렵지 않았다.

나중에 커서 내가 교사가 되었을 때, 나는 우연히 이 주문의 정체가 무엇인지 알았다. 이 주문에 있는 말 하나하나가 모두 별자리 이름이라는 것, 그러니까 우주 만물을 관장하는 56개 별 이름이 바로 주문에 나와 있으며, 더욱 놀라웠던 일은 별자리 이름이 앞으로 외나 뒤로 외나 똑같았다는 점이다.

나는 외가에 뻔질나게 다녔다. 어느 땐 외가에서 자고 오기도 했는데, 그때마다 외할아버지는 나에게 수도 없이 많은 옛날이야기를 해 주셨다. 제갈공명 장가든 이야기, 부처님이 마귀와 싸워 이긴 이야기, 마당바위에 선녀가 내려와 놀다간 이야기, 상엿집 귀신 이야기 등. 라디오도 전깃불도 단 한 권의 동화책도 없던 시절, 밤의 장막 위에 펼쳐지던 숱한 파노라마들.

지금도 생각한다. 어쩌면 내가 누구에겐가 끊임없이 이야기하고 또 이야기하고픈 충동에 사로잡혀 글을 쓰는 일도, 그때 그 외할아버지한테 들었던 구전(口傳)의 이야기 때문이 아닐까 하고.

2부

1

서울 전학

나는 초등학교 5학년 말 서울로 전학을 갔다. 원래는 6학년에 다니다 5학년으로 한 학년을 낮춰 전학 가게 된 것인데, 그렇게 한 이유는 그 당시 서울로의 인구 집중을 막기 위해 초등학교 6학년인 경우 지방에서 서울로 전학이 되지 않아서였다.

내가 전학을 가게 된 데에는 담임 역할이 컸다. 아버지와 호형호제하며 지내던 담임이 내 전학을 주선했고, 아버지가 이에 호응하여 이루어진 일이었다.

얼굴이 마늘쪽같이 갸쭉한 외할머니가 밥솥 아궁이에 다홍빛 불꽃을 피워 올릴 때에도

횃대에서 일찍 내려온 닭들이 헛간 구석 꾸들꾸들 졸고 있을 때에도

등잔불 밑 아버지가 지전을 세고 있을 때에도

윗방 문지방머리 어머니가 쌀이며 고추장이며 이불 보따리를 보자

기에 제춤제춤 쌀 때에도
미명의 새벽 어둑새벽이었다
서울 길 유학의 길
아버진 지게에 지고 어머닌 머리에 이고
첫차 대어가는 눈 덮인 고갯마루 넘을 때에도
새벽별에 눈물 새롬새롬 어리었을 때에도

_「미명(未明)」 전문

서울 가는 첫차에 맞추느라 우린 어두컴컴한 새벽에 집을 나섰다. 눈이 쌓여 무릎까지 푹푹 빠지는 겨울 어느 날이었다. 그때만 해도 내가 살던 온암리에는 차도 전기도 들어오지 않았다. 차를 타려면 집에서 10리는 족히 되는 산길을 걸어야 했다. 아버지는 지게에 짐을 지고 앞서 걸었다. 어머니는 짐 보따리를 머리에 이고 아버지가 내딛은 발자국을 밟아 디뎠다. 맨 뒤 따라가던 나는 두 분이 남긴 발자국에 내 발을 포개 딛으며 한 발 한 발 산을 넘었다.

전학 간 후 나는 누나와 함께 당숙네 집 옆에서 살았다. 우리가 세 들어 살던 집은 성북구 장위동 32번 버스 종점 근처였다. 개울가에 있는 낡고 허름한 집이었는데, 당숙네는 할머니 한 분과, 당숙 내외 그리고 여러 자녀들이 비좁은 집에서 바글거리며 살았다.

서울 사람은 말씨부터 달랐다. 서울깍쟁이라더니 정말 하는 말이 충청도 산골에서 쓰던 내 말과는 사뭇 달랐다. 나는 "했슈", "안 했슈", "몰러유", "야녀유" 이런 식으로 말했는데, 서울 사람들은 "했어요”, “안 했어요”, “몰라요”, “아니에요” 이런 식으로 맺고 끊는 맛이 똑 부러졌다. 그것이 이른바 표준말이고, 나는 말에서부터 영 촌티를 벗지 못했다.

나는 옷차림에서도 촌놈 티가 여실히 났다. 시골에서는 말 그대로 옷차림이랄 게 없었다. 봄부터 여름, 가을까지 한 가지 옷에 거의 벌거숭이였다. 흙강아지였다. 천은 햇빛에 바래고 바래 제 색깔을 잃은 지 오래고, 솔기는 닳고 닳아 실이 풀리다 못해 나달거렸다. 무릎과 팔뚝 부위는 언제나 삐죽 튀어나왔고, 해져 구멍이 난 곳엔 덧대어 꿰맨 바느질 자국이 이물스럽게 나 있었다.

겨울엔 또 어떤가. 옷을 홀랑 벗고 이를 잡는 게 저녁밥 먹고 난 후의 일과였다. 언제 빨았는지 기억도 나지 않는 내복을 벗어 거꾸로 뒤집어 밖에 나가 기둥에 탁탁 털면 옷에 붙은 이들이 임시로 털려 나갔다. 그러면 그것을 가져와 등잔불 아래 모여 이를 잡았다. 보리알처럼 통통하게 살이 오른 그놈들을 옷 솔기에서 찾아내 손톱으로 터뜨려 죽일 때의 그 고소함이란.

그렇게 전기도 들어오지 않는 시골에서 원시적으로 살던 내가 서울로 전학 오면서 이른바 ‘문명’을 접하게 되었다. 방 안을 온통 환하게 밝히는 전깃불에 눈알이 휘둥그레졌고, 질기고 질겨 아무리 신어도 닳지 않던 그 지긋지긋한 검정고무신 대신 바닥이 폭신폭신한 운동화를 신었으며, 아무 맛도 없이 짜기만 하던 조선간장 대신 간장만 퍼 먹어도 맛이 있던, 밥에 비며 먹으면 달착지근한 맛이 혀에 감기는 샘표간장에 매료되어 갔다.

평소 옷차림도 반바지에 스타킹이었다. 특히 그놈의 스타킹은 견디기 어려웠다. 반바지라야 팬티에 가까울 정도로 짧아서 아랫도리가 훤히 드러나는데 그것을 스타킹 하나로 견디는 일이 도저히 남세스러워 못할 짓이었다. 그러나 서울 아이들은 남자나 여자나 다 그런 반바지에 스타킹 차림이었다.

나는 장위초등학교에 다니게 되었다. 장위초등학교는 장위 시장을 지나 석관동 쪽에 있었다. 학교에 처음 가는 날 누나들은 깔깔대며 나를 '서울 아이'로 만들었다. 흰 운동화에 스타킹을 신기고 머리를 빗겨 가르마를 탄 다음 가방을 어깨에 메 주었다.

"처음부터 촌티 나게 굴면 안 돼. 말도 서울말로 또박또박하고, 알았지?"

누나들이 하는 모습을 아버지는 팔짱을 낀 채 말없이 지켜보았다.

나는 아버지를 따라 학교에 갔다. 찻길과 주택가를 지나 학교에 갔는데, 한두 번 다녀서는 알 수 없는 길이었다. 시장엔 대낮에도 불빛이 휘황했고, 사람들이 너무 많아 앞을 헤쳐 나갈 수 없었다.

더욱 놀라운 일은 학교 교문을 들어서면서부터였다. 점심시간이었는데 끝없이 펼쳐진 운동장 가득 아이들이 바글바글 뛰어 놀고 있었다. 운동장을 둘러싼 학교 건물은 산더미처럼 컸다. 한마디로 거대 학교였다. 전교생이 백여 명 남짓 되던 시골 학교에 비해 너무 크고 너무 거대해 입이 다물어지지 않을 지경이었다.

나중에 안 사실이지만 당시 장위초등학교는 이부제 수업을 하고 있었다. 많은 학생을 수용하지 못해 오전반과 오후반으로 나누어 수업을 했는데, 전교생을 다 합치면 4천~5천 명에 이르렀다.

나는 아버지와 함께 교무실로 갔다. 아버지는 담임에게 나를 인사

시킨 후 나 혼자 집에 올 수 있겠느냐고 물었다. 나는 자신이 없었지만 대답 대신 고개를 끄덕였다.

전학 수속을 마치고 아버지는 운동장을 걸어 학교를 나가셨다. 나는 학교를 빠져나가는 아버지의 뒷모습을 오래도록 지켜보았다. 운동장을 걸어 나가는 아버지의 뒷모습이 한없이 작게 보였다. 햇빛 속에 뛰어놀며 내지르는 아이들 소리에 묻힌 아버지는 정말 작았다. 아버지가 그렇게 작아 보이기는 처음이었다. 까만 점 같은 아버지가 가물가물 학교 교문을 빠져나가 보이지 않는 순간, 가슴이 덜컥 내려앉았다. 나는 그때 처음으로 이 세상에 나 홀로 존재한다는 느낌을 받았다. 아무도 없이 나 홀로 서 있는 느낌. 지금까지 그런 일은 없었다. 가족과 주변 사물들은 항상 나와 함께 했었다. 결코 분리되지 않은 일체감 속에 하나의 세계를 이루고 있었다. 그런데 그 순간, 나만 학교에 남겨진 그 순간, 나는 지금까지 나와 일체를 이루었던 어떤 세계에서 떨어져 나와, 이제 '나는 혼자구나'라는 느낌을 처음으로 갖게 되었다.

고독과 외로움이 가슴속을 훑고 지나갔다. 처음으로 느껴보는 외롭고 고독한 느낌이었다. 비로소 내가 집을 떠나 서울로 전학 왔다는 사실이 실감나게 다가왔다. 눈물이 핑 돌았다. 나는 운동장에 가득 일렁이는 빛의 바다를 바라보며, 보이지 않는 아버지와 그로 인해 마음속에 일어나는 쓸쓸한 감정의 변화를 오래도록 응시했다.

2

코뚜레도 뚫지 않은 송아지

담임은 이재문이라는 사람이었다. 별명은 '쓰레빠 짝'. 아이들이 말 안 들으면 신고 다니는 슬리퍼를 벗어 느닷없이 후려갈겼다. 그를 따라 교실에 들어갔다. 아이들에게 인사한 후 담임이 물었다.

"너 노래 잘해? 잘하면 하나 해봐."

나는 동요 〈퐁당퐁당〉을 불렀다. 그 덕분이었는지 나중에 받은 성적표에 다른 과목은 모두 점수가 없는데(5학년이 모두 끝나가는 시기에 전학을 가서), 음악만 '수'가 나왔다.

6학년이 되어서도 나는 학교생활에 적응하지 못했다. 반바지에 스타킹도 어색했고, 서울 말씨도 입에 붙지 않았다. 나도 모르게 충청도 사투리가 튀어나왔고, 그것은 곧 아이들의 놀림감이 되었다.

나에게 소외감과 위축감을 가져다 준 일은 그 일 말고도 또 있었다. 바로 학교 건물이었다. 거대하기만 한 학교 건물은 나에게 생급스럽다 못해 기괴했고, 학년 교실이나 특별실을 알아 가는 데도 애를 먹었다.

단층 조그만 건물에 화사한 꽃밭들, 운동장 가에 심어진 한 아름이 넘는 벚나무, 은행나무. 수업이 시작되면 교무실 창가에 매달린 쇠 종이 땡땡땡 울리던 곳. 음악 시간 아이들의 합창 소리와 풍금 소리가 가을하늘 고즈넉이 울려 퍼지던 곳. 그런 작고 조용하기만 한 시골학교에 다니다, 4~5층으로 된 거대한 시멘트 건물, 몇 천 명이 넘는 아이들이 바글거리는 학교에 나는 쉽사리 적응하기 어려웠다.

나는 구석으로만 돌았다. 교실에서도 아이들이 몰려 있는 한복판이 아니라 한쪽 구석 눈에 띄지 않는 곳에서 말없이 있었고, 청소 시간에도 건물의 외진 그늘에만 가 있었다. 그러면서 집에 가고 싶고, 엄마가, 친구와 동생들이 보고 싶어 눈물을 질금거렸다. 가고 싶어도 갈 수 없는 격절의 거리감이 어린 나의 막막한 외로움을 키웠다.

그런 나를 나는 '목매기'라고 생각했다. 시골에서는 코뚜레도 뚫지 않은 어린 송아지를 목매기라고 하는데 내가 꼭 그 목매기 같았다. 어미 소와 떨어져 있는 불쌍한 어린 송아지. 그런 가운데 나는 엄마의 풋풋한 체온을 그리워했고, 친구들과 끝도 없이 내달리던 산과 들을 그리워했다.

그렇게 한 학기가 지날 무렵, 한 아이가 말을 걸어 왔다. 그 아이도 나처럼 눈에 띄지 않는 구석에 있던 아이였다. 키도 작고 얼굴도 까맸다. 손가락 사이 때가 끼었고 옷차림은 후줄근했다. 나처럼 반바지에 스타킹을 신지도 않았고 땟물이 밴 허름한 바지에 너덜대는 운동화를 끌고 다녔다.

"나만 따라와."

그 아이 말투는 나보다 한결 어른스러웠다. 그 아이는 손으로 콧잔등을 쓱쓱 문지르며 버릇처럼 킁킁거렸다. 그는 나를 골목골목 샅샅이 데리고 다니며 설명해주었다. 이쪽으로 가면 어디고 저쪽으로 가면 어디고 그는 학교 주변은 물론 학교에서 집까지 오는 길을 나와 같이 걸으며 길라잡이 역할을 톡톡히 해주었다.

그러면서 나에게 여러 시범을 보였다. 집 밖에 내놓은 연탄재를 단번에 발로 차 박살을 낸다든지 쓰레기통 뚜껑을 떼어 훔친다든지 하는 일이었다(그 당시에는 집집마다 대문 옆에 시멘트로 된 쓰레기통이 있었는데, 쓰레기를 넣고 빼낼 수 있도록 위아래에 쇠로 된 뚜껑이 있었다).

그는 그것을 가져다 고물상에 판다고 했다. 그는 그렇게 나를 데리고 다니면서 한 번도 자기 집에 가자는 소리를 하지 않았다. 나도 그 아이를 우리 집에 데려오지 않았다. 우린 '길바닥 아이'였다. 학교 끝나 어두워 집에 올 때까지 우린 길을 아무렇게나 쏘다녔다. 어느 골목은 집집마다 육중한 대문에 2층, 3층 저택이 으리으리하게 솟아 있었다. 까마득히 치솟은 담벼락에 철조망이 둘러쳐 있고, 개 짖는 소리가 컹컹 울려 나왔다. 그러나 또 어느 골목은 같은 지역인데도 집들이 판잣집으로 볼품없이 초라했다. 게딱지처럼 웅크린 집집마다 대문 앞에 봉숭아나 채송화를 심어 놓았고, 비스듬히 열린 문틈으로 초라한 집안의 부엌과 방 안이 다 들여다보였다.

학교 근처 싸구려 영화관이 있었다. 나는 그곳에서 내 생애 처음으로 영화를 보았다. 예전 시골에 있을 때 서커스단이 마을에 들어온 적이 있었다. 그들은 학교 운동장에 천막을 치고 사람들을 불러 모았다. 입장료를 돈으로 받기도 했지만 많은 사람들이 쌀이나 보리 같은 곡식으로 냈다. 그들은 서커스에 차력에 영화를 돌렸다. 그렇지만 그들이 보여준 영화는 영화라고 할 수 없었다. 가설무대 암막에 20여 분 돌아가는 '활동사진'이라고 해야 맞았다. 그 후 내가 서울 극장에서 본 것은 질은 형편없이 낮았지만, 말 그대로 영화는 분명 영화였다.

하루에 세 프로 동시 상영. 영화가 시작되면 처음부터 끝까지 영사막에 소나기가 죽죽 내리고, 필름이 끊겨 중단되면 사람들은 욕설에 휘파람을 홱홱 불어댔다. 안내방송 하나 없었다. 하는 수 없이 우린 불도 들어오지 않는 극장 안에서 무턱대고 기다릴 수밖에 없었다. 그러나 그것까지는 다 좋았다. 못 견딜 일은 극장 구석에 오줌을 깔겨 숨을 쉴 수 없을 정도로 지린내가 진동했다는 점이다. 오랫동안 닦지 않아 버캐가 눌어붙은 소변기에서 나는 듯한 지독한 지린내였다.

그런데도 사람들은 빽빽이 들어찼다. 특히 당시 인기를 끌던 중국 무협영화 〈돌아온 외팔이〉(왕우 주연) 같은 영화를 상영할 때는 좌석은 물론 좌우 통로며 뒤쪽까지 사람들이 가득 차 발 딛을 틈이 없었다.

한 번 들어가면 세 프로를 동시에 볼 수 있는 기회. 우린 영화관에서 하루 종일 한 번 본 영화를 재탕 삼탕 보며 죽쳤다. 한번 발을 들여놓은 극장 출입은 나를 거의 영화 중독 상태로까지 몰아갔다. 나는 아침에 들어가 극장 문을 닫을 때까지 있기도 했다. 그때 주로 본 것이 무협, 에로, 공포 영화 등이었다.

나중에 커서 느낀 게 이렇게 어려서 마구잡이로 본 영화의 폐해가 만만치 않았다는 점이었다. 특히 공포 영화나 에로 영화의 경우 영화의 잔상이 머리에 남아 오래도록 나를 괴롭혔다. 홀로 있을 때 갑자기 무서운 장면이 떠올라 공포를 느낀다든지, 뜬금없이 난삽한 성교 장면이 눈앞에 떠오른다든지 하는 식이었다. 그런 생각은 후에 망상으로 시도 때도 없이 떠올라 나를 괴롭혔고, 나의 내부를 허약하게 했다.

학교생활, 공부, 이런 것들에 대한 아무 개념 없이 6학년이 그렇게 흘러갔다. 그런대로 시간이 지나면서 '촌놈'으로서 내가 느끼던 외로움과 소외감은 차츰 사라졌다. 표준어와 반바지, 운동화와 스타킹, 그리고 거대한 학교 건물, 수업의 시작과 끝을 알리는 세련된 차임벨 소리는 나를 '서울 아이'로 만들어주었다.

공업화와 도시화가 급속히 진행되면서 서울을 중심으로 한 수도권으로 인구가 집중되는 이른바 이촌향도의 물결 속에 나는 '사투리'로 상징되는 고향의 작고 소중한 세계에서 멀어져, '서울말'로 상징되는 거대 도시의 일반적 국민교육 대열에 들어서게 되었다.

국민을 '반공'과 '경제중흥'의 이념으로 획일화하려 했던 박정희 정권에 의해 공포된 국민교육헌장을 무턱대고 외우기만 하던 때도 그 때였다.

3

첫사랑

중학교는 추첨에 의해 홍익중학교에 배정되었다. 홍익중학교는 성북구 성북동에 있어서 집에서 거리도 멀 뿐 아니라 버스를 두 번 갈아타야 했다. 걸어서 초등학교에 다닐 때와는 달리 등하교 부담이 만만치 않았다. 먼 거리와 차를 타고 통학해야 하는 일에 몸은 피곤했지만, 집과 학교와의 공간 확대는 동시에 의식의 확장을 불러왔다. 나는 비로소 차를 타고 내가 가고 싶은 곳이면 어디든 다니게 되었다.

한 친구가 있었다. 나하고 같은 중1이었는데 바로 옆집에 살았다. 녀석의 별명은 메기였다. 메기처럼 입이 크고 입꼬리가 밑으로 처져서였다. 그가 말했다. 교회에 가자고.

"교회? 거기 가면 뭐 있냐?"

계집애들이 있다고 했다.

"계집애들? 몇 명이나 되는데?"

하여튼 많다고 했다.

우린 키득거리며 교회에 갔다. 그 친구 말대로 교회엔 여자애들이 많았다. 나는 그중에서 P에게 마음이 끌렸다. P도 나와 같은 중1이었다. 달걀 모양의 갸름한 얼굴에 목소리가 낭랑하던 P는 고전무용을 한다고 했다. 나는 열심히 교회에 나갔다. 교리에 대한 이해라든가 종교적 심성이 발휘되어서가 아니었다. 오로지 P를 만나야겠다는 생각에서였다.

나는 P를 교회 밖에서도 만났다. 우린 만나 탁구도 치고 사람이 없는 골목이나 공터를 찾아 둘만의 시간을 나누었다. 그런 어느 날, P의 집에 갔다. P의 아버지는 새를 키워 팔았다. 비닐하우스 안에 여러 개의 새장이 있고, 크고 작은 애완용 새가 들어 있었다.

문을 열고 들어서자 온갖 새들이 날개를 파닥이며 귀가 따가울 정도로 울었다. 잉꼬, 십자매, 카나리아, 앵무새 등이었다. 나는 P와 함께 새에게 모이를 주었다. 나와 P 외에 아무도 없는 공간. 나는 뒤에서 새에게 장난치는 P를 끌어안았다. P가 돌아서며 놀라 눈을 동그랗게 뜨고 나를 바라보았다. 내 얼굴은 이미 화끈 달아올랐고 심장이 밖으로 튀어나올 듯 두근거렸다. 나는 P의 입술에 내 입술을 가져다 댔다. 어떻게 키스를 하는지도 모른 채 입술만 맞춘 입맞춤. P의 입술은 차가웠다. P의 숨결이 내 입술에 느껴졌다. 우린 껴안지도 않은 채 그렇게 서서 입을 맞추었다. 짧았지만 황홀했다. 그렇게 같이 입을 맞추어 그녀도 나를 좋아하고 있다는 사실을 확인하는 게 나는 좋았다.

우린 늘 붙어 다녔다. P가 공연이 있어 같이 있을 수 없을 때를 제

외하고는 함께 다녔다. 우리가 서로 사귄다는 말은 교회에서도 이미 퍼져나갔다. 눈치 빠른 여자애들이 그 말을 마구 퍼뜨렸다.

그렇게 P와의 사랑이 깊어가던 가을 어느 날, 창밖에 인기척이 났다. 나는 벌떡 일어나 밖을 내다보았다. 어두워 누군지 알 수 없었다. 문을 열고 밖으로 나왔다. 어둠 속 여자아이들의 웃음소리가 들리고 후다닥 튀어 달아나는 발소리가 들렸다. 누구인지 확인할 수 없었다. 방에 다시 들어와 보니 돌멩이에 매달린 편지가 방바닥에 떨어져 있었다.

G에게서 온 편지였다. G는 같은 교회에 다니는 나보다 한 학년 높은 2학년 여학생이었다. 나와 사귀고 싶으니 몇 날 몇 시에 어디로 나오라는 편지였다. 나는 그 시간에 나갔고 G와도 사귀게 되었다. 속된 말로 양다리를 걸친 셈이다. 나는 교회에서 난감했다. P는 그렇지 않았는데 G는 보란 듯이 아무에게나 나와 사귄다고 떠벌리고 다녔다. 나는 교회를 나가지 말까 생각도 했지만, 그러지도 못한 채 시간이 흘렀다.

그즈음 또 하나 일이 있었다. 초등학교 6학년 때 나의 길라잡이 노릇을 했던 아이가 어느 날 불쑥 내 앞에 나타났다. 그는 나와는 다른 학교에 다니고 있었다. 1년여 만에 보는 그 아이는 키가 훌쩍 커 있었다. 키뿐만 아니라 몸도 불어 얼핏 보기에 전혀 다른 아이 같았다. 그가 같이 온 아이들을 나에게 소개시켰다. 우리 동네, 그러니까 장위동 32번 버스 종점 부근에 사는 불량배들이었다.

그들은 모두 나보다 선배였다. 중3 몇몇에 나머지는 모두 고딩들이었다. 학교 다니는 형도 있고, 때려 치고 노는 형들도 있었다. 그들은 집에 들어가지 않았다. 술 담배는 기본이고, 돈이 없으면 지나는 사람을 불러 삥을 뜯으며, 몰려다니며 싸우고 여자를 꼬셔 같이 잤다.

나는 곧 그들과 어울렸다. 그들 가운데 나이가 가장 적어 그들이 시키는 일을 하면서 어울렸다. 그러면서 내 방은 자연 노는 아이들의 아지트가 되었다. 갈 곳 없는 그들은 내 방에 와 죽쳤다. 누나가 없는 틈을 타 노름도 하고 술도 마시고 담배도 피웠다.

그들과 어울리고, P와 G를 번갈아 만나면서 지내던 어느 날, 사건이 터졌다. 교회 고등부 형들이 나를 찾아와 나에게 다짜고짜 교회에 나오지 말라고 했다. 나는 속으로 지들이 뭔데 하며, 계속 나가겠다고 했다.

"임마. 너 때문에 P하고 G가 싸운 거 알아? 싸운 것도 아니지. G가 P를 일방적으로 때렸으니까."

내막을 알고 보니 G가 P를 불러내 나하고 만나지 말 것을 요구하며 묵사발을 냈다고 했다. 이 일이 불거지자 G는 교회에 아예 나오지 않았고, G가 교회에 나오지 않자 G를 좋아하던 남자아이들이 또 교회에 나오지 않아 중등부 운영이 어렵다고 했다. 나는 형들이 그러거나 말거나 계속 교회에 나갔다. 그러자 곧바로 제지가 들어왔다.

"나오지 말라면 나오지 말지, 이 새끼가."

그들이 주먹을 쥐고 을러댔다. 평소 교회에서 보던 모습과는 전혀 딴판이었다. 나는 열 받아 같이 노는 형들을 불러다 교회 고등부 형들을 작살낸 다음 교회에 나가지 않았다.

4

탈선

중2 때부터 나는 본격적으로 양아치 형들과 어울렸다. 나는 물론 나이가 제일 어려 형들이 하라는 대로, 이른바 '꼬마' 역할을 했다. 그들은 나를 데리고 다니며 여러 가지 일을 시켰다. 지금도 기억나는 일은 여 차장 변소에서 돈을 훔쳐오는 일이었다.

장위동 허허벌판에 32번 버스 종점이 있었다. 종점이라야 허름한 사무실에 가게가 몇 있을 뿐, 주위엔 논과 밭이 널려 있어 밤이면 캄캄한 암흑 천지였다. 종점에 들어온 버스는 둥글게 원을 그리며 막차 손님을 내려준 뒤 차고지에 들어갔다. 버스가 돌아가는 한가운데 화장실이 있었다. 주로 운전기사와 여 차장들이 이용하는 화장실이었다.

"이거 갖고 가 땅을 파면 돈이 나온다니까."

형 가운데 하나가 담배를 꼬나물고 대못을 내밀었다. 볼펜 자루만 한 굵은 대못이었다.

차장들은 정해진 노선에 따라 서울 시내를 한 바퀴 돌아온 후, 사무실에 가 자기가 걷어 온 버스비를 회사에 입금해야 했다. 이때 일부 차장들은 입금하기 전 화장실에 들러 500원짜리 같은 지폐를 종이나 담뱃갑에 꼬깃꼬깃 접어 넣어 그것을 땅에 묻은 후, 나중에 파가는 식으로 돈을 빼돌렸다. 이른바 '삥땅'이었다. 그때 버스비가 70원, 자장면 한 그릇이 130원이었으니 500원짜리 한 장이면 제법 큰 돈이었다. 그 돈을 나보고 파오라고 했다.

나는 그들이 시키는 대로 화장실에 잠입했다. 화장실 바닥은 흙이 다져져 판판했고, 용변을 볼 때 발을 올려놓을 수 있도록 되어 있는 재래식 화장실이었다. 나는 문을 잠근 후 대못으로 여기저기 땅을 팠다. 뱉어 놓은 침과 밑에서 올라오는 역한 냄새에 구역질이 났지만 나는 깊이 숨을 들이마신 후 재빨리 손을 놀려 여기저기를 못으로 긁었다. 그렇게 얼마간 땅을 팠을까? 못 끝에 엄지손톱만 하게 접힌 셀로판지가 딸려 나왔다. 담뱃갑 속에 넣어 땅에 묻은 500원짜리 두 장이었다. 나는 돈을 주머니에 쑤셔 넣고 땅을 계속 팠다. 100원짜리 지폐가 또 나왔다. 그날 나는 모두 1,400원을 화장실 바닥에서 캐냈다.

잽싸게 밖으로 나와 형들에게 갔다. 형들은 근처 골목에서 내가 나오기를 기다리고 있었다. 우린 그 돈으로 포장마차에 가 술을 마셨다. 형들은 나에게도 큰 유리잔에 소주를 따라주며 노고를 치하했고, 오늘 수입이 최근 들어 가장 많았다며 좋아했다.

나는 잔에 든 소주를 거침없이 들이켰다. 소주의 찬 기운이 배 속을 뚫고 쏟아지는 폭포수처럼 일직으로 낙하했다. 부르르 진저리가 쳐지고, 곧이어 아랫배 깊은 곳에서부터 후끈한 불기운이 치밀어 올라왔다. 나는 그 맛이 좋았다. 술을 마시면 이렇게 후끈한 기운이 온몸에 퍼지고, 주먹을 움켜쥐면 세상에 무서울 게 없는 호기가 좋았다. 그때부터 나는 술을 마시기 시작하여 소주 한 병 정도는 입도 안 떼고 너끈히 나팔을 불 수 있었다.

집을 나와
떠돌던 밤거리
포장마차
유리컵에 소주
옷핀으로 찍어 먹던
멍게 해삼들
호기롭게 컬컬대던
웃음, 웃음들

_「장위동 1」 전문

담배도 그때부터 피웠다. 형들이 싸움을 붙여 중태라는 놈하고 맞짱을 뜬 일이 있는데, 싸운 후 같은 학년인 중태 이놈이 담배를 꼬나무는 게 아닌가. 씨바 × 같아서……, 어쩌구 하며 담배를 꼬나무는데, 나는 담배를 피우지 않아 그 순간 좀 뻘쭘해졌다. 그 자리에서 나는 형에게 담배를 하나 달라고 하여 불을 붙여 물었다.

교회에 나가지 않으면서 G와도 자연스레 만나지 않게 되었다. P

와는 계속 만났다. 나는 만나면 만날수록 P에 대한 사랑의 감정에 깊이 빠져들었다. 나는 P와 만나면서 여러 공상에 젖어들곤 했다. 학교 졸업 후 P와 같이 살 생각, 같이 산다면 어떤 집에서 나는 무엇을 하고 P는 또 무엇을 하며 살며, 아기는 몇이나 낳고……. 이런 근거 없는 공상은 나를 즐겁게 했고, P에 대한 연애감정을 더욱 깊게 했다. P와 헤어지는 일은 상상도 할 수 없었다. 우린 만나면 키스를 했다. 서툴렀지만, 그리고 풋풋했지만 사랑의 진지함만은 어느 연인 못지않았다.

나는 형들에게 P의 존재에 대해 말하지 않았다. 형들에게 자랑하고 싶기도 했지만 왠지 그들에게 P의 이야기를 하면 P의 고귀함에 금이 갈 것 같았다. 나는 또 P에게 내가 형들과 어울린다는 일에 대해서도 말하지 않았다. 말은커녕 전혀 눈치채지 못하게 했다. 그러니까 나는 두 세계에 살고 있는 셈이었다. 하나는 형들과 어울려 온갖 악행을 저지르고 다니는 세계, 다른 하나는 P와의 지고지순한 사랑의 세계.

나는 늘 P를 의식하며 P의 마음에 들도록 노력했다. 나의 말씨와 행동과 눈빛 하나도 그녀의 마음에 깃들기를 간절히 바랐다. 나는 형들과 어울리며 받은 폭력과 폭언에서 오는 상처, 긴장과 상한 자존심, 불에 덴 듯한 마음의 쓰라림을 P를 통해 보상받으려 했다. P는 나에게 존재 자체만으로도 위안이 되었고, 불순함을 정화시켜주는 샘물이었으며, 기죽고 가라앉아 있을 때 새로운 기운을 불어넣어주는 힘의 원천이 되었다. 갸름한 얼굴에 갈래머리. 배시시 웃을 때 옴쏙 파이던 볼우물과 때글때글한 목소리.

술 마신 후 누구의 성기가 더 큰가 내기를 하다, 친구 것은 벌써 고래를 잡았는데 나는 그렇지 않아, 그 자리에서 맥주병을 깨 날카로운 유리 조각으로 귀두 끝 포피의 끈을 잘라 피투성이가 된 일. 자취방에 모이기만 하면 술 담배에, 노름에, 포르노에, 음담패설에. 놀러 가기 위해 옷을 사야 하는데 어떻게 돈을 마련하나 하는 궁리에…….

그러니 공부 따위는 관심 밖이었다. 나는 중학교 때 반에서 30등 이상을 해 본 적이 없다. 그래도 어떻게 학교는 빠지지 않고 다녔는데, 그 일은 지금 생각해도 정말 신기한 일이 아닐 수 없다. 아무 개념 없이 덜렁덜렁 가방만 들고 학교를 오가고, 수업시간 선생들이 하는 설명은 하나도 귀에 안 들어오고, 그러다 집에만 오면 동네 형들과 어울리기에 정신이 없었으니.

무엇이 그토록 나를 삐뚤어지게 했을까? 무슨 불만이 내 가슴에 그렇게 무럭무럭 쌓여 갔을까? 2층, 3층 대저택을 떠받치고 있는 화강암 축대 밑 그늘에 가려 있던 나의 자취방. 그곳에서 우린 모여 키득대고 연애하고 수음하며 놀았다. 나는 학교라는 기성세대가 만들어 놓은 시스템에 적응하지 못했다. 그 틀이 싫었다. 매일같이 가야 하고, 알아듣지도 못하는 말을 수업시간마다 들어야 하고, 지루하고 답답하고 재미가 하나 없는 네모반듯한 곳.

어떤 틀에 매이기 싫어하는 나의 성격은 그때부터 형성되었는지도 모른다. 우린 우리들만의 몸짓과 언어로 세상을 상대하며 엇나가고 반항했다. 그렇게 모여 작당하고 쏘다니는 우리들의 '패거리'가 나는 좋았다. 그러면서 우린 선생과 부모로 통칭되는 '꼰대'들을 가

차 없이 씹었다. 실제로 꼰대들은 틈만 나면 우릴 네모반듯한 그 틀에 가두려 했고, 고개조차 들지 못하게 했으며, 질식할 때까지 우리의 숨통을 짓눌렀기 때문이다.

5

열등감

시골집에는 방학 때만 갔다. 집에 가 보면 어머니 아버지는 농사일에 지쳐 있었다. 땡볕에 살갗은 시커멓게 타고 손톱엔 누런 물때가 끼어 있었다. 한시도 집에 있지 않고 들에 나가 일하시는 부모님은 동이 트는 새벽부터 저녁 늦게까지 흙노동에 시달려 탈진한 모습이었다. 특히 어머니는 들일에 집안일에 장애인인 형까지 돌보느라 형편이 더욱 말이 아니었다.

우리 부모만 그런 것은 아니었다. 마을 사람 모두가 무지렁이 농사꾼으로 너나없이 흙노동에 시달렸다. 나중에 내가 커서 이들 농민에게 민중적 연대감을 느끼기까지, 이들은 나에게 열등감을 가져다주는 뒤처진 존재일 뿐이었다.

형은 내가 집에 내려가면 내 뒤를 졸졸 따라다녔다. 어디를 가든 따라와 사뭇 나를 귀찮게 했다. 나는 주로 밤에 친구들을 만나 놀러 다녔다. 나는 형이 눈치채지 못하도록 아무 말도 하지 않고 집을 살

짝 빠져나왔다. 그런데 귀신같이 그걸 알고 형이 따라왔다. 나는 온갖 감언이설로 형을 꾀어 집으로 돌려보내려고 하였다. 그러나 형은 막무가내였다. 형은 무슨 말을 해도 머리를 내저을 뿐, 결국 나는 속상한 마음으로 친구들과 같이 놀러 가려던 계획을 포기하고 집으로 돌아와야 했다.

이런 일도 있었다. 마을에 잔칫집이 있었는데, 나는 방 하나에 친구들과 같이 그들먹하게 모여앉아 음식을 먹고 있었다. 환갑집이라 잔뜩 흥이 나 노래도 하고 노는데 형이 방에 앉아 갖은 말썽을 다 부렸다. 나는 참다못해 형에게 집으로 가라고 했고, 그러자 형이 주먹을 쥐고 나에게 덤벼들었다. 다른 때 같았으면 아무리 화가 나도 내가 참으며 집으로 왔을 것이다. 그러나 그날은 나도 모르게 형 뺨을 내가 먼저 갈겼다. 그런 다음 나는 형 멱살을 잡고 방 밖으로 끌어냈다. 갑작스런 소란에 사람들 이목이 순식간에 집중되고, 나는 화가 폭발하여 형을 때리며 집에 가라고 소리쳤다. 그러나 형이 먼저 집에 갈 리는 없었다. 결국 분에 못 이겨 나 혼자 집에 왔고, 일의 전말을 눈치챈 어머니가 말씀하셨다. 성한 사람이 이해해야지 어쩌겠냐고.

청소년기 나는 형 때문에 속상한 적이 몇 번 있었지만 그렇다고 형으로 인해 열등감을 느끼거나 하진 않았다. 참다 참다 순간 화가 폭발해 욕하고 때린 적은 있지만, 형에 대한 나의 한결같은 감정은 불쌍함이었다. 어려서 품었던 근원적인 의문, 왜 형은 말을 하지 못할까에 대한 의문을 늘 가지고 있었고, 그 의문에 대한 답을 가져오기 위해 내가 할 수 있는 일이 무엇일까를 생각했다.

청소년기 나를 지배한 감정은 열등감이었다. 그 열등감은 형 때문이라기보다는 농사짓는 부모로부터 생겼다. 내가 보는 서울 사람들, 학교 선생이나 친구 부모들은 모두 하나같이 잘나 보이는데, 우리 부모는 꾀죄죄하고 무식한 농투산이에 일 년 열두 달 흙강아지처럼 땅만 파고 산다는 사실에 나는 열등감을 느꼈다. 그 잘난 서울 사람들에 비해 꾀죄죄하게 못난 우리 부모란.

시골에 오면 나는 우쭐한 감정에 사로잡혔다. 친구들 가운데에도 시골에서 학교 다니며 노는 아이들이 있었다. 그들도 술 담배를 하고, 계집애를 사귀고, 패싸움을 하기도 했다. 그러나 내가 보기에 그건 노는 게 아니었다. 나는 그들에게 서울서 내가 노는 이야기를 해주며 은근히 위세를 뽐내기도 했다. 그들은 하나같이 그게 정말이냐며 내 무용담에 귀를 기울였다. 그러면 나는 더더욱 신이나 없는 이야기까지 지어서 떠벌렸다. 그리하여 나는 서울에 있을 때는 부모로부터 오는 열등감에 빠져 있었는데, 반대로 시골에 오면 상대적으로 시골 아이들에 대한 우월감을 갖게 되었다.

그 무렵 한 번은 방학에 내려온 나에게 아버지가 역정부터 내셨다. 방학이면 서울서 공부라도 한 자 더 해야지 뭐 하러 집에 왔느냐고 했다. 나는 그 말이 몹시 서운했다. 내 딴에는 서울에 있으면서, 물론 공부는 전혀 안 했지만, 집에 오고 싶어도 힘들게 참다 왔는데, 오랜만에 온 나를 반겨주지는 못할망정 부모로서 뭐 하러 집에 왔냐니. 그 말은 나에게 상처를 주기에 충분한 말이었다.

"인저 그만혀. 제집이니께 왔지, 왜 와?"

어머니가 아버지를 만류했지만, 그럴수록 아버지는 눈을 허옇게

치켜뜨고 내일 당장 서울로 올라가라고 소리 질렀다. 나는 화가 치밀어 그 자리에서 가방을 싸 집을 나와 버렸다. 어머니가 뒤따라와 오늘 밤이라도 자고 내일 가라고 나를 말렸다. 나는 듣지 않았다. 나는 아버지에 대해 분하고 야속했다. 그깟 놈의 공부가 뭐라고 일 년에 한두 번 집에 올까 말까 한 나를 그 자리에서 내쫓는가 말이다. 그날 나는 그 즉시 서울로 와 버렸고, 그때부터 나는 아버지와 그놈의 '공부'에 대해 원한에 가까운 감정을 갖게 되었다.

6

기정이 누님

그 무렵, 그러니까 공부와 완전 담쌓고 노는 데 정신이 팔려 온갖 악행과 비행을 일삼고 다니던 때, 나는 한 가지 충격적인 체험을 하게 되었다.

기정이 누님이라고 있었다. 기정이 누님은 내가 다니던 시골 초등학교 선배였다. 나이가 나보다 서너 살 많아 누나뻘에 해당하는 사람이었다. 우린 군 교육청에서 주관하는 웅변대회에 나가느라 자주 만났다. 학교를 대표해 두 명이 나가는데 나와 그녀가 뽑혔다. 방과 후 단둘이 남아 연습하던 교실에서 나는 왜 그렇게 까닭 모를 곤혹스러움에 당황했던지. 지금 생각해보면 그것은 내가 처음으로 이성에 눈뜨는 시간이었다. 그녀는 내게 첫사랑이자 짝사랑이었다. 산과 들로만 가득하던 공간, 아침이면 들에 나가 저녁이 돼서야 집으로 돌아오는 부모님, 아무렇게나 뒹굴며 자라던 동생들, 그리고 친구들, 학교, 선생님……. 이런 일차원적인 세계에 살던 나에게 그녀의 존재는 흐드러진 꽃가루를 몰고 오는 봄바람이었으며, 무한천공 확대된 기하학적 공간에 떠 있는 반짝이는 별이었다.

그녀를 보면 알 수 없는 희열에 가슴이 두근거리고, 얼굴이 대춧빛으로 붉게 달아올랐다. 투명한 햇빛이 온몸을 관통하는 듯했다. 그녀 앞에서 나는 나의 모든 것이 발가벗겨진 듯 부끄러워 어쩔 줄 몰랐다.

홀로 있는 시간이 늘어갔다. 나는 은밀히 그녀의 이미지를 내 가슴에 담아두었다. 나는 그녀가 내 각시가 되어 먼 훗날 나와 같이 살아갈 모습을 꿈꾸기도 하였다. 짧은 시간이었지만 그녀로 인한 오래고 긴 떨림이 물결처럼 가슴에 남은 그런 사랑이었다.

졸업 후 그녀도 대처로 떠났다. 여느 사람과 마찬가지로 그녀도 중학교 진학을 포기한 채 서울로 돈 벌러 떠났다. 나는 그녀를 오래오래 가슴에 담아두고 그녀의 소식을 기다렸다. 그러나 끝내 그녀의 소식을 들을 수 없었다.

그 후 나도 서울로 전학을 왔고, 그렇게 지내던 어느 날이었다. 친구와 약속이 있어 집을 나섰다. 골목과 찻길이 맞닿는 곳에 철공소가 있었다. 다른 때는 무심히 지나쳤던 곳. 그날은 왠지 그 앞을 지나며 안쪽을 기웃거렸다. 자전거 바퀴, 수리 중인 오토바이, 다른 철재들이 어지럽게 널려 있는 가운데 누군가가 쭈그리고 앉아 용접을 하고 있었다. 순간 내 몸이 오그라들었다. 용접을 하고 있는 아이가 다름 아닌 내 초등학교 동창 L이었다.

내가 그의 이름을 불렀고, 우린 반갑게 악수했다. 같은 고향에서 같이 초등학교 다니다 나는 중학생으로 그는 용접공으로 서울에서 일하고 있었다. 그의 이마는 땀으로 번질거렸고 마주잡은 손마디에 힘이 들어가 있었다. 그는 형님 댁에 있으면서 용접 일을 배우고 있다고 했다. 그러면서 하는 말,

"이따 저녁에 시간 있냐?"

그렇다고 했더니 자기와 함께 기정이 누님 집에 한 번 가보자고 했다. L의 말에 의하면 그녀는 초등학교 졸업 후 그녀 형부의 소개로 어느 부잣집 식모를 살다가, 지금은 영등포 어디서 가발공장에 다닌다고 했다

우린 저녁 때 다시 만났다. 그는 깨끗이 목욕을 하고 나왔고, 긴 머리에 푸른 줄이 간 남방, 그리고 회색바지를 입고 있었다. 영등포행 버스를 탔다. 공장이 밀집해 있는 골목을 걸으며 나는 수박 두 통을 샀다. 초등학교 때 가졌던 그녀에 대한 연모의 감정이 아련히 되살아났다. 갈래머리, 짧은 치마에 흰 스타킹, 동그란 얼굴에 앙증맞은 눈. 그녀의 옛 모습을 떠올리며 나는 앞서 걷는 L의 뒤를 바짝 따라 걸었다.

얼기설기 얽은 루핑 집, 가파른 골목, 비료 부대에 심어 놓은 봉선화가 선홍빛 꽃잎을 달고 있었다. 집은 골목 맨 끝 집이었다. 문은 잠겨 있었다. 한동안 서성이다 문을 열고 들어갔다. 주위는 이미 어두웠다. 불을 켰다. 30촉 알전구의 흐린 불빛이 방 안의 어둠을 힘겹게 밀어냈다. 두세 평 남짓한 방. 낡은 비키니 옷장 하나와 구석에 신문지로 덮어놓은 알루미늄 밥상. 석유곤로 하나가 방구석에 놓여 있었다. 천장은 쥐 오줌 자국으로 얼룩이 졌고 흙이 내려앉아 한쪽이 이제 막 갈라질 듯 늘어져 있었다. 움막 같은 방. 그 참담함에 가

슴속 싸늘한 기운이 스쳐 지나갔다. 나도 모르게 한숨이 나왔다. L이 앉아 기다리자고 했다.

그렇게 얼마를 기다렸을까. 밖에 인기척이 나고 그녀가 들어섰다. 그녀가 L을 보고 희미하게 웃었다. 그러면서 나를 보고 누구냐고 물었다.

"저 위 온암리 사는 재도여."

L의 말에 그녀의 눈빛이 잠시 빛나다 이내 희미해졌다. 안색은 누렇게 떠 병색이 완연했고 머리를 짧게 파마해 중년의 아줌마 같았다. 내 첫사랑의 깜찍했던 옛 모습은 어디에서도 찾아보기 어려웠다.

"일하기 힘들죠?"

"그래도 집에서 농사짓는 것보담 나아."

그녀의 대답에 한숨이 묻어나왔다.

그녀가 L과 이야기하는 동안 나는 내 처지와 그녀의 처지를 곰곰이 비교해보았다. 나는 서울로 전학하여 '학삐리'로 학교에 다니는데, 그녀와 L은 초등학교 졸업 후 곧바로 서울에 와 공장과 철공소에서 돈벌이에 여념이 없었다. 이들에 비해 나는 무엇인가? 잘나지도 못한 게 공부한답시고 서울에서 폼 잡으며 싸돌아다니고 있지 않은가? 나는 얼굴이 화끈 달아올랐다. 왠지 이들에게 미안함과 죄책감이 느껴졌다. 나는 더없이 우울한 마음으로 집에 왔다. 그 후 L에게 들은 이야기지만 기정이 누님은 결국 공장 생활을 그만두고 요양차 집으로 내려갔다고 했다. 결핵이었다.

기정이 누님, 아니 나의 첫사랑이자 짝사랑이었던 그녀를 생각하면, 자기 삶을 선택할 여지도 없이 어린 나이에 삶의 현장에 내던져진 많은 이들이 떠오른다. 그들 속에 있을 때 민중 속에 있고, 그들과 멀어졌을 때 민중 밖에 있다는 사실을 나는 그 후 한참이 지나서야 깨달았으니.

7

니가 어련히 알아서 허겄니

지금 생각해도 참 한심한 일은 나는 서울에서 저지르고 다니던 온갖 비행과 악행을 어머니에게 모두 말씀드렸다는 사실이다. 집에 와 있는 방학 때 비가 오면 어머니는 들에 나가지 않고 집에서 집안 일을 하셨다. 빨래도 하고, 김치도 담그고, 굴품한 입에 간식거리로 밀개떡이나 옥수수도 쪄 주고. 그러면서 또 구낙으로 구낙으로(틈 나는 대로) 마루에 앉아 삼(麻)을 삼으셨다. 허공을 하얗게 긁어 대며 쏟아지는 빗줄기. 담장보다 높이 자란 해바라기도 비에 젖어 흔들리고, 바람에 쓸려온 빗줄기에 마루가 흠뻑 젖기도 했다.

나는 그런 날이 좋았다. 아버지는 방에서 낮잠을 주무시고, 집안 식구들이 모두 비에 갇혀 고즈넉이 집에 있는 시간. 그런 때 나는 어머니 곁에서 서울에서 하고 다니는 못된 짓에 대해 미주알고주알 다 이야기했다. 누구누구와 싸운 이야기, 여 차장 화장실에서 돈을 훔친 이야기, 사귀고 있는 여친 이야기 등. 나는 신이 나서 있는 그대로, 때론 사실보다 더 부풀려서 마치 생중계하듯 모두 말했다. 어머니는 잠자코 내 말을 들으셨다. 그러면 나는 더욱 신이 나 떠벌렸고, 그런 내 말을 들으며 어머니는 아무 말 없이 무릎 위 삼을 서리서리 이으셨고. 그러다 한숨과 함께 한 마디 하셨다.

"니가 어련히 알아서 허겄니."

어머니는 나에게 잘했다 잘못했다 일절 그런 말씀을 하지 않으셨다. 나의 비행에 대해 언짢아하시거나 걱정하지도 않으셨다. 오로지 한 마디,

"니가 어련히 알아서 허겄니."

이 말에 나는 그만 머쓱해져 하던 이야기를 멈추었다. 순간 나와 어머니 사이 침묵이 흐르고, 그 침묵 속 건너오던 빗소리. 나는 나중에 커서 그때 일을 자주 떠올려보았다. 그때 어머니 심중은 어땠을까? 기껏 공부하라고 서울로 전학시켜 놓았더니, 하는 짓이라는 게 차마 입에 담지 못할 못된 짓만 하고 다니는 아들에 대해 어떤 심정이었을까? 그런데도 왜 한 마디 꾸짖는 말씀도 하지 않았을까? 아무리 철딱서니가 없기로서니 나는 왜 그런 일을 어머니에게 모두 일러바치듯 다 말했을까?

그리고 어련히 알아서 한다니 무엇을 어련히 알아서 한다는 말인가? '어련히'라는 말은 '때가 되어 자연스럽게'의 뜻이 아닌가? 그렇다면 이제 그만한 일은 누가 옆에서 이래라저래라 하지 않아도, 내가 알아서, 이제 나도 그런 일에 대한 가리사니(판단력)를 가질 나이가 되었으니, 스스로 알아서 해야 한다는 말이 아닌가? 나는 이 말에서 나에 대한 어머니의 전폭적인 신뢰를 느낄 수 있었다. 비록 불

랑스러운 아들이지만, 네가 하는 일은 네가 알아서 하라는 어머니 마음이 그 말 속에 담겨 있었다.

그런데 희한한 일은 그 후에도 이 말이 내 마음속에서 사라지지 않고 계속 나를 울렸다. 특히 어떤 비행에 연루되어 거기서 한 발자국만 더 나가면 큰일(예컨대 학교를 퇴학당한다든가, 구속된다거나 하는 일)이 날 수도 있는 일촉즉발의 지점에서, 이 말은 나에게 마치 피노키오의 양심의 귀뚜라미처럼 나를 일깨우는 경고음이 되었다.

네가 어련히 알아서 해라. 누가 간섭하지 않아도 스스로 판단해 어떤 일을 처리해라. 인간의 자주성과 자율성, 책임의식을 담고 있는 이 말은 그 후 나의 인간과 인간 행위를 바라보는 척도가 되었다. 나는 교사가 되어 아이들을 지도할 때 아이들의 자주성을 소중히 여기도록 애썼다. 아무리 불량한 아이라도 그 아이 속에는 '스스로 선(善)하고자 하는 힘'이 있으며, 교사는 그 힘이 발현되도록 옆에서 돕고 기다리며 조건이 마련되도록 애쓰는 일이 중요하다고 생각했다.

중학교 때 나는 앞서 말한 양아치 형들과 어울리며 온갖 비행을 저질렀다. 돈이 없으면 삥을 뜯었고, 그래도 부족하면 누나 지갑에 손을 댔다. 참으로 한심하다 할 정도로 막무가내이면서 대책 없는 아이였다. 그런데 그런 와중에도 또 하나 희한한 일은 그런 내가 우표를 모으고, 명화를 스크랩했으며, 기타를 배우고, 만화방에 있는 무협지를 모조리 읽었다는 점이다.

나는 우표를 취미삼아 모으기 시작했다. 처음 누나가 몇 장씩 가져다 준 일이 계기가 되었는데 양이 불어나면서 본격적으로 모았다. 여기서 '본격적'이라는 말은 우표 가게에 가 뽀리(도둑질)까지 했다는 말이다. 나는 가능한 한 쓰지 않은 희귀 우표들만 모았는데, 약 700장 정도, 우표 책으로 하나 가득 모았다.

그런 어느 날 나는 그 우표를 몽땅 도둑맞았다. 우표 책까지 통째로 들고 가 한 장도 남김없이 사그리 도둑맞았다. 그때의 충격과 아쉬움이란. 나는 누가 훔쳐 갔는지 짐작으로 알고 있었다. 같이 놀던 양아치 형이었다. 여러 정황으로 보아 그 형이 가져간 게 분명했다. 그렇지만 나는 입도 뻥끗하지 못했다. 도둑질해 모은 우표를 내 것인 양 애지중지한 일부터가 잘못이었다. 하지만 그때는 그렇지 않았다. 우표 책에 가지런히 꽂혀 있는 우표를 보고 있으면 밥을 먹지 않아도 배가 불렀다. 한 장 한 장 우표가 가득 들어 있는 우표 책을 넘길 때의 보람과 희열은 다른 무엇과 바꿀 수 없었다. 그런 우표를 하루아침에 몽땅 도둑맞았으니.

명화 스크랩은 그 당시 발간되던 잡지 『샘터』에 있는 명화를 스크랩한 일이었다. 책 두 쪽에 걸쳐 그림이 소개되었는데, 서양의 유명 화가들 작품에, 지금도 기억나는 일이 미술평론가 이일 씨의 작품 해설이 곁들여져 있었다. 나는 『샘터』에서 오직 그 부분만 오려 스크랩했다. 보티첼리의 〈비너스의 탄생〉, 앵그르의 〈샘〉 같은 작품들과 렘브란트, 샤갈, 고흐의 작품들이 있었는데, 나는 그림과 이일 씨의 해설을 번갈아 보며 그림의 세계에 빠져들었다. 여러 화가와 그림에 대한 에피소드도 나의 흥미를 끌어당겼다. 나중에 고등학교에 가서 서양미술의 흐름과 유파별 특징에 대해 자세히 알 수 있었지만, 스크랩할 당시에는 그런 점들은 모른 채 그림의 구도나 명암, 색상, 빛의 흐름 따위를 내 나름대로 분석하며 감상했다.

무협지를 독파한 일도 그 무렵이었다. 우리 동네에 만화가게가 하나 있었다. 나는 형들과 그곳에서 자주 시간을 죽치곤 했는데, 나는 만화보다 무협지를 더 좋아했다. 무협지는 보통 한 권에 열 권 스무 권으로 되어 있어, 일단 읽기 시작하면 몇 날 며칠을 그것에 빠져 지내야 했다. 가게 벽에 빈틈없이 꽂혀 있던 무협지. 무협지의 가장 큰 매력은 현실 세계에서는 불가능한 '판타지'의 세계를 열어준다는 점이다. 주인공과 함께 수천 리 흐르는 장강을 배를 타고 떠다니기도 하고, 깎아지른 동굴 속에서 혹독한 수련을 하기도 하며, 중원의 무림 고수들과 그들이 펼치는 갖가지 무림 신공(神功)을 만날 수 있기 때문이다. 그뿐인가? 잊을 만하면 나타나는 청춘남녀들의 애틋한 사랑과 섹스 장면에 대한 리얼한 묘사는 무협지를 결코 손에서 놓을 수 없도록 하는 묘약이었다.

몸을 가볍게 날아 이쪽저쪽을 이동할 수 있는 경신술, 순식간에 공간 이동을 가능하게 하는 축지법, 장풍과 독심술, 운기조식 같은 단어들은 얼마나 나의 마음을 들뜨게 하였던가. 나는 마치 내가 무협지 속 주인공이라도 된 듯, 몸을 솟구치면 단박에 절벽 위로 뛰어오를 듯한 착각에 빠져 지낸 일이 한두 번이 아니었다.

중학교 졸업할 때까지 나는 책이란 교과서 이외 다른 책을 읽어본 적이 없었다. 나는 중학교 때 만화가게에 있던 무협지와 『꿀단지』 같은 황음소설을 읽은 게 전부였다. 남들은 어려서부터 동화책을 읽고, 중·고등학교 시절 무슨 문학 전집 따위를 닥치는 대로 읽으며 시인의 꿈을 키웠네, 장래 희망이 교사였네 하지만, 나는 고2

때까지 교과서 이외 다른 책을 읽은 적이 단 한 번도 없었다.

그래서 사람들은 묻는다. 그런 내가 어떻게 선생이 되었냐고. 그리고 문학은 어떻게 하게 되었냐고. 이에 대한 이야기는 나중에 뒤에 가서 다시 하겠다. 그러나 아무튼 나 같은 인간도 나중에 선생이 되고 문학도 하게 되었으니. 그래서 나는 중·고등학교 학생들에게 공부해라 책을 읽어라 다그치지 않는 편이다. 문학이든 공부든 할 녀석은 언젠가 하게 되어 있고, 사람은 끝까지 가 봐야 알 수 있다는 속설도 있으니 말이다.

8

재수

결국 나는 고등학교 시험에 떨어지고 말았다. 중학교 전 기간 동안 공부는 뒷전이고 노는 일에 전력투구했으니 어찌 보면 지극히 당연한 결과였다. 내가 중학교를 졸업하던 1973년 당시 우리나라 고등학교 입시는 철저히 시험에 따른 선발고사였다(서울 지역은 1년 뒤인 1974년부터 고교평준화 정책이 도입돼, 연합고사를 치른 후 이른바 '뺑뺑이'라는 추첨에 의해 학교가 배정됐다). 그 당시 명문으로 꼽히던 경기고, 서울고, 경복고, 용산고 등에는 내노라 하는 인재들이 몰려들었다. 반면 이류, 삼류라 할 수 있는 똥통학교들도 있었다.

합격자 발표가 있던 날 아버지께서 서울에 올라오셨다. 아버지와 함께 합격자 발표장에 가는 나는 한 마디로 죽을 맛이었다. 시내버스 안에서 아버지는 입술을 꽉 다문 채 앞만 노려보고 있었다. 눈발이 날리는 겨울바람을 뚫고 허허벌판 같은 학교 운동장을 지나 합격자 명단이 붙어 있는 게시판 앞에까지 갔다. 내 이름을 찾던 아버지의 눈길이 점차 노여움에서 절망으로 변했다. 돌아서면서 아버지가 한 마디 내뱉었다.

"뒈져, 이 자식아."

그 말이 내 가슴에 비수로 꽂혔다. 아니 시멘트 바닥에 쇠뭉치를 굴릴 때 나는 듯한 소리로 나를 압도했다. 그 순간 나는 정말 쥐구멍에라도 들어가 숨고 싶었다. 집에 오는 버스 안에서 우리는 아무 말도 하지 않았다. 흔들리는 버스 안에서 나는 지난 3년간 있었던 일들을 떠올렸다. 무수히 많은 일들이 파노라마처럼 떠올랐다 사라졌다. 내가 생각해도 참으로 한심한 일들뿐이었다.

아버지의 닦달은 집에 와서 본격적으로 시작되었다.

"니 에미 애비 어떻게 일하는지 두 눈구녁으로 뻔히 보면서 이 지랄이냐? 씨부럴놈, 공부하라고 서울로 전학시켜 놓으니께 별 개지랄만 허구 댕기구."

아버지의 눈동자가 분노로 이글거렸다. 아버지가 주먹으로 내 머리를 쥐어박았다. 흙노동에 닳아 뭉툭해진 뼈마디가 아프게 느껴졌다. 나는 시골에 있는 어머니를 떠올렸다. 말 못하는 형과 바글바글 속 썩으며 나 하나 공부 잘하길 바라는 어머니 마음이 헤아려지면서 눈물이 솟구쳤다. 나는 선 채로 입술을 깨물며 울었다. 눈물이 걷잡을 수 없이 솟구쳐 두 볼을 타고 흘렀다. 아버지가 냅다 부엌으로 가더니 유리컵을 가져 왔다.

"너 일루 와."

아버지가 유리잔을 내 눈에 대고 떨어지는 눈물을 잔에 담았다.

그날 저녁, 나는 아버지와 함께 당숙네 집에 있었다. 저녁을 먹는 자리에서 나는 코가 석자나 빠져 있었다.

"이게 얘가 오늘 고등핵교 시험 떨어져서 울은 눈물유."

아버지가 들고 있던 유리컵을 상 위에 올려놓았다. 당숙이 그걸 보며 말했다.

"글쎄, 요즘 애들은 왜 그렇게 공부를 안 하나 몰러. 얘, 그래서 너 앞으로 어떻게 할 계획이냐?"

"워치게 허긴 뭘 워치게 헌대유. 똥통핵교두 떨어지는 새끼가 내일 당장 짐 싸 갖구 시골로 내려가야주."

그러면서 아버지가 한탄하듯 말했다.

"얘가 암만해두 지 정신이 아뉴. 지 에미 애비 저 하나 공부시키느라 뼛골 빠지는디, 그리고 그거야 부모로서 응당 그렇다구 혀. 지 형을 생각해서라도 공부를 해야 헐 긴디, 니가 사람이냐, 짐승이냐?"

아버지 눈썹이 누에처럼 꿈틀거렸다. 아버지의 말 한 마디 한 마디가 매몰차게 가슴을 후벼 팠다. 나는 형이라는 말에 다시 눈물이 솟구쳤다. 형의 일그러진 얼굴이 떠오르고 비척거리며 걷는 걸음걸이가 떠올랐다. 그런 형을 아침저녁으로 보살피는 엄마의 얼굴이 떠올랐다. 흐느끼는 사이 눈물이 밥그릇에 떨어졌다. 자신에 대한 자책과 서러움이 뒤섞인 눈물이었다. 당숙이 그만 울고 밥을 먹으라고 했지만 나는 밥을 먹을 수 없었다. 나는 자리를 박차고 일어나 내 방으로 왔다.

9

공부를 하다

집을 옮겼다. 지금까지 살던 장위동에서는 도저히 공부를 할 수 없었다. 동네 형들이 몰려와 술 마시고 담배 피고 노름하고 죽치다 가니 공부를 하려야 할 수 없었다. 방도 방이지만 나 역시 마찬가지였다. 내가 장위동에 그대로 사는 한, 형들을 만나지 않을 수 없고, 그러다 보면 예전과 같은 생활을 피할 수 없었다.

나는 집을 석관동으로 옮겼다. 온다 간다 말 한 마디 없이 어느 날 전격적으로 이사해 버렸다. 그때가 2월. 1차 시험에서 떨어진 후 2차는 보지 않았다. 고입 제도가 2차까지 시험을 볼 수 있었지만, 그리고 만약 그렇게 했다면 삼류 똥통학교 어딘가에 들어갔겠지만, 나는 2차 시험을 과감히 포기하고 재수하기로 결심했다.

이사하면서 가장 괴로웠던 일은 그동안 사귄 P와 떨어져야 하는 일이었다. P는 일반계 고등학교에 진학했다. 원래 P는 자기 특기인 고전무용을 살려 예체능학교에 진학하려 했지만 여의치 않았다. 나는 P에게만 어쩌면 장위동을 떠나 다른 곳으로 이사할지 모른다고 말해 주었다.

누나와 함께 나는 허름한 양옥집에 방 두 개를 얻어 살았다. 나는 이사 후 바깥출입을 거의 하지 않았다. 우선 쪽팔려서였다. 다른 애들은 다 학교에 진학해 교복에 교모에 폼 나게 하고 다니는데, 나는 시험에서 떨어져 한심하게 재수를 한다는 게 자존심이 허락하지 않았다.

나는 머리도 이부가리로 짧게 깎았다. 보통 재수하면 머리도 기르고 담배도 꼬나물었지만 난 그러지 않았다. 담배는 끊지 못해 계속 피웠지만 머리는 일부러 밤송이보다 더 짧게 깎았다.

공부. 아버지가 그렇게 노래하던 공부. 방학 때 시골집에 가면, 집에 올 시간에 서울서 공부라도 한 자 더 하라며 나를 내쫓은 공부. 고등학교 입시에 떨어져 친척들 앞에서 내 쪽이란 쪽은 다 팔리게 만든 공부. 그 엿 같고 개 같은 공부가 뭔지, 도대체 공부가 뭐길래 인간들이 입만 열었다 하면 공부 공부하는지, 그 공부를 내가 한 번 해서 우선 아버지에 대한 원한부터 갚고 싶었다.

나는 정말 아버지에 대한 원한을 갚기 위해 공부했다. 눈만 뜨면 공부 타령인 아버지, 공부 이외 나의 존재를 조금도 인정하지 않으려던 아버지, 공부를 가지고 나를 능멸했던 아버지, 성질이 불같고 급해 한번 화가 나면 얼굴이 검붉은 대춧빛으로 붉어지고, 누에 같은 눈썹이 꿈틀대며 어른이든 아이든 불벼락이 떨어지던, 그리하여 별명이 살벌하다는 뜻에서 모스크바였던, 그 아버지의 염원이자 소원이자 종교였던, 그 개 같은 공부를, 너 왜 공부 안 하니 라는 말밖에 할 줄 모르던, 까닭 없이 주눅 들고 죄스러움을 느끼게 한 그놈의 공부를, 좋다, 어디 한 번 두고 봐라, 내가 한 번 제대로 해서, 공부 너뿐만 아니라 아버지에 대한 원한까지 한번에 갚으려고, 그래서 나는 진짜 공부를 하기로 했다.

우선 문방구에서 모눈종이를 사 왔다. 가로세로 그려진 눈금에 날짜와 그날그날 공부한 시간을 표시해 나갔다. 하루 24시간 중 오로지 공부한 시간이 몇 시간인가를 따져 점으로 찍어 나갔다. 그렇게 매일, 토요일 일요일도 없이 한 달 30일을 점을 찍어 표시한 다음, 매월 말일에 그 달에 공부한 시간의 통계를 냈다. 그때 나는 하루 평균 17~18시간을 공부했다. 그날 무슨 일이 있어 14시간밖에 공부를 못 했다면, 다음 날 나는 그 전날 채우지 못한 3시간까지 더해 20시간을 했다. 한 달 평균 17~18시간을 확보하기 위해서였다.

앉을개 책상에 방석 하나 놓고 책에 매달렸다. 식사하고 용변 보는 시간 외에 오로지 공부만 했다. 국영수과사 외에 다른 과목도 시간을 나누어 했다. 특히 영어와 수학은 기초가 없어 아무리 단어를 외우고 문제를 풀어도 이해가 되지 않았다. 나는 참고서 하나를 처음부터 아예 외워버렸다. 외우고 또 외우고, 다음 날 그 전에 외운 것을 연습장에 써 보고, 기억이 안 나면 다시 외우고. 그러면서 문제를 풀고. 누구의 도움도 없이 오로지 혼자서 바위산을 정(釘) 하나로 뚫고 나간다는 심정으로 하루 17~18시간씩 공부에 매달렸다.

나는 그때 '손이 기억한다'는 것을 처음 체험했다. 외우되 그냥 머리로만 외우는 것이 아니라 손으로 쓰면서 외웠다. 수학 공식이든 영어 단어든 국어에 나오는 어떤 낱말이든 닥치는 대로 쓰면서 외우다 보니, 다음 날 기억에 떠올려 다시 쓸 때 머릿속으로는 기억이 나지 않는데, 볼펜을 쥐고 연습장에 손을 갖다 대면 나도 모르게 저절로 손이 써졌다.

봄은 그런대로 견딜 만했다. 여름이 되자 불볕더위가 복병처럼 나를 기습했다. 더위에 지쳐 공부가 제대로 되지 않았다. 집이 허술해 한낮엔 천장의 열기로 지끈거렸다. 가만히 앉아 있어도 땀이 흘렀다. 그렇다고 공부에 대한 결심을 늦출 수 없었다. 나는 아예 문을 걸어 잠그고, 비닐 장판이 깔린 방바닥에 물을 퍼다 부어버렸다. 그런 후 팬티만 입고 공부하다 더우면 그 자리에서 뒤로 벌렁 누워버렸다. 아, 그때 등줄기에 와 닿던 물기의 서늘함. 나는 옆에 놓인 대야의 물을 몸에 찍어 바르며 책에서 눈을 떼지 않았다.

그렇게 공부에 집중하는 날이 늘어가면서 서서히 뭔가를 '알아가는 즐거움'이 찾아들었다. 그동안 풀리지 않던 문제가 어느 날 풀리고, 그 과정이 이해되었다. 영어도 처음엔 단어부터 막히던 것이 시간이 지나면서 문장이 눈에 들어오고 글 전체 내용이 요해되었다.

공자가 말한 "학이시습지 불역열호(學而時習之 不亦說乎, 배우고 때로 그것을 익히면 또한 즐겁지 아니한가?)"의 경지를 몸소 느끼기 시작했다. 읽고 또 읽고, 외우고 또 외우고, 문제를 풀고 또 풀고, 아예 어떤 것이 완전히 내 것이 될 때까지 하다 보니, 예전에 미처 몰랐던 것이 새롭게 알아지고, 아하 이게 이래서 이렇구나 하는 깨달음에 전율이 일었다. 이른바 공부에 재미를 붙이기 시작했다.

그렇게 8개월 정도 하자, 나는 어떤 문제를 응용해 새로운 문제를 낼 수도 있게 되었다. 또 어떤 문제는 풀기도 전에 머릿속으로 암산이 되어 답이 나왔다. 처음으로 공부가 무엇인지 알았고, 중학교 3년 전 과정이 뻥 뚫리는 느낌이었다.

나는 지금도 학생들이 어떻게 해야 공부를 잘 할 수 있냐고 물어올 때마다 그때 일을 떠올린다. 그러면서 모눈종이에 공부 시간을 체크하면서 했던 일을 말해준다. 공부하는 데 가장 중요한 것은? 공부에 정도는 없다. 다만 나의 경우 집중력과 끈기 그리고 무엇을 이루고자 하는 목표(동기)가 중요하지 않았나 싶다.

8개월 동안 오로지 한결같은 마음으로 전념했던 공부. 그리하여 8차선 고속도로가 뻥 뚫리듯 중학교 3년 전 과정이 한눈에 요해될 만큼 꿰뚫게 되었을 때, 나는 처음으로 학원에 나갔다. 그동안 공부한 내 실력이 어느 정도 되는지 가늠해보고 싶어서였다. 나는 광화문에 있는 세종학원에 등록했다. 그리고 며칠 지나지 않아 시험을 보았다. 결과는 400명 중에서 2등. 그때는 고등학교 재수하는 아이들이 많았다. 경기고나 서울고 등 일류 학교에 떨어진 아이들은 2차 시험을 치지 않고 곧바로 재수에 들어갔다. 요즘 서울대나 연·고대에 떨어져 바로 재수의 길로 들어서는 일과 똑같았다. 그러다 보니 학원마다 재수생이 넘쳐 났고, 학원에도 성적에 따라 우열반이 편성되어 있었다.

내 성적을 보고 나보다도 더 놀란 건 학원 사람들이었다. 원장과 마주앉았다. 원장은 나에게 학원비 전액을 무료로 해 주겠다며, 자기 학원에 계속 나오도록 했다. 그러면서 나를 특수반에 편입시켰다.

나는 기분이 날아갈 듯했다. 수도승이 도를 깨치기 위해 고행을 마다하지 않은 듯이 흔들림 없이 공부에 전념해 온 나 자신이 대견

스러웠다. 나는 그 사실을 누나에게 말했다. 누나는 "어머, 진짜니?" 하며 좋아했고, "너 혹시 또 거짓말 아니야?" 하면서 의심했다.

그런데 학원에 나가면서 나는 새로운 사실을 알게 되었다. 그것은 이른바 고교 평준화 정책에 관한 일이었다. 우리나라는 내가 중학교를 졸업하던 1973년까지 고등학교별로 철저히 성적에 따라 시험봐 들어갔는데, 그렇게 되자 고입 경쟁이 극심하게 나타나고 각종 폐해가 유발되었다. 중학교 교육과정이 비정상으로 운영되는가 하면, 전국에 번진 과외 열풍은 과외망국론으로까지 비화되었다. 이렇게 고교 입시에 따른 각종 문제가 심각한 수준에 이르자, 정부는 새로운 입학제도 개선안을 내놓았는데, 그것이 이른바 인문계 고등학교 추첨입학제를 기본으로 하는 새로운 고입제도 개선안이었다.

'고교 평준화 정책'이라 불리는 이 개선안은 일반계 고등학교는 고입선발고사(이른바 연합고사)를 치른 뒤, 그 시험에 합격한 사람을 공사립 구분 없이 거주지를 기준으로 무작위 추첨하여 배정한다고 했다. 그리고 이 안을 정부는 1974년부터 서울과 부산에 동시에 적용 실시한다고 공포했다.

그러니까 나는 이런 경천동지할 고입제도의 변화가 있는 줄 새까맣게 모른 채 혼자 방 안에서 세상과 절연(絶緣)한 수도승처럼 공부에만 전념했던 것이다. 나는 순간 맥이 탁 풀렸다. 지금까지 절치부심하며 한 공부가 헛되게만 느껴졌다. 또 하나 고민거리가 있었는데 그것은 체력장이었다. 고입 연합고사 시험 만점이 200점인데 그 가운데 체력장 점수가 20점을 차지했다. 체력장은 기초체력 향상을 위해 달리기, 오래달리기, 턱걸이, 멀리뛰기 등 여러 항목을 테스트해 등급에 따라 점수를 매겼는데, 나는 그동안 방 안에 틀어박혀 공부만 한 탓에 체력장에 대비할 기회가 없었다.

재수해 시험 봐 고등학교에 가려는 내 꿈은 무산되었다. 결국 나는 연합고사를 보게 되었고, 연합고사 발표 이후부터 다시 공부를 하지 않게 되었다. 학원에 나가보니 이미 예전에 놀던 아이들이 거기 있었고, 그들과 쏘다니며 다시 술 담배에 손을 댔다. 우리는 패거리 지어 광화문과 종로를 휘젓고 다녔고, 특히 종로2가 낙원상가 쪽을 아지트 삼아 놀았다. 예전에 놀던 장위동에도 다시 가 보았다. 양아치 형들도 그대로 있고 그동안 만나지 않았던 P는 다른 대빼리와 사귀고 있었다. 한양대 음대 다니는 대빼리였다. 나는 P를 만나 사실 여부를 확인했다. P는 그냥 아는 오빠라고만 했다. "아는 오빠? 그런 것도 다 있냐?" 내가 이죽거렸다. 나는 그 대빼리를 찾아 확 밟아 버려야겠다고 생각했지만 이내 마음을 돌렸다. 나를 대하는 P의 눈빛이 어느덧 차가웠고 예전 관계로 돌아가기엔 이미 시간이 늦었다는 생각이 들어서였다.

고입 연합고사 시험을 치른 후 나는 추첨에 의해 성북구 미아리에 있는 서라벌고등학교에 들어갔다. 당시 서라벌은 똥통 중에서도 똥통이었다. 미아 삼거리 언덕에 있었는데, 학교 앞에 창녀촌(텍사스촌)이 있어 누구나 기피하는 학교였다. 그런 서라벌고에 중학교 전체 수석 졸업자가 6명이나 배정되었다. 고교 평준화 정책에 따라 추첨에 의해 학교가 배정되었기 때문인데, 이로써 서라벌고는 똥통에서 일약 명문사학으로 발돋움할 계기를 마련했다. 서라벌 예대가 쓰던 건물까지 고등학교에서 쓰게 됨으로써 서라벌고는 학교 환경이나 교육 여건이 명문고로서 손색이 없었다.

서라벌고에 떨어진 후 우린 입학 전 반 편성 고사를 보았다. 1학년 전교생이 1반부터 12반까지 한 반에 60명씩 모두 720명이었는데, 전교 240등 안에 드는 학생을 A, B, C, D 네 개 반으로 나누어 따로 편성했다. 나는 시험 결과 특수 A반에 들어갔다. 그야말로 서울대 진학을 목표로 하는 정예 중의 정예인 특수 A반에 들어간 것이다.

10

특수반 돌반

특수반 돌반.

우린 그렇게 불렀다. 전교 240등 안에 든 A, B, C, D 네 개 반을 특수반, 나머지 반을 돌반이라고 했다. 돌반과 특수반은 모든 면에서 달랐다. 진도도 달랐고 공부 내용도 달랐다. 그러니 특수반 중에서도 완전 정예 중의 정예들이 모인 A반이야 말해 무엇하겠나?

중학교 전교 수석 졸업자 6명, 연합고사 200점 만점인 학생이 8명이나 있는 특수 A반은 그야말로 학교에서 진골(眞骨) 중에 진골이었다. 우리는 교과서로 공부하지 않았다. 물론 교과서를 아주 안 하지는 않았다. 개념 정도에 대한 설명이 있고 각자 훑어보고 질문하는 정도였다. 나머지는 문제풀이. 들리는 말에 의하면 수학 문제는 일본에서 수입해온다고 했다.

아이들 모두 과외를 했다. 영어, 수학을 중심으로 아이들은 알아서 학교 공부와는 별도로 공부를 했다. 아침부터 저녁까지 공부. 쉬는 시간에도 떠들거나 장난치는 아이들이 없었다. 모두가 조용하고 차분했으며, 천천히 걸었고, 노트도 빌려주지 않았다. 한마디로 내 기질과는 전혀 맞지 않는 분위기. 나는 그곳에서 숨을 쉴 수 없었다. 거대한 어떤 압기(壓氣)가 우리들 머리를 짓누르고 있는데도, 아이들은 아무렇지도 않은 듯 잘 버텨 나갔다.

나는 그러지 못했다. 재미라고는 눈곱만큼도 없는 그곳에서 시간이 갈수록 견디기 어려웠다. 나는 쉬는 시간마다 돌반으로 달려가 그곳에서 놀았다. 돌반에 나와 같이 홍익중학교를 졸업하고, 문제아였으며, 같이 재수한 H라는 친구가 있어서였다. 재수하고 들어온 우리들은 다른 아이들에 비해 나이가 한 살 많았고, 자연히 우리끼리 패거리를 형성했다. 동급생이었지만 아이들은 우리에게 형이라고 했고, 우리는 그렇게 하는 것을 당연하게 여겼다. 나이 한 살 더 많다는 알량한 자존심이 우리를 우쭐하게 했고, 다른 아이들을 얕잡아보게 했다.

쉬는 시간마다 우린 뻰질나게 화장실을 드나들며 담배를 피웠다. 점심시간마다 학교 담을 넘어 만화가게에 가 죽치다 오고, 학교 끝나면 곧바로 사복으로 갈아입고(우린 아예 만화 가게에 사복과 구두, 가발 따위를 놓아두고 다녔다) 시내로 나갔다. 그러면서 특수 A반에 마음에 안 드는 아이가 있으면 불러다 조졌다. 그런 5월 어느 날, 학급회의 시간에 반 친구들과 사이좋게 지내자, 라는 건의가 올라왔다. 내가 싸가지 없다고 생각되는 애들을 불러다 패자, 아이들이 그런 건의를 낸 것이다.

이런 가운데 나도 과외를 하러 다닌 적이 있다. 불과 3개월 하고 끝났지만, 명륜동에서 연대 대학원생에게 영어만 하는 과외였다. 우리는 『성문종합영어』를 교재로 공부했는데, 그 책은 고등학교 영어를 체계적으로 공부할 수 있는 종합 참고서였다. 고등학교 들어가 웬만큼 공부를 한다는 학생이라면 누구나 한번쯤 대하게 되는 유명 참고서였다.

그는 열심히 가르쳤다. 나도 영어를 체계적으로 배울 수 있어 좋았다. 재수하면서 혼자 독학하다시피 한 영어가 일목요연하게 정리되었다. 문제는 과외비였다. 누나는 나에게 과외비를 꼬박꼬박 주었지만, 노는 데 돈이 필요한 나는 그 돈을 과외비로 낼 수 없었다. 그러다보니 자연 과외비가 밀리고, 과외 선생 독촉이 이어졌다. 처음엔 좋은 말로 재촉했다. 그러나 두 달 세 달 밀리자 나를 꺼려하는 눈빛이 역력했다. 나도 밀린 과외비 때문에 과외를 그만둘까 고민했다. 그러나 선뜻 그 말을 할 수 없어 하루 이틀 미루면서 눈치만 보고 있었다. 그런 상황이 계속되던 어느 날, 과외가 끝난 후 과외 선생이 나를 불렀다. 과외 하는 아이들 중 나만 보자고 했다. 그는 자기 집을 정리한 후 밖으로 나왔다. 그가 나를 데리고 집 앞 골목으로 들어갔다. 주택과 주택 사이 벽돌로 쌓은 담이 마주한 비좁은 골목이었다. 사람 둘이 비키기에도 좁았다. 길가 가로등 불빛이 희미하게 비쳐들었다.

"임마, 사람 말이 말 같지 않냐?"

과외 선생이 대뜸 나를 노려보며 말했다. 그의 목소리가 분노로 떨렸다.

"벌써 몇 달이 밀린 거야. 내일 모레면 넉 달 아냐. 너 집에다 말은 했어?"

내가 아무 말도 하지 않자,

"말해 봐. 집에다 말은 했냐고? 말 했는데도 안 주는 거야? 과외비 못 내면 과외를 하지 말아야지."

그가 내 어깨를 흔들며 목소리를 높였다.

나는 그에게 용서를 빌어도 부족할 판이었다. 그동안 과외비를 타다 유흥비로 다 써 버렸으니까. 그런데 마음속에 악마랄까? 그 순간 나도 모르게 반항심이 뻗질러 올랐다. '아 씨바, 안 하면 될 거 아냐.' 나는 과외 선생을 힐끔 쳐다본 후 기분 나쁘다는 듯 이 사이로 침을 찍 갈겨 내뱉었다.

"어라, 이 쪼끄만 놈이……."

그가 내 턱을 손으로 들어올렸다. 순간 나도 모르게 선빵을 날렸다. 오른손으로 그의 턱을 갈긴 다음 곧바로 왼손으로 그의 가슴팍을 치고 들어갔다. 어찌나 힘을 주어 쳤던지 내 몸이 휘청거릴 정도였다. 첫 주먹은 빗맞았다. 그의 턱을 스친 뒤 시멘트 담벼락에 꽂혔다. 두 번째 주먹도 빗맞았다. 그의 가슴팍을 쳤는데, 그가 본능적으로 몸을 뒤로 빼는 바람에 정통으로 꽂히지 못했다.

두 방 선빵을 날린 후 나는 그를 확 밀어붙인 후 잽싸게 도망쳤다. 골목을 빠져나와 큰길로 뛰었다. 뒤를 돌아보니 그가 보이지 않았다. 나는 사람들 틈에 섞이고 나서야 천천히 걸었다. 걸으며 보니 오른쪽 주먹이 욱신거렸다. 손등이 새카맣게 부어올랐다. 손바닥을 폈다 오므렸다 해 보았다. 힘없이 부들부들 떨릴 뿐 되지 않았다. 첫 번째 선빵을 날릴 때 너무 세게 친 나머지 주먹이 시멘트 담벼락에 꽂혀 버렸다. 며칠이 지나도록 손의 붓기가 빠지지 않았다. 빠지기는커녕 독 오른 뱀처럼 시퍼렇게 부어 땡땡했다. 나는 그 상태로 버티며 병원에 가지 않았다. 며칠 더 지나면 괜찮아지겠지 생각했다. 단지 부어오른 손등 속에 무엇이 들어 있나 궁금해 컴퍼스 끝으로 손등을 찍어 보았다. 시퍼렇게 죽은피가 끝도 없이 비어져 나왔다.

할 수 없이 친구와 함께 미아리 고개에 있는 접골원에 갔다. 정식 병원도 아닌 돌팔이가 뼈를 맞추는 곳이었다. 접골원 사람이 내 손을 보고 여기저기 주물렀다. 나는 뼈를 녹이는 통증에 비명을 지르며 그 자리에 주저앉았다. 그가 손등의 뼈 두 군데가 부러졌다고 했다. 주먹으로 담벼락을 치면서 약지와 새끼손가락 뼈마디가 뒤로 밀리고, 그 바람에 손등의 뼈 두 군데가 부러졌다고 했다.

"어떡하죠?"

"어떡하긴. 온 김에 여기서 맞춰야지."

그가 아무렇지도 않게 말했다. 나는 잽싸게 접골원 내부를 둘러보았다. 아무리 봐도 이렇다 할 의료 장비 하나 없었다. 그가 내 손을 책상 위에 올려놓으라고 했다. 그런 다음 손가락을 반듯이 폈다.

"야, 너 이리 와 여기 좀 눌러."

그가 내 친구를 불러 손목을 누르라고 했다.

"그렇게 말고 이렇게. 있는 힘껏 눌러야 해. 얘가 손을 못 움직이도록."

그러면서 그는 나에게 손수건이 있으면 입에 물라고 했다. 통증을 참으려면 이를 악물어야 하는데 그러다 보면 이가 상할 수도 있다고 했다.

“시간이 많이 지나 뼈가 부러진 채로 굳어버렸네.”

돌팔이가 말했다.

깁스를 한 후 그가 몇 가지 주의를 주었다. 먼저 한 달 안에 풀면 안 된다는 것. 만약 미리 풀면 굳어가던 뼈가 어긋나 처음부터 다시 시술을 해야 한다고 했다. 그리고 또 풀 때는 접골원에 와서 풀라고 했다. 그러나 나는 답답해서 견딜 수 없었다. 특히 친구들과 술 마시고 춤출 때 깁스한 팔이 걸려 부자연스럽기만 했다. 참다못한 나는 3주 만에 깁스를 풀어버렸다. 친구 집에서 놀 때 대야에 따뜻한 물을 떠놓고 가위와 망치로 석고 조각을 뜯어냈다. 그동안 햇빛을 보지 못해 파리해진 손이 밖으로 나왔다. 손을 대야 속에 넣고 주먹을 쥐었다 폈다 해 보았다. 활동하는 데 큰 문제가 없어 보였다. 나는 곧바로 그 자리에서 신나게 춤추며 놀았다.

그렇게 특수반에 있으면서 그 반에 적응을 못하고 지낼 무렵, 진짜 사건이 하나 터졌다. 수학시간이었다. 교과서를 모두 떼고 문제지만으로 공부할 때였다. 수학 선생이 빙긋거리며 말했다.

“오늘 시험을 볼 텐데 30점 이하는 1점에 한 대씩이다.”

이른바 특수 A반에서만 보는 시험이었다. 나는 그 시험에서 5점을 맞았다. 10점짜리 문제였는데, 풀이과정은 맞고 답이 틀려 부분점수 5점을 받은 거였다. 다음 시간 매타작이 시작되었다. 나는 키가 작아 번호가 앞 번호였다. 내 앞에 30점 이하짜리는 없었다. 내가 제일 먼저 불려 나갔다. 수학 선생이 나를 보고 점수를 불러주며 묘한 웃음을 지었다. 비웃음이 묻어 있는 실실거리는 웃음이었다.

"두 손으로 발목 잡고 엎드려."

엎드렸다. 머리가 양발 사이에 끼어 피가 밑으로 쏠렸다. 수학이 들고 있던 몽둥이로 엉덩이를 있는 힘껏 후려갈겼다. 빡, 빡, 빡, 나는 속으로 엉덩이에 떨어지는 매 수를 세었다. 열둘, 열셋, 열넷까지 세었는데 도저히 더 이상 못 맞겠다 싶었다. 나는 고개를 들고 일어섰다. 엉덩이는 불에 덴 듯 쓰렸고, 얼굴은 피가 몰려 화끈거렸다.

"이 새끼 봐라. 공부도 못하는 놈이 매도 못 맞아."

수학이 이죽대며 몽둥이로 내 머리통을 갈겼다. 나는 바짝 야마가 돌아 수학을 노려보았다. 순간 교실 분위기가 싸늘해지고 아이들 모두 나를 주시했다. 나는 인상을 북 긁으며 다시 엎드렸다. 나머지 열여섯 대가 엉덩이에 떨어졌다. 나는 자리에 들어가 한 시간 내내 책상에 엎드려 있었다.

쉬는 시간 종이 나자 수학이 교실을 나섰다. 나는 수학을 따라 교무실로 갔다. 수학이 나를 보고 의자에 앉으며 "뭐야, 너?" 소리쳤다. 순간 사람들 시선이 나에게 쏠렸다.

"내 공부는 내가 합니다. 앞으로 참견하지 마십시오."

내가 어깨에 힘을 주어 씹어뱉듯 말했다. 순간 수학이 나를 노려보았다. 나도 이미 각오한 터라 여차하면 그 자리에서 박살을 낼 생각이었다. 한동안 노려보던 수학이 눈을 내리깔았다.

"임마, 그런 말이라면 진즉에 했어야지, 왜 이제 와서 해?"

말은 그렇게 했지만 그는 기가 죽어 있었다. 나는 말없이 교무실을 나와 수돗가에서 얼굴을 씻었다. 그제야 긴장된 몸 근육이 풀리고 깊은 한숨이 터져 나왔다. 나는 그 즉시 교실에 들어가 가방을 들고 집에 와 버렸다.

그 뒤부터 나는 자유였다. 어떤 선생도 나를 터치하지 않았다. 그렇게 나는 다시 공부와 담을 쌓고 노는 일에 전념했다. 결국 내 성적은 1학년 말 전교 300등 가까이 떨어졌고, 2학년에 올라가면서 그토록 원하던 돌반에 가게 되었다.

11

H, L, S

돌반에 오자 숨통이 트였다. 한마디로 살 것 같았다. 드디어 물고기가 물을 만난 격이었다. 나는 우선 자리부터 맨 뒤로 옮겼다. 불량 아이들이 한 곳에 모였다. 우린 수업시간마다 키득거리고 작당하고 엎드려 잤다. 그 전날 밤새 놀았기 때문에 학교에 와서는 자야 했다. 수업시간에 딴짓하고 쉬는 시간에 화장실에 몰려가 담배를 피우고, 점심시간엔 담을 넘어 땡땡이쳐 밖에 나가 놀았다. 아이들은 매일같이 담임한테 불려가 혼났다. 담배 피우다 걸려 정학을 받았고 부모가 학교에 소환되었다. 그러나 나는 한 번도 그런 사소한 일로 걸리지 않았다. 나는 특히 흡연 문제는 철저히 조심했다. 학교에서 누구보다 열심히 담배를 피웠지만, 마치 선생들과 게임하듯, 그 게임에서 누가 이기나 내기라도 하듯, 나는 걸리지 않았다. 나는 솔직히 흡연 같은 시시한 문제로 걸려 말썽을 일으키고 싶지 않았고, 또 하나는 그런 문제로 만일 우리 부모가 소환된다면 정말 끔찍한 일이라고 생각했다. 시골서 농사짓고 있는 우리 부모는 흙노동에 지쳐 사람 꼴이 아닌데, 그런 어머니 아버지가 양복을 말쑥하게 차려 입은 학교 선생 앞에 불려와 죄인처럼 닦달 받을 일을 생각하면 몸서리가 쳐졌다(실제로 나는 고2 때 다른 문제로 정학을 받은 일이 있다. 그때 부모를 모셔오라는 말에 나는 고심하다 못해 만화방 집 아줌마를 우리 엄마로 속여 데려간 적이 있다). 하루 종일 땅만 파느라 흙투성이가 된 우리 부모는, 그리고 말도 못하고 몸도 성치 못한 우리 형은 그 시기 내내 열등감의 뿌리였다. 나는 열등감이 깊을수록 겉으로는 강하게 행동했다.

이때, 그러니까 고2~3 때 특히 친하게 붙어 다니던 친구가 셋 있었다. H, L, S가 그들이다. H는 앞서 말한 대로 홍익중학교 동창이고, 같이 재수를 했으며, 같은 서라벌고에 배정된 친구였다. L은 고1 때 대전에서 전학 왔는데, 나와 친해진 것은 2학년 때 내가 돌반에 들어가면서부터였다. S는 부산서 전학 왔는데, 초등학교 때부터 부산 폭력조직에 스카우트되어 사고 치고 다니다 급기야 서울로까지 전학 온 아이였다.

H는 호리호리한 몸매에 누가 봐도 귀공자 스타일이었다. 말발이 좋아 여자를 잘 꼬셨고, 입만 열면 거짓말이었다. 장위동에 H의 집이 두 채 있었다. 모두 가정집이었는데 한 채에는 이혼한 엄마와 외할머니가 살았고, 다른 한 채는 비어 있었다. 그 빈집이 우리들 아지트였다. 우린 그곳에서 시내에서 노는 아이들까지 불러와 술을 마시고 노름하고 춤추고 혼숙했다.

H는 원래 수재였다. 홍익중학교 입학 당시 전교 3등을 한 실력파였다. 그런 그가 삐딱선을 타면서 공부와 멀어졌고 불량의 길에 들

어섰다. 그의 어머니는 나를 볼 때마다 그에 대해 하소연을 했다. 우리 H 공부 좀 하게 해 달라고 했다(나는 H와 중학교 때는 친하지 않았고 고등학교 들어오면서 친해졌는데, 고등학교 때는 내가 공부를 좀 해서 나에게 그런 부탁을 하셨다).

한번은 장대비가 쏟아지는 여름밤, H의 어머니가 자신의 기구한 팔자에 대해 늘어놓았다. 그때 H는 사귀는 여자 친구와 가출하여 종적이 묘연했는데, 나와 같이 찾으러 다니다 못 찾자 나에게 신세 한탄을 하셨다.

H의 어머니는 이화여고에 다녔다. 고3 때 H의 아버지가 무슨 국제 마라톤 대회에서 우승하고 귀국했는데, 그때 축하 꽃다발을 건네주는 일에 뽑혀 나갔다고 했다. 그 일이 두 사람을 묶어주게 된 인연이 된 것이다. 한눈에 반한 H의 아버지는 H 어머니를 죽자 사자 쫓아다녔고, 만나주지 않으면 죽겠다며 자살까지 기도했다. 온갖 우여곡절 끝에 결국 둘은 결혼했고 아이를 가졌는데 그게 H였다. 그러나 그 아버지는 결혼한 지 얼마 안 되어 바람을 피웠고, H의 어머니는 H를 지우려고 별의별 짓을 다했다고 했다. 간장을 한 대접 들이켜기도 하고, 높은 건물에서 뛰어내리기도 하고. 그러나 소용이 없었다. 결국 낳은 게 H인데 저렇게 속을 썩인다며 말끝마다 한숨에 눈물바람이었다.

앞서 말한 대로 H는 말발이 좋아 여자를 잘 꼬셨다. 그 주변엔 늘 여자(고삐리, 대삐리, 학교 그만둔 애들)들이 있었고, 빈집에 공부한답시고 들어앉아 연애질만 했다. 여자에게 임신하게 하여 병원에 들락거렸고, 여자 부모가 찾아와 집안을 발칵 뒤집어놓기도 하였다. 그럴 때마다 그는 우리 집으로 피신해 오기도 했고, 뒤처리에 필요한 돈을 마련하기 위해 못된 짓을 하기도 했다.

H는 자기 아버지에 대해 악감정을 가지고 있었다. 마라톤 선수였던 H의 아버지는 모 은행에 근무하고 있었는데, H는 걸핏하면 찾아가 돈을 달라고 했다. 그가 빙긋이 웃으며 "야, 우리 어디 가서 한잔 빨까" 하는 날에는 어김없이 그의 개비(아버지)한테 갔다 온 날이었다.

한번은 그가 말했다.

"야, 돈도 없는데 이거 한번 털까?"

그가 새끼손가락을 들어 까닥거렸다. 새끼손가락은 세컨드, 곧 자기 아버지 둘째 마누라 집을 털자고 했다. 나는 그동안 그와 함께 작당하고 돌아다니며 온갖 악행을 다 저질렀지만, 그 일만은 망설여졌다.

"안 돼. 그러다 일이 커지면……."

"새끼 이거, 언제부터 이렇게 쪼잔해졌지?"

그가 걱정 말라고 했다. 자기하고 소주 한 병씩 나팔 불고 들어가 그 집 짐을 싣고 나오자고 했다. 그러면서 그는 그 집에 세컨드하고 어린 꼬마 하나밖에 없는데, 세컨드가 대들면 작살을 내놓겠다고 했다. 그는 용달차를 미리 불러 집 앞에 대놓고 이사하는 것처럼 꾸미면 들킬 염려도 없다고 했다.

우린 실행에 옮겼다. 세컨드 집이 성북동에 있었는데, 소주 한 병을 깐 우리는 곧바로 그집으로 쳐들어갔다. 과연 집에는 어린 꼬마와 세컨드밖에 없었다. 우리를 보자 세컨드가 꼬마를 끌어안고 본능적으로 몸을 웅크렸다. H가 여기 있는 짐 다 실어가겠다고 하자

여자가 꼬마를 내려놓고 왜 여기 와서 행패냐고 소리쳤다. 그 순간 퍽, H가 여자의 목덜미를 가격했다. 여자가 비틀거리며 방구석에 나가떨어졌다. 꼬마가 자지러지게 울고 여자가 꼬마를 끌어안으며 공포에 질린 눈으로 우리를 노려보았다.

"야, 빨리 실어."

H가 텔레비전을 들어내며 소리쳤다. H의 얼굴이 창백하게 실룩대고 입에서 술 냄새가 확 풍겼다.

"야, 뭐해. 빨리 이쪽 들라니까."

꼬마는 울부짖고, 그 여자는 아무 말도 하지 못한 채 부들부들 떨며 우리가 하는 짓을 보고만 있었다.

"야, 너 이리 나와 봐."

내가 H의 팔을 잡아끌었다. 더 이상 선을 넘으면 안 된다는 생각이 직감으로 들어서였다. 참으로 이상했다. 나는 그 전에도 무슨 일을 저지르다가 어느 순간 여기서 더 나가면 안 된다는 생각이 번쩍 들 때가 있었다. 양심에서 울려 나오는 비명소리랄까? 예전에 어머니께서 하신 말, "니가 어련히 알아서 허겄니?"라는 말이 떠오르기도 했고, 순간 금기의 선에 대한 판단이 머릿속을 스쳐 지나갔다. H가 씩씩거리며 나를 따라 나왔다.

"그만해."

내 말에 H가 황당하다는 표정을 지었다.

"여기서 그만하는 게 좋겠다. 괜히 경찰에 신고라도 들어가면."

내 말에 진지함과 단호함이 묻어났다.

"새끼. 같이 하겠달 때는 언제고."

H가 김이 샌 듯 담배를 피워 물었다. 우린 밖으로 나왔다. 기다리고 있던 용달차를 보낸 후 소주를 사 나팔을 불었다.

S는 부산에서 초등학교 때 조직에 스카우트되었다. 키는 크지 않았지만 다부진 몸에 힘이 엄청 셌다. 그는 서울로 전학 오기 전 이미 다른 두 학교에서 사고 치고, 갈 데 없어 서울까지 쫓겨 올라온 거였다. 그는 돈암동에서 형과 함께 살았다. 그는 이미 우리 학교로 전학 오기 전 싸우다 코뼈가 부러져 콧등이 휘움하게 휘어져 있었고, 등짝에 용 문신을 하고 있었다.

예나 지금이나 좀 논다 싶은 애가 전학 오면 이미 있던 패거리를 중심으로 간 보기가 시작된다. 새로운 환경에 살아가는 데 필요한 서열 정하기라고나 할까? S도 예외는 아니었다. 교내에 있던 미아리 텍사스파 애들이 S를 건드렸고, S는 초등학교 때 스카우트되었다는 싸움 솜씨를 유감없이 보여주었다. S의 싸움 솜씨는 정말 예술이었다. 치고 빠지고, 상대방 목을 쥐어 바닥에 눕히고. 상대가 내리찍으면 어깨로 받으며 치고 들어가 턱을 올려치고. 그는 그렇게 본능으로 싸웠다. 어깨나 등, 허벅지 같은 곳을 내주고 턱이나 관자놀이, 명치 같은 치명적인 곳을 가격했다. 그러나 워낙 텍사스 패가 많아 결국엔 S가 묵사발 났고, 그 후 S는 학교에 나오지 않았다. 곧바로 부산에 내려가 '형'들을 데려왔고, 학교 앞 여관에 묵으며 텍사스파 새끼들이 나오기만을 기다렸다. 그 바람에 텍사스파 애들은 학교 밖으로 못 나갔고, 학교를 사이에 두고 두 폭력배 사이 전쟁이라도 일어날 듯 긴장감이 감돌았다. 이 일은 결국 양쪽 형들이 화해하고, 텍사스파 애들이 S에게 사과함으로써 일단락되었다.

전학 올 때부터 이런 소란을 몰고 왔으니 S를 건드릴 아이는 없었다. 우린 곧 S와 친해졌다. S는 우리가 노는 것과는 판이 달랐다. 그들은 완전 조직을 갖춘 폭력배로 일반인, 대학생, 중·고, 초등학생까지 망라되어 온갖 이권에 개입하고 있었다. 그들은 초등학생이라도 눈에 든다 싶으면 조직원으로 스카우트했다. 그들은 상급학교 진학 문제에서부터 생활비 용돈까지 모두 뒤를 봐준다고 했다. S를 서울로까지 전학시킨 것도 그들이며, 고등학교만 졸업하면 다시 부산에 내려가 D대학 체육과에 들어간다고 했다.

S는 술만 마시면 그곳 형들의 전설적인 싸움 이야기를 입에 올렸다. 자기가 아는 형 중에 다른 조직에 당해 등을 칼로 찔린 채 달아나는데, 다시 찌르려고 쫓아온 놈에게 뒤돌아보며, "마, 자슥아, 이만하면 안 됐나" 하여, 찌르려던 놈이 기가 질려 못 찔렀다는 이야기. 밤에 부산 영도 앞바다에 배를 띄우고 술이 떡이 되도록 취한 후 문신을 뜨는데, 문신 중에 진짜 알아주는 문신은 닭 피로 뜬 문신이라는 것. 닭 피로 뜬 문신은 보통 때는 별 표시가 나지 않지만, 술이 들어갔다 하면 밤에 네온사인 빛나듯 벌겋게 달아올라 진짜 끝내준다는 것. 자기도 고등학교 졸업하면 뜨다만 용 문신을 등에서부터 팔목까지 마저 뜰 것이라는 것. 그러면서 그가 말했다.

"야, 니들도 부산에 가자. 형들한테 소개시켜 줄게."

우린 부산에 갈 생각밖에 없었다. 나, H, S, L 외에 몇몇이 모이면 어떻게 부산에 가야 할지 작당하느라 정신이 없었다. 우린 우선 필요한 물목을 간추려보았다. 가발, 양복, 구두는 필수였고 돈이 있어야 했다. 학교는 물론 때려치우고 가는 것이니 준비할 게 많았다. 몸도 키워야 했으니 운동도 열심히 했다. 돈을 모으기 위해 자전거를 훔쳐다 팔기도 했다. 부잣집 담을 뛰어넘으려고 밤늦게 골목을 서성거리기도 했다. 무슨 힘이 우리를 그렇게 한 방향으로 몰아갔던지, 우린 마치 해바라기가 태양을 향해 꽃판을 돌리듯, 못된 짓이란 못된 짓에 모든 에너지를 쏟았다.

L은 말이 없는 아이였다. 머리도 우리는 어떡하든 기르려고 했는데 L은 늘 빡빡 밀고 다녔다. 영화배우 율브린너 같았다. 빡빡 민 머리에 겨울이면 털모자 하나 쓰고 다녔다. L은 평소에 말이 없다 열 받으면 얼굴이 용광로처럼 벌겋게 달아올라 주위에 있는 모든 것을 때려 부쉈다. L이 겨우 하는 말은 "그래서"였다. 그래서 그래서 하다, 이 씨— 하면 그걸로 끝이었다. 그는 우리 친구들 중에 떡대가 제일 좋았고, 온몸이 근육으로 불퉁거렸다. 한마디로 너무 무식해서 S마저 L이 열 받았다 하면 슬슬 눈치를 보며 자리를 피했다.

L은 고등학교 때 자살을 두 번이나 기도했다. 한번은 세코날이라는 수면제 60알을 문을 걸어 잠그고 삼켰다. 학교에 오지 않아 가보니 이미 병원에 실려가 늘어져 있었다. 병상 모서리를 잡고 그의 어머니가 울었다. 아버지는 조금 전 동대문 시장에 갔다고 했다. 안감 장사를 하는데 가게 문을 닫아둘 수 없어서였다.

L은 임질이라는 성병에 걸려 고생하기도 했다. 똑같이 서너 명이 같이 갔는데, 유독 L만 그것에 걸렸다. 교실 구석에서 L이 바지를 까내렸다. 그가 볼펜으로 자신의 성기를 들어올렸다. 성기에 오디 같은 작게 부푼 알갱이가 다닥다닥 솟아 있고, 고름인지 진물인지 알 수 없는 것이 누렇게 끼어 있었다.

"이 씨바년, 잡히면 완전 패대기를 쳐야지."

창백하게 굳은 L의 턱뼈가 불끈 솟았다. 자기에게 병을 옮긴 여자를 찾아 요절을 내겠다고 했다.

무엇이 우리를 그토록 미치게 했을까. 무엇이 우리를 그렇게 불량한 길로 내몰았을까? 반항심? 열등감? 본능? 패거리 의식? 우린 시험이 끝나면 돈을 걷어 아예 중국집 한 곳을 세를 내었다. 밤부터 다음 날 아침까지. 우린 각자 사귀는 여친들을 데려와 함께 술 마시고 춤추며 놀았다. 나는 노는 애들 중에서는 공부를 좀 하는 편이었다. 돌반으로 내려온 후 시험 보면 그래도 반에서 상위권에 들었다. 노는 일은 다른 애들하고 똑같았지만, 시험 볼 때만은 밤을 새워 공부했다. 일주일 남짓 그렇게 벼락치기를 하고 나면, 돌반이라서 그런지 성적이 어느 정도 나왔고, 그 알량한 성적이 나의 자만심을 부추겼다. 그렇게 개판으로 생활하던 어느 날 희한한 일이 일어났다. 고2 때 처음으로 내가 시를 쓰게 된 것이다.

12

첫 시 창작과 최초의 독서체험

서라벌고등학교에는 학교 운동장과 본 건물 사이 조붓한 오솔길이 있었다. 예대 건물을 고등학교에서 쓰던 터라 학교 전경(全景)이 상당히 아름다웠다. 곳곳에 심어진 아름드리나무와 관상수는 철따라 녹음을 달리하며 아름다운 자태를 뽐냈다. 봄이면 개나리꽃이 만발하고, 가을이면 담홍빛 담쟁이넝쿨이 본관 화강암 벽을 뒤덮었다.

그 오솔길에서 시화전이 열렸다. 길 따라 액자에 표구된 시화들이 내걸렸고 나는 그 시들을 눈으로 훑어보며 건성으로 지나치고 있었다. 그런데 문득 '나도 시를 써 볼까' 하는 생각이 들면서 시를 쓴 아이들이 부럽게 느껴졌다. 그러면서 연이어 나도 하나 써 보자는 생각이 들었고, '시를 쓴다면 뭘 쓰지?' 하다가, '그래, 우리 형에 대해 쓰자' 하는 데까지 생각이 미쳤다.

그날 나는 내 생애 처음으로 「사온(四蘊)」이라는 시를 썼다. '사온' 이라는 제목은 불교의 「반야심경」에 나오는 '오온개공(五蘊皆空: 색,

수, 상, 행, 식의 5온)'에서 따왔는데, 성한 사람의 감각기관이 '오온'인데 반해, 입이 고장 나 말을 못하는 형은 '사온'에 해당하므로 사온이라고 했다. 시의 자세한 내용은 기억나지 않는다. 다만 약 20행 정도 되는 시였는데, 맨 마지막 연이 "귀는 밝아서인지 벙어리 벙어리하고 놀리면 화를 낸다"는 내용이었다. 그러나 그것으로 끝이었다. 나는 다시 노는 데 정신이 팔려 시를 거들떠보지도 않았고, 그 후 내가 다시 시에 대해 관심을 갖게 된 것은 그로부터 3년 후인 대학 2학년 때였다.

나는 지금도 내가 처음 시를 쓰게 된 일에 대해 의아하게 생각한다. 내 안의 무엇이 뜬금없이 시를 쓰도록 했을까? 내 무의식 속에 시 쓰기에 대한 욕망의 끈이 감추어져 있었을까? 도무지 알 수 없는 일이었다. 내가 형은 왜 말을 하지 못할까 하는 의문을 품고 형에게 말을 가르친 것은 아주 어려서 꼬맹이 때 일이었다. 그 후 나는 형 문제에 대해서는 깊이 생각하지 않았고, 오히려 농사짓는 부모님에 대한 열등감에 사로잡혀 있었다. 그런데 정말 황당하게 어느 날 갑자기, 형에 대한 시를 쓰게 된 것이다. 정말 뜬금없이, 말도 안 되게.

이쯤에서 내 최초의 독서체험에 대해서도 말해야겠다. 나는 앞서 잠깐 언급했듯이 중학교 때까지 교과서 외 다른 책이라고는 무협지와 황음소설 외에 읽은 게 없었다. 동화 책 한 권 구경하지 못하고 자랐으니까. 그러다 고2 때 집에 굴러다니는 책이 있어 읽었는데, 한 권은 이어령의 『흙 속에 저 바람 속에』라는 책이었고, 다른 한 권은 박계형의 『머무르고 싶었던 순간들』이었다.

이어령의 『흙 속에 저 바람 속에』는 앞부분을 읽다 던져버렸다. 책 내용이 어처구니가 없어서였다. 저자가 지프차를 타고 시골길을 가는데, 비좁은 농로에서 한 떼의 시골 사람들을 만났다. 길이 좁아 사람을 피하기 어렵게 되자 클랙슨을 눌렀는데, 자동차를 처음 본 시골 사람들이 그 소리에 놀라 뒤도 돌아보지 않고 도망치는 모습을 마치 '닭과 오리가 날개 치며 도망가는 모습'으로 묘사해 놓았다. 나는 이 구절을 읽으며 저자가 시골 사람들을 능멸하고 있다고 생각했다. 어떻게 사람을 닭과 오리에 비유할 수 있단 말인가.

그에 비해 박계형의 『머무르고 싶었던 순간들』은 어땠던가. 그것은 지금까지 내가 접해 보지 못한 '하나의 세계'였다. 나는 그 책을 단숨에 읽으며 '야, 이런 세계도 다 있나?' 하는 감동과 전율뿐이었다. 한 장 한 장 넘길 때마다 숨이 멎을 듯 찾아들던 애틋함. 이야기가 전개됨에 따라 눈길을 뗄 수 없는 서정적 묘사와 그로 인한 감정이입. 그토록 머무르고 싶은 순간들인데도 사랑은 죽음 앞에 이미 예고된 이별로 다가오고 있으니. 나는 이 책을 읽으며 '이야기'가 지닌 마력을 실감했고, 그리움, 사랑, 애틋함, 가슴 저밈 등의 현상을 체험했다. 한번 지나간 시간은 다시 돌이킬 수 없기에, 사랑하는 이와 함께 하는 지금 이 시간은 그토록 영원에 머물고 싶은 것일까. 모래시계의 모래가 빠져나가는 것처럼 시한부 삶을 사는 사람 곁에서, 날이 갈수록 줄어들기만 하는 두 사람의 사랑의 양을 지켜보며 발버둥 쳐야 했던 주인공의 비극.

나는 『머무르고 싶었던 순간들』을 읽고 또 읽었다. 그때마다 가슴속에 달콤하고 애틋한 음악의 선율이 흘렀다. 그것은 초봄에 나뭇가지마다 돋아나는 물방울만 한 연두색 새싹 같기도 했고, 가을날

짙은 커피의 색조로 떨어져 내리는 낙엽의 흐느낌 같기도 했다. 술 마시고 담배 피우고, 모였다 하면 노름이나 하고, 몰려다니며 싸우고, 계집애 꼬실 궁리나 하던 나에게, 이 책은 정말 세상에 이런 세계도 다 있구나 하는 것을 감탄과 함께 가르쳐 주었다.

그러나 청소년기 나의 독서는 그것으로 끝났다. 책 한 권이 몰고 온 폭풍 같은 체험. 그 후 나는 박계형의 책을 더 이상 찾아 읽지도 않았고, 다른 책을 구해 보지도 않았다. 왜냐하면 눈앞에서 벌어지는 '노는 일'에 다시 몰두했고, 결국 나는 고2 때까지 교과서 이외 두 권의 책을 읽는 것으로 학창시절 독서체험의 막을 내렸다.

13

고3, 가혹한 형벌기

고3이 되자 누구나 바짝 긴장했다. 같이 놀던 아이들도 대학이라는 말을 입에 올렸고, 하나둘 공부한답시고 틀어박혀 나오지 않았다. 물론 이런 현상은 오래가지 않았다. 한두 달 되자 일찍 포기한 아이들이 다시 학교 물을 흐려놓았고, 아예 자퇴하고 학교를 떠나는 아이들도 있었다. 그러나 그런 아이들은 일부일 뿐, 대부분은 목전에 닥친 대입에 사활을 걸었다.

학교 분위기는 더 말할 나위 없었다. 서울대와 연·고대 진학을 목표로 200여 명을 따로 뽑아 반을 편성했고(실제로 그해 서라벌고 졸업생 중 60명이 서울대에 합격하여 새로운 명문사학으로 이름을 날렸다), 이들 입시 정예부대에 대한 훈련과 다그침이 밤늦도록 불을 밝히며 이루어졌다.

이런 옴짝달싹할 수 없는 비상 체제에서 나는 그야말로 숨을 쉴 수 없었다. 나는 놀아도 마음이 불안해서 예전처럼 놀 수가 없었다.

예전에는 그야말로 거칠 게 없었다. 그러나 고3이 되자 누군가가 뒤에서 목덜미를 잡아채는 것 같았고, 눈치를 보게 되고, 이러다 대학에 떨어지면 어쩌나 하는 불안감에 마음 놓고 놀 수가 없었다.

한마디로 죽을 맛이었다. 이 난국을 어떻게 헤쳐가야 하나. 그러나 분명한 것은 고3 1년, 이 기간에는 모든 것을 포기하고 공부에 매진해야 한다는 것이었고, 나는 그 기간이 하루 이틀이 아닌 1년이나 된다는 사실에 절망하고 있었다.

좋다. 그렇다면 어떻게든 버텨보자. 놀 때는 화끈하게 놀되 공부할 때는 공부를 하자. 전처럼 그렇게 완전 백 프로 놀지만 말고. 그러면서 생각한 게 엉뚱하게도 일기 쓰기였다. 일기. 감옥에서 출소를 앞둔 사람이 출소 날짜를 달력에 표시해 놓고 하루하루 지워나가듯 나도 그렇게 하루하루 일기를 쓰면서 이 지루한 시간을 버텨내자.

나는 일기를 쓰기 시작했다. 처음으로 쓰는 일기였다. 아무 장식 없이 줄만 쳐진 대학노트에 하루하루 빠뜨리지 않고 일기를 썼다. 그런데 특이한 일은 반드시 제목을 먼저 쓰고 난 다음 구체적인 내용을 썼다는 것이다. 일기를 쓰기 전에 오늘 쓸 일기 제목을 머릿속으로 생각하게 되었고, 그런 다음 어떤 내용을 어떤 순서로 쓸 것인가를 정하게 되었다.

하루 이틀 쓴 일기가 쌓이자 일기 쓰는 일에 재미가 붙었다. 나는 쓸 때마다 공책 한 면을 거의 꽉 채웠고, 그렇게 쓴 일기가 한 권 두 권 쌓여 가자 말 못할 뿌듯함이 가슴 깊이 밀려왔다. 성취감이랄까? 중학교 때 우표와 명화를 모으면서, 재수할 때 매일 공부한 시간을 체크하면서 느꼈던 성취감을 일기를 쓰면서 다시 맛보았다.

그렇게 안간힘을 다해 버티면서도 학교에서 못된 짓은 다하고 다녔다. 나는 학교 규칙으로 금하고 있는 단화를 신었다. 학교 복장 규정에 학생은 운동화나 학생화만 신도록 되어 있었는데, 나는 백구두처럼 코가 날렵하게 빠진 단화를 신고 다녔다. 그것도 뒷굽에 징을 박아 복도와 계단을 걸을 때마다 또각또각 소리가 경쾌하게 났다. 담임은 볼 때마다 내 구두를 압수했고, 나는 압수당하면 바로 다음 날 다른 구두를 구해 신고 다녔다. 그렇게 1년 동안 빼앗긴 구두가 여섯 켤레. 졸업식이 끝나고 담임은 나를 불러 특별 선물이라면서 책상 밑에서 그동안 빼앗은 구두를 쇼핑백에 넣어주었다.

대학을 포기한 아이들과 어울리면서 나 혼자 공부한다는 게 여간 어려운 일이 아니었다. 아이들은 유흥비를 마련해 중국집을 통째로 빌려 놀았고, 그때마다 소위 논다는 여자애들이 빠지지 않고 같이 했다. 여자애들도 대부분 학교를 그만두었거나, 다녀도 출석부에 이름만 올려놓은 아이들이었다. 그들도 그룹을 지어 몰려다녔는데 그 중에는 캡틴(짱)을 비롯해 나름대로 서열을 갖추고 있었다.

우린 노는 데 필요한 돈을 마련하기 위해 매혈을 하기도 했다. 그동안 유흥비는 물주(놀고는 싶은데 힘이 없거나 조직이 없는 부잣집 애들)들이 대거나, 물건을 훔쳐 팔거나, 삥을 뜯거나, 학교나 학원에 낼 돈을 삐돌리거나, 집에 거짓말을 하고 돈을 타 내거나 하는 식으로 마련했는데, 그런 일도 한계에 다다르자 돈이 마르기 시작했다. 결국 우리는 새로운 방안을 모색했고 피를 팔면 돈이 된다는 사실을 알게 되었다.

나는 H, L, S와 혜화동에 있는 이대부속병원에 갔다. 비좁은 병원 대기실에는 새벽부터 매혈을 하려는 사람들로 가득 찼다. 남자와 여자, 나이 많은 사람과 우리 같은 고삐리까지. 사람들은 피를 팔러 온 사람들을 '앗싸리'라고 했다. 무슨 뜻인지 모르겠으나, 새벽부터 몰려든 앗싸리들은 대기실 천장에 매달려 있는 막대 형광등 아래 긴장한 얼굴로 창백하게 앉아 있었다. 비쩍 마른 얼굴에 퀭한 눈, 허름한 점퍼에 추리닝 바지를 입고 해진 운동화를 끌고 있는 그들은 이따금 밖에 나가 담배를 피우며 쿨럭거렸다. 그곳에도 속칭 대빵이 있었고 대빵은 처음 온 사람이나 힘이 약한 사람들에게 매혈을 하도록 주선해 준 후 피 값의 1/10을 떼었다. 상습적으로 매혈하는 사람들 팔뚝엔 주삿바늘 자국이 수도 없이 나 있었고, 그 부위가 거뭇거뭇하게 죽어 있었다. 그들은 의자에 앉아 서로 킬킬거리며 매혈 경험을 자랑스레 늘어놓았다.

아침 여덟시 반, 담당 직원과 간호사가 나와 5cc 채혈을 했다. 피를 뽑기 전 매혈자의 피를 검사하기 위해서였다. 이때 많은 사람들이 검사에 불합격되어 발길을 돌려야 했다. 피가 깨끗하지 않은 사람, 성병 등에 걸린 사람은 검사에서 탈락했는데 주로 나이가 많거나 젊은 사람 중에서도 문제가 있어 탈락하는 경우가 많았다. 돌아가는 사람들은 실망한 나머지 낯빛이 어두웠고, 합격한 사람들은 잠시나마 안도의 빛이 얼굴에 묻어났다.

우리는 모두 검사에 합격했다. 우린 너무나 '싱싱한' 고삐리들이었기 때문에 당연히 합격이었다. 우린 번호표를 받고 매혈대에 누었다. 팔뚝에 고무줄이 조여지고 주삿바늘이 꽂혔다. 꽉 쥐었던 주먹을 펴자 검붉은 피가 주삿바늘을 통해 뚝뚝 흘러 나갔다. 피는 점차 몸을 빠져 나가 라면 봉지만 한 비닐 용기에 가득 채워졌다. 주먹을 쥐었다 폈다 할 때마다 쪼르륵 쪼르륵 피 마르는 소리가 났다.

그렇게 같이 놀던 여자애 중 N이라는 아이가 있었다. 작은 몸에 이마와 코가 오뚝한 아이였다. N은 고2 때 학교를 그만두고 가출한 상태였다. N은 같이 가출한 애들끼리 패거리 지어 다니다 우리들을 만났고, N과 나는 서로 좋아하게 되었다. 우린 여럿이 왁자하게 만나기도 했고, 단둘이 만나기도 했다. 왁자하게 만날 때는 패거리끼리 만나 서로 어울려 놀 때이고, 단둘이 만날 때는 다른 아이들 눈을 피해 둘만 조용히 같이 있고 싶을 때였다. 만나는 횟수가 잦아지면서 우린 서로 사랑하게 되었고, 키스하고, 포옹하고, 그 이상의 관계를 맺게 되었다. 그녀는 내가 대학에 들어가면 자기는 취직해 돈을 벌겠다고 했다. 그렇게 돈을 벌어 내 뒤를 봐주겠다고 했다.

우린 날씨가 추워지면서 동거하기로 결정했다. 그전에는 날씨가 따뜻해 집 밖 어디서라도 사랑을 나누는 데 지장이 없었다. 짓다 만 건물이나 산속 무덤가라도 좋았다. 그러나 날이 추워지면서 더 이상 그럴 수 없었다. 우린 왕십리에 쪽방을 얻었다. 왕십리 판자촌 꼭대기 집이었다. 부엌도 없고 연탄을 땔 수 있는 불구멍 하나만 방문 옆에 휑 뚫려 있는 집이었다. 물은 마당에 있는 주인집 수도를 같이 썼고, 시멘트 블록으로 쌓아올린 벽에 슬레이트 지붕을 얹어 찬바람이 벽 틈으로 숭숭 들어왔다. 방엔 석유곤로와 허름한 이불 하나가 있었다. 나는 집과 왕십리를 오가며 학교에 다녔다. 낮엔 학교에 가고, 끝나면 양쪽을 오가며 돈이 될 만한 것이나 먹을 수 있는 것이면 무엇이든 가져왔다.

저녁에 잘 곳이 있다는 게 얼마나 큰 행복인지를 그때 알았다. 동거하기 전 나야 사는 집이 있어 밖에 나와 놀다가도 때가 되면 집에 가면 그만이었지만 N은 달랐다. 그녀는 잘 곳이 없어 패거리들과 몰려다녔고, 술 먹고 여기저기 아무데서나 구겨져 잤다. 나는 N의 그러한 모습이 싫었다. 처음엔 아무렇지 않았는데 N을 사랑하게 되자 그녀가 그렇게 함부로 몸을 굴리는 것이 싫었다.

처음 우린 비밀리에 동거했다. 아무에게도 말하지 않기로 했다. 비밀이 새나가면 우리 동거 사실이 탄로 나는 것보다, 우리 방이 노는 애들 아지트가 되기 때문이었다. 그러나 그 비밀은 일주일도 못 가 탄로나 버렸다. N이 잘 데 없는 친구를 하나둘 데려왔고, 그렇게 되자 내 친구들까지 몰려들어 완전 난장판이 돼 버렸다. 우린 두 평도 안 되는 방에서 예닐곱 명이 칼잠을 잤다. 술 마시고 울고 토하고, 그러다 불도 때지 않은 냉방에 포개지듯 옆으로 누워 칼잠을 잤다.

뿐만 아니었다. 우린 3개월 동안 라면만 먹었다. 처음 N은 무슨 일을 해서라도 돈을 벌겠다고 했으나 패거리들이 몰려와 죽치는 바람에 그 생각도 흐지부지되었다. 나 같은 학삐리들은 아침 일찍 학교에 갔지만, 그렇지 않은 애들은 시내를 쏘다니기도 하고, 하루 종일 방에 죽치고 앉아 있기도 했다. 그러다 돈이 떨어지면 떼로 몰려가 매혈을 했다. 가을이 깊어가면서 대기실 옆 은행나무는 어느새 노랗게 물들어 잎이 지고, 라면만 먹다 피를 팔러 온 우리들은 일순 하늘이 노래져 비틀거리기도 했다.

그런 가운데 예비고사(지금의 수학능력평가시험)일이 다가왔고, 동대부고에서 시험을 보았다. 예비고사가 끝나는 날, 우린 걸판지게 한 번 놀기로 해 학교 근처 중국집을 예약해 놓은 상태였다. 아이들이 시험장인 동대부고까지 몰려 왔다. 그들은 정문에서 대기하고 있다 시험 보고 나오는 나를 에워싸고 헹가래를 쳤다. 몰려 있던 사람들이 뜨악한 눈으로 우릴 쳐다보았다. 그러거나 말거나 우린 고함을 지르며 킬킬대며 예약해 놓은 중국집으로 몰려갔다.

나는 가는 도중 슬그머니 빠져 집에 와 버렸다. 도저히 그날만은 광란의 밤을 함께 할 수 없었다. 나는 아무도 없는, 나 혼자 있을 수 있는 곳에 조용히 있고 싶었다. 왜냐하면 너무나 허망해서였다. 정말 너무나 허망해서. 그동안 시간이, 중학교 3년, 재수 1년, 고등학교 3년이란 시간이 오늘 하루를 위해 존재했다는 사실이 믿어지지 않았다. 인생에 이런 도박이 또 있을까 싶었다. 그 무엇에 보기 좋게 사기당한 느낌? 무려 7년, 아니 초등학교까지 하면 무려 13년이란 세월을 투자한 결과가 오늘 하루에 본 대입 예비고사 성적에 달려 있다니.

아버지께서 서울에 올라오셨다. 담임과 상담한 후 공주사범대학에 원서를 쓰자고 했다. 그때 나는 공주사대라는 말을 처음 들었다. 나는 아버지가 뭐라 하든 N과의 동거를 계속하기 위해 서울에 있는 대학에 가려고 결심하고 있었다. 그러나 아버지 고집이 너무 완강해 마지못해 시험만 보기로 했다.

공주사대 시험 보는 날 나는 친구와 함께 공주에 내려왔다. 방을 잡고 식당에 가 술을 마시며 시험을 보지 말고 하루 놀다 올라가겠다고 했더니, 그 친구 놈이 그래도 이왕 내려왔으니 시험을 보는 게 좋지 않겠냐고 하였다. 나는 그래?, 그럼 그렇게 할까, 싶어 시험을 쳤고, 나중에 누나한테(그때 나는 동거 중이었고, 공주사대 시험을 봤다는 사실을 까맣게 잊고 있어 합격자 발표가 언제인지도 몰랐다) 합격했다는 말을 들었다. 아, 합격이란 말에 나처럼 절망한 사람이 또 있을까? 나는 하늘이 무너져 내리는 듯했다. 우선 당장 N과 앞으로 어떡해야 좋을지 갈피가 서지 않았다. N과 헤어진다는 것은 상상도 할 수 없는 일이었다. 그래서 나는 일부러 시험을 대충대충 쳤고, 당연히 떨어질 것으로 생각하고 있었다. 그런데 합격이라니.

내가 공주사대에 합격했다고 하자 N이 조그만 목소리로 축하한다고 했다. 내가 공주로 같이 내려가자고 하니 N은 조용히 고개를 저었다. 자기는 서울에 있을 테니 내가 서울에 와 만나면 된다고 했다. 우린 4개월 동안 살았던 왕십리 방을 정리했다. 졸업을 앞둔 1월 막바지, 살을 에는 추위에 허접스런 짐은 모두 버리고 석유곤로만 들고 내려왔다.

*

'잠, 섹스, 거짓말'

나의 10대를 압축해서 표현한다면 아마도 이 세 낱말이 되겠다. 내 인생의 장위동 시절. 9년 남짓한 서울 생활. 그땐 왜 그렇게 잠이 쏟아졌는지. 나는 친구들 사이에 별명이 '또자'였다. 지금 생각해보면 그렇게 밤에 잠 안 자고 놀았으니 잠이 쏟아진 것은 당연한 일이었다. 그리고 섹스. 어른들의 간섭에 맞서 하루하루 살아가는 데 필요했던 거짓말.

나의 청소년기를 돌아보면 그곳엔 뭐라 말할 수 없는 반항심, 음습함, 기성세대에 대한 경멸과 조롱, 저항, 주체할 수 없이 분출되어 나오던 성욕, 힘겨루기, 자존심, 열등감 따위가 뒤범벅되어 가라앉은 빙산처럼 웅크리고 있다.

우린 늘 패거리 지어 몰려다녔고, 따라서 나는 당연히 '범생이'가 아니었고, 우리를 가두고 있는 네모반듯한 세계로부터 끝없는 일탈과 탈주를 꿈꾸었다. 뭐랄까? 달의 인력에 이끌리는 바닷물 같다고 할까? 조류의 물살을 거슬러 오르는 연어 떼 같다고나 할까? 본능이었다. 탈주 본능. 뛰쳐나가려는 본능. 아웃사이더가 되려는 본능. 그러지 않으면 갇혀 버린 내가 시한폭탄처럼 터져버릴 것만 같았다. 그리하여 싸우고, 가출하고, 연애하고, 그 모든 무지막지한 일들을 속여 넘기기 위해 끝없이 거짓말을 해 대고.

지금 생각해 보면 내 청소년기 암울함과 삐딱함은 내가 청소년기를 보냈던 당시 사회의 분위기와도 관계가 깊다고 생각한다. 지금도 그렇지만 그때도 학생들은 누구나 소위 일류 대학에 들어가기 위한 입시 전사로 내몰렸고, 학교 담벼락과 골목은 우중충했으며, 진실된 삶으로부터의 어떤 '괴리감'이 우리를 끝없이 괴롭혔으니까.

겉으로는 조그맣고 곱상하게 생겨 공부도 좀 한 나였지만, 그리하여 어느 날 나의 실체를 파악한 꼰대들이 나에 대한 배신감으로 치를 떨었지만, 나는 나대로 어두운 밤바다를 헤쳐 나가듯 중·고 시절을 캄캄하게 보냈다. 그런 내가 앞서 말한 것처럼 서양의 명화를 모으고, 우표를 수집했으며, 딱 한 편이지만 시를 쓰고, 일기를 썼다는 것이다. 이런 행위를 어떻게 설명할 수 있을까? 내 인생에 가장 삐뚤어진 시기에 이런 아름답고 미적인 영역에 관심을 갖고 그 일을 지속해 나갔다는 것이 나는 정말 지금도 이해가 되지 않는다.

그런 면에서 볼 때 사람에게는 누구나 말로 설명할 수 없는 부분이 존재한다는 생각이다. 겉으로 보고 판단할 수 있는 부분이 있고 그럴 수 없는 부분이 있다는 것이다. 그리고 그 설명할 수 없는 부분이 언제 꽃피어 그 사람의 인격으로 온전히 발화할 지는 그 자신도 모른다. 다만 그런 점에서 우리가 가져야 할 자세는 인간에 대한 지속적인 신뢰다. 한 사람 속에 깃들어 있는 가능성의 씨앗을 발견하여 꾸준히 물을 주는 일. 매일 햇볕을 충분히 받을 수 있도록 화분을 돌려놓아 주는 일. 여러 가지 일들이 모여 하나의 선(善)을 이룬다는 사실을 받아들이고, 그 믿음을 저버리지 않기 위해 노력하는 일. 그런 마음이 인류 역사만큼이나 오래 이어진다면 인간은 지금보다 조금은 더 행복하지 않을까.

시골에서 서울로 전학 간 이후 내 인생에 또 하나의 큰 전환점을 맞게 되는데, 그것은 대학에서였다. 대학, 공주에서의 생활. 비로소 나의 인문·사회적 의식이 싹터 하나의 '인격체'로서 태어날 수 있었던 곳. 대학에 다니면서 나는 비로소 책에 빠져들었고, 반짝이는 금강의 물결에 말갛게 씻긴 조약돌처럼 또 하나의 껍질을 깨고, 오늘의 인간으로 거듭 태어날 수 있었다.

3부

1

공주

서울에서 고등학교를 졸업한 나는 1977년 공주사범대학 국어교육과에 입학하게 되었다. 처음부터 대학을 공주로 오지 않으려고 했던 나는 자연 공주에 대해 좋은 인상을 가질 수 없었다. 한마디로 뭐랄까? 내가 공주에 대해 느낀 첫인상은 흐린 날 치통이 도져 잔뜩 얼굴을 으등거리고 있는 늙은이 같다고나 할까? 길과 거리 건물은 모두 퇴락했고 비좁았으며 우중충해 숨이 막혔다. 터미널을 중심으로 손바닥만 한 읍내와 금강교 건너 공주사대가 있는 신관동까지 펼쳐진 저지대의 논과 밭은 어느 곳에서나 흔히 볼 수 있는 시골 풍경 그대로였다. 부여, 예산, 대전 방면이 산으로 둘러싸여 막혀 있고 조치원 방향으로 한쪽이 겨우 터졌으나 그나마 금강이 가로막아 분지를 이루고 있던 곳.

나는 동생과 함께 중학동에 자취방을 얻었다. 공주고 바로 앞에 있는 일반 가정집이었다. 집주인이 공주교대 교수였는데, 그는 새벽마다 일어나 대입 시험을 준비하는 수험생처럼 공부를 했다. 그의 공부하면서 중얼대는 소리가 우리 방에까지 들렸고, 교수라는 직업은 저렇게 평생 공부를 해야 하나 하는 생각을 갖게 만들었다.

나는 남동생과 공주에서 3년을 같이 살았다. 바로 아래 동생이었는데, 내가 대학에 들어가던 해 동생이 공주에 있는 영명고등학교에 들어가 공주에서 같이 있게 되었다. 둘이 같이 자취를 하다 보니 여러 예기치 않은 일들이 많았다. 대충 살면 될 듯한 자취였지만 있을 것 다 있어야 하고 할 것 다해야 하는 살림이었다. 하루하루 밥 해 먹고 빨래하고 학교에 가야 하는 생활이 만만치 않았다. 서로 기분이 좋아 뜻이 잘 맞을 때는 문제가 없지만, 갈등이 생기면 쉽게 가라앉지 않았다. 한번은 무슨 일로 아침을 먹다 다툰 일이 있는데 동생이 도시락도 싸지 않고 학교에 가 버렸다. 나는 혼자 고민하다 도시락을 싸들고 학교로 찾아갔다. 아이들 눈길이 나한테 쏠리는 가운데 나는 동생 반을 찾아가 도시락을 건네주었다. 아, 그때의 창피함과 머쓱함이란.

그 일을 통해 나는 몇 가지 사실을 깨달았다. 하나는 공주에 오기 전까지 나는 서울에서 누나와 함께 살면서 누나 도움을 받고 살았는데, 이제는 입장이 바뀌어 내가 동생을 챙겨야 했다. 집을 떠나 나와 함께 살면서 나로 인해 마음 상하는 일이 없도록, 최소한 형이라면 동생을 잘 데리고 있어야 하지 않을까 하는 생각을 하게 되었다.

나는 학교를 매일 걸어 다녔다. 중학동 자취집에서 시내를 지나 금강교를 건너 학교까지 가려면 한 시간 이상 걸리는 거리였다. 가다 보면 산성동 금강 가에 미나리꽝이 있고 산성공원이 있으며, 조치원 방면 서울로 가는 길은 하얗게 말라 먼지를 폴폴 날리고 있었다.

금강
강둑
그 옆 미나리꽝

쌀뜨물 안개 속
와글와글 울던
개구리 소리

(중략)

그 시절 그곳에는 누가 살았나

산성공원
돌계단
느티나무 아래 돈뵈기 쓰고 앉아
상늙은이 사주 봐주던

_「公州」 부분

학교를 오가는 길에 나는 자주 강둑에 앉아 금강을 바라보았다. 처음으로 무엇인가를 조용히 바라보는 시간이었다. 산으로부터 불어온 바람이 머리칼을 헤치고 강변의 개망초며 여뀌며 이름 모를 풀꽃들을 부드럽게 어루만졌다. 잠자리가 풀 대궁에 앉아 졸고 자잘한 파도소리를 내며 흔들리는 미루나무 가지 끝 흰 구름이 옹졸봉졸 떠가기도 하였다.

강둑에서 나의 귀는 강물로 쏠렸다. 산 그림자를 안고 흐르는 강은 말이 없었다. 때로는 탁하게 때로는 흘러넘쳐 노호하며, 때로는 지푸라기처럼 바짝 야윈 채 흐르는 금강. 전라도 어디선가 발원하여 북으로 북으로 거슬러 오르다 이곳 금강 나루에서 물길을 한 번 틀어 서해로 흘러드는 강. 굽이굽이 심산유곡을 돌고 돌아 산 구비를 에워싸고 비껴 돌면서 여울지고 굽이치고 휘돌아온 길. 그 길이 장장 700리에 이르면서도 그러나 강은 말이 없었다. 나웃나웃 햇빛에 반짝이는 눈인사나 건넬 뿐, 출렁이는 물결에 말없이 흐르는 이야기나 전할 뿐.

단절의 강. 차안(此岸)과 피안(彼岸)을 갈라놓는 강. 그리하여 강은 단절이자 이음이었다. 강은 나에게 단절의 외로움에서 오는 고통을 배우라고 했다. 단절이 모여 이루는 이음의 역설을 배우라고 했다. 인생이란 본디 그런 거라고 했다. 누구나 강을 건너기 전에는 잠시 머뭇거리며 뒤를 돌아본다고 했다.

마른 담배를 태우며 나는 강둑에 벌러덩 누워 서울에서의 생활과 친구들을 떠올렸다. H는 재수를 한다고 했다. L은 아버지를 도와 동대문 시장에서 안감 장사를 한다고 했다. S는 조폭 형들 도움으로 다시 부산으로 내려가 D대 체대에 들어갔고, N의 얼굴이 클로즈업되었다. 나는 그동안 서울에 올라가 N을 만나고 있었다. 시간이 없어 다른 친구들은 만나지 못해도 N은 꼭 만났다. N은 날 보고 배시시 웃으며 말했다.

"앞으로 선생님 될 사람이 우리 같은 사람 만나도 돼?"

나는 그 말에 화가 났다.

"니가 어때서? 그리고 선생이 뭐 별거냐?"

"그래도 모범적이어야지."

N은 일부러 나와 거리감을 두었다. 시간이 갈수록 N과의 대화는 모래가 낀 듯 버석거렸고 그녀는 나를 의식적으로 피했다. 나는 그녀를 자주 만날 수 없는 게 안타까웠다. 격절의 공간에서 멀어져 가는 그녀를 속수무책으로 바라만 보아야 한다는 사실이 괴로웠다.

대학에 들어와 해방감을 만끽하는 다른 친구들과는 달리 나는 외로움과 우울함에 빠져들었다. 그들은 술을 마신다, 담배를 피운다, 미팅을 한다, 연애를 한다 하면서 한껏 들떠 있는데, 나는 이미 그런 일들을 중·고등학교 때 다 했으니. 아니 그보다 더한 일까지 모두 섭렵했으니 한마디로 대학 생활이 하나도 재미없었다. 나는 아이들을 모아놓고 음담패설을 늘어놓거나 서울에서 놀던 이야기를 풀어가며 심심함을 메워나갔다.

그즈음이었다. 학교 갔다 집에 와 옷을 갈아입는데 가방에 두툼한 편지가 들어 있었다. 나는 처음 그것이 연애편지인 줄 알았다. 편지를 읽어보니 내용이 이상했다. L이라는 친구가 쓴 편지였는데, 한마디로 그동안 내가 하는 짓을 옆에서 지켜보았는데 아주 실망스럽다는 것이었다. 그러면서 그동안 내가 겪은 체험을 '노가리'나 푸는 데 쓰지 말고, 보다 유용한 데 써보라고 했다. 편지에는 또 이런 말도 있었다.

"존재는 언어의 집."

나는 처음 이 말이 무슨 말인지 몰랐다. 하지만 이 말이 오래도록 머릿속을 떠나지 않고 맴돌았다. 나중에 안 사실이지만 이 말은 독일 철학자 마르틴 하이데거가 한 말로, 사람은 언어를 통해 사유하는 존재로 언어의 집을 지으며, 사람들은 내가 지은 언어의 집을 통해 내가 누구인가를 판단하게 되고, 나와의 관계를 결정한다고 했다.

이 말의 뜻을 알고 나는 불을 뒤집어쓴 듯 얼굴이 화끈거렸다. L은 그동안 나의 언행을 지켜보고 정문일침의 비수를 날렸던 것이다. 나는 그동안 내가 지은 언어의 집을 돌이켜보았다. 입만 열면 음담패설에 서울에서 놀던 후진 이야기였으니 얼마나 한심하고 창피했겠는가.

그런데 나는 이 편지를 읽고 L이 괘씸했다. 지가 뭔데 나한테 이런 충고를 하느냐 말이다. 하지만 나는 그에게 바로 뭐라고 하지 못했다. 자존심이 상해 그를 불러 쥐어 팰까도 생각했지만 이내 마음을 고쳐먹었다. 그동안 내가 해온 일이 워낙 찔리는 바가 있어서였다. 나중에 안 사실이지만 L은 일찍이 문학에 눈을 떠 고등학교 때부터 동아리 활동을 하였고,『사상계』 같은 책을 읽으며 이미 사회의식이 상당히 발달해 있던 터였다. 그러니 그가 볼 때 나라는 인간이 얼마나 한심했을까? 차마 더 두고 보기 역겨워 비판의 편지를 날렸으니 나는 또 그로 인해 얼마나 창피했겠는가?

2

술

나는 학교도 공주도 친구들도 다 마음에 안 들었다. 그러다보니 누구와도 어울리지 못했다. 어울리지 못함은 자기 내면에 벽을 쌓는 일. 벽은 나를 가두었고 외로움을 불러들여 술을 마시게 했다. 나도 다른 친구들처럼 처음으로 담배도 피우고 술 마시고 미팅도 하고 카니발에도 나가고 싶었다. 그런 일들에 가슴이 설레고, 또 그런 일을 이야깃거리로 삼아 유쾌하게 떠들고 싶었다. 보통 아이들처럼 평범해지고 싶었다. 그러나 나는 이미 그 점에서는 평범하지 않았다. 나는 내가 생각해도 '괴물' 같은 존재였다. 성장 과정에 따라 여러 가지 일을 자연스레 겪으면서 자란 사람이 아닌, 이미 한꺼번에 겪을 것을 다 겪어 조숙해 버린 불균형의 괴물 같은 존재였다.

그러다 보니 자의식이 강했고, 물 흐르듯 자연스레 상황에 어울리지 못한 채 '격리 감정'을 가졌다. 격리 감정이란 무언가로부터 늘 한 발자국 떨어져 있는 듯한 감정을 말한다. 그것은 외로움이며 고독이며 자기 자신에 대한 소외감이라 할 수 있다. 서울 친구들과의 단절된 생활도 나의 격리 감정에 영향을 미쳤다. 어려서 일찍 부모 곁을 떠나 서울로 전학한 일도 나에게 그런 격리 감정을 갖도록 했다.

새로운 생활에서 오는 낯설음으로 나는 오로지 술만 마셨다. 친한 친구 몇몇과 몰려다니며 마셨고 혼자서도 마셨다. 82일 동안 하루도 빠지지 않고 인사불성이 되도록 마신 적도 있었다. 학교 앞에서도 마셨고, 시내에서도 마셨고, 수업 빠지고도 마셨고, 수업하다 중간에 나와서도 마셨다. 아침에 술집에 앉으면 저녁 땅거미가 질 무렵에야 일어나곤 했다. 아예 그 집 가게 문을 닫고 마신 적도 있었다. 그렇게 마시면서 금강을 건너다녔다. 금강을 건너기 전 강둑에 쓰러져 잠든 적도 여러 번 있었다. 술에 취하지 않으면 할 수 없는 일이었다. 그러면서 열심히 수업에 들어가는 아이들을 비웃었고, 공개적으로 면박을 주었으며, 마음에 안 들면 불러다 겁박하기도 했다.

비가 오면 오는 비를 흠뻑 다 맞으며 술을 마셨다. 시장통, 미나리꽝, 금강 가를 쏘다니며, 비에 무너져 내리는 흙더미처럼 나도 비를 맞아 존재 자체가 흔적 없이 사라지고 싶었다. 빗물에 씻겨 금강 어딘가로 흘러들어 가뭇없이 사라지고 싶었다. 자학이랄까? 나는 나를 괴롭혔고, 나를 편히 내버려 두는 일은 내가 자신에게 해야 할 어떤 임무를 방기하는 것으로 생각했다.

그런 어느 날 나는 거지가 되고 싶었다. 대학생이란 신분이 위선처럼 느껴졌다. 그것을 훌훌 벗어던지고 하루하루 구걸하며 살아가는 거지가 되고 싶었다. 비닐로 된 막걸리 통을 잘라 구걸 통으로 만들었다. 안경도 벗어버리고 봉두난발의 머리에 누가 보아도 거지

차림으로 구걸에 나섰다. 골목골목 집집마다 대문이 열려 있는 집이면 빠지지 않고 들어갔다. 오전 10시경 일반 가정집에는 고즈넉한 평화가 감돌았다. 주로 노인이나 여자들이 자잘한 집안일을 하고 있었다. 나는 문을 밀고 들어가 아무 말도 하지 않은 채 들고 있는 구걸 통을 내밀었다. 사람들 반응은 두 가지였다. 나이 많은 할머니들은 끌끌 혀를 차며 젊은 사람이 어쩌다 저리되었누, 하며 돈 몇 푼이라도 적선해 주었다. 어떤 할머니는 아침은 먹었냐며 안 먹었으면 먹고 가라고 했다. 내가 말 못하는 사람처럼 가만히 있으면 할머니는 말까지 못한다며 씻고 있던 고구마를 팔에 안겨 주었다. 이렇게 인정이 살아 있는 경우도 있었지만, 그렇지 않은 일이 더 많았다. 나를 보고 사지 멀쩡한 젊은 사람이 뭐 할 일이 없어 동냥질이냐고 퍅성을 부렸다. 그러면 나는 아무 말 없이 한동안 서 있다 밖으로 나왔다.

나는 구걸하여 얻은 돈으로 술을 마셨다. 술잔을 기울이며 구걸하며 만났던 사람들을 떠올렸다. 인정을 베풀었던 이, 매몰차게 쫓아내던 이. 그러면서 한 가지 깨달음을 얻었다. 사람은 선하기도 하고 그렇지 않기도 하다는 것. 그런 사람들이 모여 한 세상을 이루어 살아가며, 나를 거지라고 능멸한 사람도 내가 가만히 있으니 아무 시비가 일어나지 않더라는 것. 세상일이 모두 그럴 수도 있고, 그렇지 않을 수도 있다는 생각이었다.

그즈음 또 이런 일도 있었다. 공주에서 예산 가는 길에 연미산이 있었다. 해발 500~600미터 정도 될 그리 높지 않은 산이었다. 그 산꼭대기에 소나무가 한 그루 있었는데, 그것이 밑에서 보면 꼭 학이 날개를 펴고 날아가는 모습이었다. 나는 어느 날 술에 취해 그 나무를 베어야겠다고 생각했다. 왜냐면 그 나무를 보는 사람마다 학이 날아가고 있다고 착각할 것 같아서였다. 실제 사물과 그 사물의 이미지가 다를 수 있다는 것에 대한 불만이었다. 나무면 나무로 보여야지 왜 그것이 학으로 보이느냐에 대한 시비였다. 나는 비가 억수로 쏟아지던 날 톱을 구해 연미산에 올랐다. 비록 높지 않은 산이었으나 취한 걸음으로 오르기에는 만만치 않았다. 나는 넘어지고 미끄러지면서 악착같이 정상에 올랐다. 그런데 이게 웬일인가? 꼭대기에 올라가 보니 소나무를 중심으로 철조망이 쳐져 있고 '위험' 팻말이 붙어 있는 게 아닌가? 큰 접시 모양의 기계도 설치되어 있었는데, 그 옆에 소나무가 비를 맞으며 다소곳이 서 있었다. 가까이에서 보니 소나무일 뿐이었다. 왜 소나무가 멀리서 보면 날아가는 학으로 보일까? 나는 비를 맞으며 생각에 잠겼다. 하지만 그 이유를 알 수 없었다. 나는 생각다 못해 그런 오해를 불러일으킬 뿌리를 제거하는 일이 마땅하다고 생각했다. 나는 철조망을 넘었고 그 소나무를 베어버렸다.

숱한 좌절과 헤맴이 좌충우돌 속에 계속되었다. 그런 가운데 얼핏얼핏 깨달아 가는 것들이 있었다. 공주 곳곳을 쏘다니며 공주에 대한 인식도 새롭게 싹텄다. 산성공원과 무령왕릉, 곰나루 등에는 천 년 세월에도 씻기지 않은 백제의 숨결이 고스란히 남아 있었고, 우금치에는 동학혁명의 피맺힌 함성이 고갯마루를 감싸 돌고 있었다. 예로부터 유림(儒林)이 많아 봉건성이 높았던 곳, 산업화 과정에서 낙후되고 침체되어 웅덩이에 고인 물과 같이 고리타분하던 곳. 그런 공주에 '저

항의 정신'이 바위틈을 흐르는 물줄기처럼 흐르고 있음을 알았다.

겨울을 이겨낸 나뭇가지에
잎이 돋아
연두연두, 소곤거리던 밤

공주 산성공원 4·19 기념탑
팔락대던 촛불

술, 노래, 울음, 사랑, 혁명, 꽃 사태
그 무엇 하나라도 되고 싶은 우리 앞에

날개 달린
날아가 이마빡 깨뜨리는, 날개 달린 돌멩이가
부르르 몸을 떨며 놓여 있었네

_「진달래」 전문

나에게 언어의 중요함을 일깨워 준 친구 L은 공주시 이인면에 있는 야학에 뛰어들었다. 우린 산성공원에 있는 쌍수정이나 4·19 기념탑 앞에 모여 촛불을 켜놓고 술을 마셨다. 바람에 꺼질 듯 팔락대던 촛불. 술을 마시며 우린 금강과 서해 바다, 그리고 우금치와 4·19 등에 대해 이야기했다.

3

책

책을 읽었다. 무섭게 읽었다. 내 안에서 인생을 바라보는 시각에 질적인 변화가 일어나서였을까? 그동안 너무 밖으로 싸돌아다니며 놀기만 하다 보니 이제 그만 책을 좀 읽을까, 하는 마음에서였을까? 그동안 빚진 모든 것을 한꺼번에 갚듯이 읽었다. 원한에 차 부득부득 이를 갈던 사람이 원수의 간을 꺼내 우적우적 씹어 먹듯 책을 읽었다. 술에 쩔어 방황하던 대학 1학년을 마치고 2학년이 되면서부터였다. 나는 학교 도서관에 있는 책을 거의 빌려 읽었다. 책을 읽을 때 그냥 읽기만 한 게 아니었다. 읽은 내용을 하나하나 독서 카드를 만들어 그곳에 기록했다. 내용을 요약하고, 좋은 구절을 옮겨 적고, 어떤 문제로 인해 떠오르는 생각을 따로 적었다. 술을 마시고 온 날도 책을 읽었다. 자다 깨는 새벽이면 책을 읽었다. 철학, 문학, 역사, 사회, 과학 등 닥치는 대로 읽었다. 석삼년 가뭄에 갈라 터진 논바닥에 물을 대는 격이었다. 나는 한 방울도 흘리지 않고 책의 우물에서 쏟아져 나오는 단물을 한정 없이 들이켰다. 책을 통해 거대한 지식과 감성의 세계에 빠져 들었다.

그 시기 읽었던 수많은 책 가운데 오늘날 나의 인격 형성에 커다란 영향을 끼친 책이 두 권 있다. 하나는 마르틴 부버가 쓴 『나와 너』라는 책이고, 다른 하나는 프리드리히 횔더린의 『히페리온』이라는 책이다.

마르틴 부버는 오스트리아 출신의 유대계 종교철학자이다. 그는 대학에서 철학과 미학을 전공하고, 독일 프랑크푸르트 대학에서 종교철학과 윤리학을 강의했다. 나치의 유대인 박해로 독일에서 쫓겨나 여러 나라에서 망명 생활을 했다. '나와 너'의 관계를 기조로 한 그의 철학은 실존주의와 함께 제1차 세계대전 후 유럽과 미국의 기독교 신학과 철학, 정신의학계에까지 넓고 깊은 영향을 미쳤다.

이 책 전편에 흐르는 핵심 내용은 '처음에 관계가 있었다'는 것이다. 이는 '인간은 인간과 함께 할 때 비로소 인간이다'라는 인간성의 근본 형식을 명제화한 말이었다. 이 관계는 두 개의 근원어 곧 '나–너'의 관계와 '나–그것'의 관계로 설명될 수 있다. 두 개의 근원어를 떠나 있는 존재는 없으며, 이 근원어를 통해 모든 존재는 성립된다. 인간인 '나'는 '나'만으로는 존재하지 못한다. 우리가 '나'라고 말할 때 그것은 '나–너'의 나이거나 '나–그것'의 나이지, 그 밖의 '나'란 있을 수 없다.

나는 부버를 읽고 물질화 된 현대사회에서의 인간성 소외에 대해 사유했고, 특히 필연적으로 '나–너'의 관계는 시간이 지나면서 '나–그것'의 관계로 사물화 되어 간다는 그의 논지에 아득한 절망을 느겼다. 결국 모든 인간관계는 진정한 만남을 이루지 못한 채 스쳐 지나갈 뿐이라는 말 아닌가? 그렇다면 인간은 만남을 통해 인간의 존재양식이 비로소 완성된다는 그의 또 다른 논지는 무엇인가? 이 둘은 서로 모순되지 않는가?

그런 한편, 척박한 현실과의 대립 속에 자신이 꿈꾸는 이상을 포기하지 않고, '더 높은 곳으로 가려는 자'의 창조적 정열을 나는 횔더린에게서 보았다. 그 후 고흐, 니코스 카잔차키스, 도스토예프스키, 체르니셰프스키, 마오쩌둥, 호찌민, 최시형 등을 만나면서 나는 꿈이 인간을 움직이며, 인간의 마음에 꿈이 내려올 때 인간은 불에 달군 쇳덩이처럼 뜨거워진다는 사실을 알았다.

책에 빠져 들면서 나는 쥐새끼 풀방구리 드나들듯 대학 도서관에 드나들었다. 대출카드 하나하나에 내 이름이 올랐고, 독서 카드는 나날이 두터워졌다. 그 무렵 나는 학교로 찾아온 책장사에게 책(전집류)을 사 자취방에 진열해 놓기도 하였다. 헌 책꽂이를 구해 책을 꽂으니 방이 아주 그럴듯해 보였다. 벽면에 책이 가득 차 서재라고 해도 손색이 없었다. 술은 여전히 줄기차게 마셔댔지만, 한번 책상에 붙어 앉았다 하면 밤이 꼴딱 지나도록 책을 읽었다.

4

시

대학 2학년 때부터 '율(律)문학회'라는 문학 동아리에 들어가 활동했다. 고등학교 2학년 때 처음 형에 관한 시를 쓴 후, 내 안에서 감쪽같이 사라졌던 시란 놈이 어느 날 불쑥 대가리를 쳐들고 나를 찾아온 것이다. 그 시절 나는 문학을 다시 말해 시를, 내 생각과 감정을 글로 표현하는 게 아니라 형이 불러주는 말을 내가 받아 적은 것이 나의 문학이라고 생각했다. 어려서 품었던 말 못하는 형에 대한 운명적 반항이 땅 속 깊이 묻혀 있는 광맥처럼 그동안 내 안에서 사라지지 않고 내장되어 있다가 분출되어 나온 것이다.

나는 시를 쓰며 나와 형에 대한 자각을 새롭게 했다. 나한텐 말 못하는 형이 하나 있고, 형은 의사전달 방식이 보통 사람과는 다르며, 형이 하고 싶은 말을 나를 통해 하니, 나는 그것을 열심히 받아 적어야 한다고 생각했다. 의무감에서, 말 못하는 형 대신 내가 형의 몫까지 말해야 한다는 의무감에서.

나는 대학 시절에도 그랬지만 그 후 발령받아 교사로 근무하면서, 그리고 방위 근무를 하기 위해 청양 관리대 근처에서 자취하면서, 막무가내로 시를 썼다. 습작에 치기 어린 것들이 대부분이었지만 시를 쓰지 않는 나를 상상할 수 없었다. 3일 동안 시를 쓰지 않으면 그것을 되찾는 데 석 달이 걸릴 거라는 마음으로 시를 쓰고 또 썼다.

형으로부터 오는 압박감이 나를 그렇게 시 쓰기로 내몰았던 것 같다. 일상에서 하는 말은 내가 하는 말이고, 시를 통해 표현되는 말은 형의 말이니, 나는 당연히 형의 말을 성실히 받아 적어야 한다는 압박감이었다. 그러기까지 나는 나의 많은 에너지를 열등감과 좌절감, 운명적 장애에 대한 반항에 쏟아부었다.

시와 술과 책은 그 당시 내 삶의 모든 것이었다. 이 세 요소가 결합될 때 그것이 곧 나였다. 공주 중동에 있던 순두부 집이 우리들 모임 장소였다. 우린 문학회 모임도 그곳에서 했고, 친구들과의 만남도 그곳에서 했다. 문턱이 닳도록 드나들며 시와 객기와 노래로 후끈 달아올랐던 곳. 노래할 때 젓가락으로 두드려 모서리가 다 닳아 버린 탁자, 담뱃진에 누렇게 색이 바랜 벽지, 싸움에 주사에 고함에 탁자가 뒤집어져도 늘 부처님의 염화시중 미소를 잃지 않은 채 시래기나물을 내오던 주인아주머니.

그렇게 술과 문학에 빠져 해롱대며 지내던 중 내 의식에 일대 전환이 찾아왔다. 동학농민혁명과 우금치 고개를 통해서였다. 우금치는 예전에도 여러 차례 친구들과 갔던 곳이다. 1884년 처음 봉기한 전봉준, 김개남을 비롯한 동학군들이 공주성 진격을 앞두고 관군과 일본군에 맞서 싸우다 패퇴하여 동학혁명은 막을 내렸고, 그 후 청일전쟁에서 승리한 일본이 주도권을 확보해 우리나라를 식민화해 간다는 역사적 사실은 이미 알고 있었다. 그러나 그뿐이었다. 수험생이 시험공부 하기 위해 참고서에 나오는 내용을 달달 외고 있는 그런 수준이었다.

그러던 것이 '농민'이라는 말에 눈길이 갔다. 농민. 무지렁이 농사꾼. 농투산이로 불리는 조선시대 최하층 농민들이 양반의 폭압에 저항하여 봉기를 한 것이었다. 이름하여 동학농민혁명, 혹은 갑오년에 일어났다 하여 갑오농민전쟁.

그동안 내 열등감의 뿌리였던 우리 부모가 바로 농민이지 않은가. 어려서 나와 이웃하여 살던 시골 온암리 사람들이 바로 그 무지렁이 농민 아닌가. 하루 종일 손톱이 까지도록 일해도 무지와 가난과 궁핍에서 벗어나지 못하는 우리 부모와 이웃들. 어려서 형이 경기를 할 때 이 사람 저 사람 돌팔이한테 침을 맞히지 말고 병원에만 데려갔어도 괜찮았을 텐데, 그러지 못해 한 인간을 영원히 불구자로 만들어버린, 그 무지와 가난에서 헤어나지 못하는 그들이 바로 농민 아닌가. 그 최하층 꼬래비들이 벌떼처럼 일어나 탐관오리를 징치하고 정치개혁과 보국안민 척왜양이(輔國安民 斥倭洋夷)를 부르짖어 반제 반봉건 투쟁을 전개하였다니.

나는 동학농민혁명과 관련된 책을 닥치는 대로 섭렵했다. 죽창, 농기구, 말목장터 같은 말에 가슴이 두근거렸고, 고부 관아, 조병갑, 횃불 같은 말에 마른침을 삼켰으며, '앉으면 청산, 서면 백산'이라는 말에 손에 땀을 쥐었다. 전봉준, 손화중, 김개남, 사발통문, 접주, 황토현, 청나라…… 그러다가 우금치.

우금치 고개는 공주에서 부여로 가는 길목에 있는 나지막한 고개가 아닌가. 그곳에서 벌어진 동학 농민군과 신식 무기로 무장한 일본군 및 관군 간의 최후의 전투. 동학군은 수적으로만 우세할 뿐 신식 무기로 무장한 관군의 상대가 되지 않았다. 10월 중순 10만 부대로 공주성을 포위하고 공격을 감행하였으나 패퇴하였고, 그 후 11월 다시 우금치 고개에서 패퇴한 동학군은 전의를 상실한 채 삼남 지방으로 뿔뿔이 흩어졌다. 그 바람에 전봉준은 쫓기는 신세가 되었다. 동학군과의 싸움에서 승리한 일본군과 관군은 전봉준을 생포하면 막대한 상금을 준다는 포고문을 내걸었고, 전봉준은 정읍과 순창 등지를 전전하며 몸을 피하다가, 과거 자신의 부하였던 김경천의 밀고로 피노리에서 체포되어 처형되었다.

오늘날 우금치 고갯마루에 세워져 있는 동학혁명군위령탑이 고개 정상에서 공주 쪽, 다시 말해 서울 쪽으로 몇 발자국 지나 세워져 있는 것이 서울로 진격하려던 동학군들의 넋을 위로하기 위해서라는 것을 안 것도 그때요, 금강 백사장을 거닐며 나지막이 부르던, "새야 새야 파랑새야/녹두밭에 앉지 마라/녹두꽃이 떨어지면/청포장수 울고 간다"라는 전래민요에 가슴 시려 했던 때도 그즈음이었다.

동학에 대해서도 깊이 파고들었다. 서학(서양의 천주교)에 반대되는 개념으로 동학이라고 한 것부터가 마음에 들었다. 동학의 창시자 최제우가 종교체험을 할 때 받은 21자(字) 주문, 즉 '지기금지원위대강 시천주조화정영세불망만사지(至氣今至願爲大降 侍天主造化定永世不忘萬事知)'를 나는 그때 줄곧 외우고 다녔다. 개 같은 세상이 끝나고 새로운 세상이 열릴 것이라는 후천개벽, 인간이 곧 하늘이라는 사상을 가슴에 품고 숱한 탄압과 고난 속에서 평생을 잠행으로 보낸 제2대 교주 최시형의 삶 앞에서 나는 가슴이 먹먹해 숨을 쉴 수 없었다.

나에게 동학혁명은 우리 부모와 같은 무지렁이 '농민'에 대한 새로운 발견이었다. 그리하여 나는 우리 부모를 열등감의 원천에서 수탈당하는 민중으로 보게 되었고, 이 땅에서 노동으로 살아가는 사람 모두에 대해 민중적 자기 긍정을 갖게 되었으며, 그들과 정서적 유대감을 갖게 되었다.

그때 공주 금학동 공주교대 뒷산에서 우금치 전투 때 죽은 동학군들의 뼈마디가 나왔다는 말을 듣고 나는 얼마나 가슴 졸이며 그 산을 더듬었던가.

길가엔 진달래 몇 뿌리
꽃 펴 있고,
바위 모서리엔
이름 모를 나비 하나
머물고 있었어요.

잔디밭엔 장총(長銃)을 버려 던진 채
당신은
잠이 들었죠.

햇빛 맑은 그 옛날

후고구렷적 장수들이
의형제를 묻던,
거기가 바로
그 바위라 하더군요.

(중략)

기다림에 지친 사람들은
산으로 갔어요.
그리움은 회올려
하늘에 불 붙도록.
뼛섬은 썩어
꽃죽 널리도록.

바람 따신 그 옛날
후고구렷적 장수들이
의형제를 묻던
거기가 바로
그 바위라 하더군요.

잔디밭에 담배갑 버려 던진 채
당신은 피
흘리고 있었어요.

_신동엽,「진달래 산천」 부분

동학혁명에서 비롯되는 우리나라 근현대사의 민중적 저항은 3·1 운동을 거쳐 일제 식민지 민족해방 투쟁을 거쳐 미 군정기, 그리고 6·25, 4·19, 5·18로 이어진다. 신동엽의 시「진달래 산천」은 이러한 민중적 투쟁의 와중에 유명을 달리한 무주고혼의 넋이 우리 땅 어느 곳에든 스며 있음을 노래한 시이다. "진달래 몇 뿌리"와 "이름 모를 나비"로 제시되는 우리나라 산천의 평화로운 정경. 그 평화의 고즈넉함 속에 당신은 장총(長銃)을 버려둔 채 잠들어 있다. 그렇게 산새의 벗이 되어 죽어간 곳은 어디인가? 그 옛날 '후고구렷 장수들이 의형제를 묻던 그 바위' 밑이다. 그 바위 밑. 그곳은 곧 우금치일 수도 있고, 지리산 피아골 골짜기일 수도 있으며, 광주 금남로 네거리일 수도 있다.

동학혁명에 매료된 나는 그 후 필연적으로 시인 신동엽과 만나게 된다. 그의 장시「금강」. 그 당시 나는 습작기 문학청년으로 시단에 유행하던 '무의미 시'의 김춘수나 정현종, 오규원, 프랑스의 상징주의, 독일의 표현주의 같은 시들에 빠져 있었는데, 이 같은 나의 취향에 신동엽은 하나의 사건으로 다가왔다. 우린 신동엽의「금강」을 비밀리에 등사하여 돌려 읽었고, 부여 금강 변에 있는 그의 시비를 찾아가기도 하였다.

문학청년으로 습작에 몰두하던 시절, '시동(詩童)'에 대한 이야기를 빠뜨릴 수 없다. 시동이란 이름은 내가 붙인 것이다. 잠들기 전 시를 쓰느라 고행에 가까운 몸부림을 치다가 잠이 들면 꿈속에서 어떤

동자가 나타나 내가 찾아 헤매던 시 구절을 마구 불러주었다. 그러면 나는 환희에 젖어 그 구절을 수도 없이 반복하여 외우다 꿈에서 깼는데, 깨고 보면 도무지 무슨 말이었는지 기억이 나지 않아 애를 먹었다. 그리하여 그다음부터는 머리맡에 메모지를 두고 잤고, 자다 역시 꿈에 시동이 나타나 시를 불러주면 정신없이 받아 적었는데, 다음 날 아침에 보면 워낙 글씨를 휘갈겨 써 무슨 말인지 알아볼 수 없었다. 시 쓰기에 거의 미쳐 있었기 때문에 나타난 현상일 거였다. 형이 하는 말을 내가 대신 받아 적어야 한다는 압박감에 그만큼 나는 사로잡혀 있었던 것이다.

5

캐슬 빌더

대학 1·2학년을 그렇게 보내고 3학년이 되었다. 누가 처음 발의했는지 자세히 기억나지 않지만 우린 그 당시 불온도서로 지목되어 판금 상태에 있던 책들을 등사하기로 했다. 신동엽의 『금강』, 파울로 프레이리의 『페다고지』, 에버레트 라이머의 『학교는 죽었다』 등이었다. 등사는 같은 대학 동기 중 친하게 지내던 친구와 당시 학보사에 있던 H와 함께 했다. 주로 시목동에 있는 H의 자취집에서 했는데, 복사기나 인쇄기가 없어 '가리방'이라는 것을 구해 철필로 한 자 한 자 글씨를 써서 롤러로 밀어 등사했다.

우린 몇몇이 돌아가며 비밀리에 그 '임무'를 수행했다. 비밀이 밖으로 새나가서는 안 된다는 눈빛을 주고받으며 우리는 유리창에 암막을 쳐놓고 밤을 새워 작업했다. 손은 잉크투성이였고 방 안엔 석유 냄새와 담배 연기로 숨을 쉬기 어려웠다. 그래도 우리는 책 내용에 놀라며, 무엇인가 아주 중요한 일을 하고 있다는 생각에 말소리를 낮춘 채 일했다. 우린 번갈아가며 한쪽에선 철필을 긁고 한쪽에선 가리방을 밀며 책을 등사했다.

철필 글씨는 단연 H가 뛰어났다. H는 천부적으로 철필 글씨를 잘 썼다. 그의 글씨는 한 자 한 자 획이 고르고 매끈하여 맵시가 있었다. 우리가 쓰면 철필에 스텐실 페이퍼가 자꾸 찢어져 못 쓰게 되는데, H는 마치 볼펜으로 종이에 쓰듯 능숙하게 글씨를 써 나갔다.

파울로 프레이리는 브라질의 교육사상가이다. 그의 대표 저서인 『페다고지』는 '피억압자들의 교육학'이라는 부제가 붙어 있을 만큼 이른바 '해방의 교육'을 주창하고 있다. 프레이리는 평생 동안 문맹퇴치 교육을 통해 전 세계 피억압 민중 스스로가 사회·정치적 자각을 얻을 수 있도록 힘썼는데, 그의 교육학적 사상의 근간을 밝혀놓은 책이 바로 『페다고지』였다.

에버레트 라이머의 『학교는 죽었다』 역시 근대 자본주의 사회의 학교 교육에 대한 비판을 담고 있었다. 라이머는 자본주의 사회에서 학교 교육은 진정한 교육이 이루어지는 것이 아니라, 계급구조를 공고히 하고 재생산하며 학생들을 지배체제에 맞게 길들이는 곳이라고 비판한다. 다시 말해 근대 자본주의 사회에서 학교는 지배-예속의 관계를 공고히 하고, 학교라는 교육기관을 통해 만들어진 인간은 표준화되고 획일화되어 어떤 가능성도 없는 규격화된 상품일 뿐이라는 것이다.

『페다고지』와 『학교는 죽었다』는 학교와 교육을 바라보는 우리의 관점을 바꾸어놓았다. 그동안 사범대학에 다니면서 학교나 교육, 교사 등에 대해 한 번도 제대로 생각해보지 않았던 우리들에게 그들의 이론과 주장은 충격이었다. 나는 중·고등학교 때 내가 다니던 학교와 그곳에서 배운 지식들을 뒤돌아보았다. 프레이리 말대로 교사는 자신이 저장하고 있는 지식을 학생에게 전달하는 데 급급했고, 학생은 그 지식을 받아들이는 데 여념이 없었다. 교육에 프레이리가 말하는 '대화'란 없었다.

등사한 책을 친구들에게 나눠주며 나는 한편으로 실존철학에도 빠져들었다. 마르틴 부버의 『나와 너』를 통해 나와 다른 타자(너, 그것)와의 관계 맺음에 대해 인식할 수 있었다면, 실존철학을 통해 그렇다면 '나'란 무엇인가의 문제에 천착했다. 나는 에드문트 후설의 『현상학』, 헤겔의 『정신현상학』 같은 책을 학교 도서관에서 빌려 읽으며 의미도 제대로 파악하지 못한 채 깨알 같은 글씨에 매달렸다. 그때 나는 앞서 말한 횔더린이 헤겔과 절친한 친구였다는 것과, 마르틴 부버도 실존주의 철학자였음을 알았고, 키에르케고르, 포이에르바하, 야스퍼스, 하이데거, 사르트르 같은 사람들의 이름을 독서카드에 올렸다.

그 무렵 나는 어떤 충동에 시달리고 있었다. 그 충동은 나를 어느 한쪽으로 사정없이 밀어붙이는 압기(壓氣)와도 같았다. 닥치는 대로 책을 읽고 독서 카드에 내용을 정리하면서 나름대로 생각하는 힘이 늘었기 때문일까. 내 안에는 거대한 하나의 사유체계가 자리 잡고 있었다. 그 체계란 바로 '인간은 어떻게 하나의 세계를 자기 내부에 구축할 수 있는가?' 하는 것이었다.

나는 이 문제를 주제로 글을 쓰기로 결심했다. 대학 3학년 여름방학 전 일이다. 나는 원고지 1,000매를 목표로 작업에 들어갔다. 자기 안에 하나의 세계를 구축한 사람을 '성(城)'을 쌓은 사람에 비유하여 '캐슬 빌더(castle builder)'라고 이름한 후, 캐슬 빌더의 내면에 세계가 구축되어 가는 과정을 탐구하기로 한 것이다. 나는 이 문제를 플라톤의 이데아론과 인식론을 바탕으로 규명해 나갔다. 곧 하나의 세계가 구축되기 위해서는, 그 이전에 숱한 앎(지식)이 있어야 하며, 그렇게 체험과 학습을 통해 얻어진 앎이 그 사람의 세계 구축에 기여하기 위해서는 어떤 질적인 변화를 겪어야 한다는 것, 그리고 그렇게 해서 구축된 하나의 세계는 그 인간에게 하나의 '이데아'와 같은 것이어서, 그 사람의 말이나 행동은 그의 이데아인 '사상 체계'에서 흘러나온 것이라는 걸, 내가 읽은 자료를 총동원해 논증하려고 하였다.

나는 그해 두 달 동안 오로지 글을 쓰는 데 매달렸다. 옛날 고입 재수할 때처럼 하루하루 글 쓰는 시간을 달력에 체크해 나갔다. 책과 독서 카드를 쌓아 놓고 떠오르는 생각을 받아 적느라 팔이 혹사당했다. 쉬지 않고 쓰는데도 분출되어 나오는 머릿속 생각을 손이 따라가지 못했다. 하는 수 없이 나는 떠오르는 생각의 큰 틀만 대강대강 적은 후 시간을 갖고 그 부분에 대한 각론을 써 나가듯 글을 썼다. 무더운 여름에 술도 끊고 두문불출한 채 책상에 붙어 앉아 미친 듯이 원고지를 채워나갔다. 손가락에 쥐가 나고, 땀이 흘러 사타구니가 끈적거리고, 가운뎃손가락 첫마디가 볼펜에 짓눌려 벗겨졌다. 나는 손가락에 붕대를 감고 글쓰기를 계속했다. 지금도 가운뎃손가락 첫마디 안쪽이 콩알만 하게 불룩 솟아 있는데, 그 돌기가 바로 그때 볼펜을 쥐어 생긴 것이다.

나는 750매까지 쓰다 지쳐 떨어졌다. 내 생애 처음으로 어떤 문제 하나를 파고 든 결과물이었다. 원고지 750매. 내용의 좋고 나쁨을 떠나 손아귀에 두툼하게 잡히는 성취감이 가슴 뿌듯하게 밀려왔다.

나는 그 가운데 서론 부분에 해당하는 약 200매를 떼어 해마다 가을이면 개최되는 교내논문 현상모집에 응모했다. 어느 날, K교수가 나를 찾았다. K는 윤리과 교수로 나와는 일면식도 없는 이였다. 그가 나에게 논문 현상모집에 응모했냐고 물었다. 내가 그렇다고 하자, 자신이 심사를 하고 있는데 캐슬 빌더와 관련한 논문을 누가 썼는지 알아보기 위해, 거기에 인용된 참고문헌을 학교 도서실에 가 다 찾아보았다고 했다. 그런데 공교롭게도 그 책의 대출카드마다 내 이름이 적혀 있어 내가 쓴 것으로 알고 나를 불렀노라고 했다. 그러면서 그가 말했다. 대학원을 철학과로 가 공부를 더 해 볼 생각이 없냐고. 만약 그럴 생각이 있다면 자기가 도움을 주겠노라고. 나는 그럴 생각이 없다고 했다. 그러자,

"논문 주제나 깊이로 보아 대상으로 손색이 없지만 이번에는 상을 주지 않겠네. 왜 상을 주지 않는지 그 이유를 알겠나? 이번에 상을 주면 자네가 너무 자만에 빠질 듯해서네."

그가 말하며 얼굴 가득 미소를 머금었다. 나는 알겠노라며 그의 연구실을 나왔다. 나는 상을 줄 거면 주고 말 거면 말 것이지 자만은 또 뭐야 하며 씨불거렸다. 찬바람에 암갈색 낙엽이 스산하게 구르는 10월 어느 날이었다.

6

10·26

대통령 박정희가 중앙정보부장 김재규에 의해 살해되었다는 소식을 듣고 나는 벌떡 일어나 찬물에 머리부터 감았다. 그런 후 완전히 낡아 너덜대는 구두를 윤나게 정성껏 닦아 신고 밖으로 나왔다. 찬바람에 채 마르지 않은 머리칼이 마구 휘날렸다. 공주사대부고 교정에서 날려 온 노란 은행잎이 다갈색으로 마른 플라타너스 잎과 뒤섞여 길가에 스산히 구르고 있었다. 쌀쌀했지만 상쾌했다. 맑은 하늘에 청량한 늦가을 햇살이 부서져 눈이 부시고 거리는 조용하면서도 싱그러운 기운이 묻어 있었다.

나는 순두부 집에 가 술을 마셨다. 막걸리에 시래기나물을 내오던 아주머니께서 큰 걱정을 하셨다. "대통령이 죽었으니 어쩌면 좋아, 그것도 총에 맞아 죽었으니." 아주머니가 끌끌 혀를 차며 한숨을 내쉬었다. 아닌 게 아니라 큰일이었다. 아무도 예기치 않게 총 한 방에 일국의 대통령이 거꾸러졌으니.

70년대에 학교에 다니면서 나는 내 주변에서 일어나는 사회적 변화와 문화 현상에 대해 거의 관심이 없었다. 박정희 정권의 3선 개헌(1969년)과 10월 유신(1972년)을 통한 영구집권 음모, 그 뒤를 받치며 공포정치의 온상이 되어버린 중앙정보부, 이에 저항하는 데모와 휴교령, 긴급조치, 전태일 분신(1970년)과 그로 인해 촉발된 노동운동, 경제개발 5개년 계획과 경부고속도로 개통, 전국으로 번진 새마을운동, 반공과 간첩 그리고 청바지, 통키타, 장발, 미니스커트 등이 내가 학삐리였을 때 있던 일들이었지만, 나는 그런 문제에 아무 관심이 없었다.

나는 오로지 반항적이었고 친구들과 어울려 못된 악행이나 저지르며 다녔다. 그런 상태에서 대학이라는 데 들어와 술만 곤죽이 되도록 퍼마셨다. 그러다 읽게 된 책, 그러다 쓰게 된 시. 그러니 나의 정신 상태는 한마디로 감상적 낭만주의자 수준을 벗어나지 못한 상태였고, 대통령이 죽었다는 말에 그럼 앞으로 우리나라는 어떻게 되지? 하는 순진한 걱정을 지우지 못하고 있었다.

그럼에도 박정희가 죽었다는 말에 나는 10년 묵은 체증이 쑥 내려가는 듯했다. 그 이유는 분명히 알 수 없었지만, 본능적으로 이제부터 뭔가 달라지리라는 예감이 내리꽂혔다. 그동안 나를 짓눌러오던 두꺼운 얼음장이 팍 깨지며, 참았던 숨을 한꺼번에 몰아쉬는 듯했다. 그것은 자유였다. 부활이었고 등줄기를 타고 발끝까지 내려가는 찬물의 시원한 기운이었다. 정말 상쾌했다. 죽어 있던 세포 하나하나가 빛에 닿아 곰실곰실 살아나는 기분이었다. 나는 술을 마신 채 10월의 밤거리를 마구 쏘다녔다.

그런 어느 날, 우연히 공주우체국 앞에서 J를 만났다. J도 나처럼 어디서나 쭈그리고 앉아 술만 마시던 이였다. 그가 말했다.

"이번 사태를 어떻게 생각해? 이제 곧 겨울이 되고 봄이 되면 학교가 상당히 시끄러울 텐데……."

그러면서 그가 김재규 장군이라는 말을 했다. 김재규 장군이 단독으로 혁명을 일으켰다고 했다. 나는 그의 말을 들으며 사태, 장군, 혁명이라는 말에 어안이 벙벙했다.

"공주사대에도 언더가 있어. 아마 곧 모임을 한 번 가질 텐데, 연락할게."

나는 언더가 무슨 뜻인지도 모른 채 그러라고 했다. 그 후 당시 국무총리였던 최규하가 대통령이 되었고, 이후 정국은 12·12 사태(당시 합동수사본부장을 맡고 있던 보안사령관 전두환이 육군참모총장이자 계엄사령관인 정승화를 강제 연행한 사건. 이 사건을 계기로 전두환을 비롯한 신군부세력은 제5공화국의 중심세력으로 등장한다)로 진전되어 권력은 전두환을 정점으로 급속히 재편되어 갔다.

그런 일이 있은 후 해가 바뀌어 1980년 1월 중순쯤이었다. 아무 소식이 없던 J로부터 연락이 왔다. 나는 중동에 있는 옛 공주박물관 근처에 있는 누군가의 집으로 찾아갔다. 가보니 열 명 남짓한 이들이 모여 있는데 모두 낯이 익은 얼굴들이었다. 그동안 술집에서 만나 죽자 살자 같이 술을 퍼마신 이들이었다.

그날 이야기는 대략 두 가지 방향으로 정리되었다. 개학 후 투쟁을 지금부터 준비해야 하는데, 투쟁 방향은 학군단 해체와 어용교수 퇴진이 되어야 한다고 했다. 학군단은 학도호국단으로 학원 내에 존재하는 유신정권의 상징적 존재이니 마땅히 해체되어야 했고, 어용교수 역시 유신 정권에 빌붙어 교수 노릇을 한 사람들이니 마땅히 퇴진해야 했다.

개학 후 우리는 학군단 해체를 요구하며 시위에 들어갔다. 처음엔 아침마다 학군단 앞에 모여 침묵시위를 했다. 우린 ×자가 그려진 마스크를 쓰고 피켓을 든 채 시위했다.

학군단을 해체하라 훌랄— 라
학군단을 해체하라 훌랄— 라
무릎을 꿇고 사느니보다 서서 죽기를 원하노라
학군단을 해체하라.

어용교수 퇴진하라 훌랄— 라
어용교수 퇴진하라 훌랄— 라
무릎을 꿇고 사느니보다 서서 죽기를 원하노라
어용교수 퇴진하라.

우린 이런 노래를 부르며 학군단 해체를 요구했다. 봄이 되면서 국민들 사이에도 유신 체제가 끝나고 민주화가 이룩될 거라는 기대가 일었고, 학생들 사이에도 학내 민주화와 정치 민주화를 염원하는 기운이 급속히 확대되었다. 긴급조치 위반으로 제적되었던 학생들이 복학하고 대학은 민주화 투쟁을 위한 해방구가 되었다. 교정에 목련꽃이 피어나고 봄 햇살이 따스해지면서 학생들은 저녁에도 집에 가지 않고 학교에 남아 토론과 농성을 이어 나갔다.

학교에는 학군단 해체와 무관하게 학생회가 결성되어 투쟁을 주도했다. 국어과에서도 단식투쟁에 돌입했다. 어용교수 퇴진이 주 슬로건이었다. 당시 4학년이던 나도 이 투쟁에 결합했는데, 물과 소금만으로 하루하루를 버텨 나갔다. 그러던 중 3학년 S가 탈진하여 쓰러지는 일이 발생했고, S를 들것에 묶어 유리창으로 내리던 도중 난동이 일어났다. 2학년 후배들이 이성을 잃고 흥분했다. 그들은 닥치는 대로 유리창을 깨고 벽에 이마를 짓찧으며 울부짖었다. 그냥 두면 유리창에서 뛰어내려 투신이라도 할 듯싶었다. 내가 아무리 제지해도 그들은 막무가내였다. 농성장은 순식간에 아수라장이 되었고 비통한 나머지 여기저기에서 흐느끼는 울음소리가 들렸다.

학군단 해체와 어용교수 퇴진을 걸고 전개된 학내 민주화 투쟁은 전두환이 정권 야욕을 드러내자 점차 정치문제로 옮겨가기 시작했다. 5월 들어 학생들은 "계엄령 해제", "전두환 퇴진" 같은 정치적 사안을 요구했다. 처음 신학기에 학생들은 교문 밖 진출을 삼가면서 학내 투쟁에 주력했다. 그러다 5월 들어 교문 밖 진출 투쟁이 이루어졌고, 공주사대에서도 역사상 처음으로 학교 밖 진출이라는 데모가 일어났다. 학생들은 닫힌 교문의 빗장을 깨고 구호를 외치며 금강교까지 내달았다. 데모대는 일차로 금강교에서 경찰에 막혔다. 금강교를 건너야 공주 시내로 진입할 수 있는데 다리 입구에 바리케이드를 치고 경찰이 막아섰다. 바리케이드를 놓고 밀고 당기는 육박전이 벌어졌다. 경찰도 학생도 어느 선 이상은 넘지 말아야 한다는 묵계 속에 벌이는 공방전이었다. 그만큼 경찰은 학생들에게 우호적이었고 학생 역시 경찰에 비적대적이었다.

시내 진출 이후에도 우리는 민주광장에 모여 정국 추이에 관심을 집중했고 시국에 대해 토론했다. 밤에는 구내식당에 모여 문화행사를 가지며 집회를 계속했고, 서울역에 10만 학생이 모여 전두환 퇴진을 요구한다는 소식에 함성을 내질렀다.

그렇게 5월이 가고 있었다.

> 와서 모여 함께 우리 단결해
> 와서 모여 함께 우리 단결해
> 물가에 심어진 나무같이
> 흔들리지 않게……

노래하며 어깨 겯고 "계엄 해제, 전두환 퇴진"을 부르짖는 동안, 봄볕에 겨운 목련꽃은 하얀 꽃잎을 하나하나 땅에 내려놓았다.

7

5·18 광주, 그 이후

5월 17일 밤 자정을 기해 비상계엄이 전국에 확대되었다. 전두환 신군부세력은 계엄 포고령 10호를 선포하여 정치활동 금지, 휴교, 언론보도 검열 강화 등 조치를 내렸다. 다음 날 나는 학교에 갔다 정문에서 막혔다. 교문 앞에 탱크가 주둔해 있었다. 전날까지 해방구나 다름없던 학교가 침묵과 정적에 휩싸여 있었다. 개미 새끼 하나 볼 수 없는 백주대낮에 교문을 가로막고 있는 탱크가 을씨년스럽다 못해 괴기스러웠다. 탱크를 사이에 두고 총을 든 군인이 어슬렁거렸다. 어제만 해도 바글거리던 학생들. 그 많던 이들은 다 어디로 갔나. 학교 담 너머 플라타너스 이파리만 바람에 한가하게 나부끼고 있었다.

나는 발길을 돌렸다. 학교 앞 골목에서 몇몇 친구들을 만났다. 그들도 나처럼 학교에 들어가려다 막힌 이들이었다. 우린 잽싸게 시내 모처에 모였다. 학생회장을 비롯해 이른바 시위 주동자들이 모여 대책을 논의했다. 우선 사태가 급박하니 몸을 피한 후 상황을 보아 가며 움직이자는 데 의견이 모아졌다.

나는 천안으로 몸을 피했다. 천안에 친척이 숙박업을 하고 있었는데, 그곳에서 다른 여관방 하나를 마련해 주어 우선 그곳에 피신해 있었다. 외부와 연락을 완전히 끊은 채, 나는 방 안에 틀어박혀 라디오에 귀를 기울였다. 김대중을 비롯한 야당 인사들의 체포 소식과 광주 지역 대학생들 시위 소식이 들려 왔다. 그러다 폭도들을 진압하기 위해 공수부대 등 계엄군이 투입되었고, 광주로 들어가는 모든 외곽도로가 차단되었다는 소식이 전해졌다.

여관방에 숨어 있던 나는 피가 말랐다. 계엄군에 의해 무차별 살육당하는 광주 시민의 모습이 떠오르며 납덩이 같은 두려움과 공포가 밀려들었다. 그 일을 내가 당하는 것 같았다. 어떻게 해야 하나. 나는 라디오에 귀를 기울일 뿐 다른 방도가 없었다. 누구와도 의논할 수 없다는 답답함과 언제까지 이렇게 여관방에 처박혀 있어야 할지 모른다는 불안감, 그리고 이렇게 피신한 채 꼼짝도 할 수 없다는 자괴감까지 뒤섞여 하루하루가 백 년 같았다.

나는 결단을 내렸다. 우선 같이 수배당하고 있는 친구를 찾아보고, 연락이 안 되면 나라도 광주에 내려가자. 그러나 연락이 닿는 친구는 아무도 없었다. 나는 망설임 끝에 여관을 나와 천안역으로 향했다. 나를 바라보는 사람들이 모두 형사 같았다. 가슴이 오그라들고 머리칼이 쭈뼛거렸다. 나는 어떤 의무감에 이끌려 광주로 가고 있었다. 의무감. 그 말이 가장 적당할 듯싶다. 누가 시킨 일도 아닌데, 나 스스로 그렇게 하지 않으면 안 되겠어서 하는 행동. 나는 내

양심상 그대로 여관에 처박혀 있을 수 없었다. 기차 안에서 두려움에 떨었다. 당장이라도 내려 돌아가고 싶었다. 마음이 끝까지 가야 한다는 의무감과 그곳에 갔다 무슨 일을 당할지도 모른다는 두려움 사이를 요동치고 있었다.

봄빛이 무르익은 들녘을 뒤로 하며 기차는 남으로 남으로 달렸다. 철커덩철커덩거리는 쇳소리에 심장이 쿵쿵 내려앉았다. 입안에 침이 마르고 깊은 한숨이 절로 나왔다. 그렇게 긴장과 불안과 망설임에 젖어 피가 마르는 사이 송정리역에 도착했다. 광주를 바로 앞둔 마지막 역이었다. 기차는 거기까지밖에 가지 않았다. 모든 손님들이 내리고 나는 맨 마지막에 터덜터덜 내렸다. 맥이 탁 빠지고, 그러면서 솔직히 다행이라는 생각도 들었다. 나는 그런 나 자신이 부끄러웠다. 결단을 내려 여기까지 온 사람이 정작 목적지에 갈 수 없음을 다행스러워 하다니. 나는 이 같은 양가감정에 휩싸여 자괴감에 심히 괴로워하였다.

천안으로 올라오던 중 논산에서 내렸다. 후배 G가 논산에 피신해 있어 만나볼 요량이었다. 우린 만나자마자 서로를 부둥켜안은 채 무사함을 기뻐했다.

"지금 정확히 누구누구 수배되었는지도 모르지?"

"예, 몰라요."

우린 실제로 누가 수배자 명단에 들어 있는지 알지 못했다. 학생회 간부와 투쟁 과정에서 앞장서다 신원이 노출된 사람으로 판단하여 피신해 있는 터였다.

"광주는 어때요?"

"나도 잘 몰라. 외곽이 완전 봉쇄되어 지금 내려갔다가 송정리역에서 되돌아왔거든."

"그럼 우린 어쩌죠?"

"공주에 한 번 들어가 볼까?"

"위험하지 않겠어요?"

"들어갔다 분위기만 잠시 보고 바로 나오자."

우린 공주행 직행버스에 올랐다. 막차였다. 비가 억수같이 쏟아졌다. 차 안엔 손님이 딱 네 명이었다. 어떤 아저씨 둘이 맨 앞좌석에 앉아 있고 우린 맨 뒤에 앉았다. 차창에 부딪혀 얼룩져 내리는 빗방울. 논산 시내를 빠져나온 버스가 헤드라이트를 켜고 어둠 속을 달렸다.

"형, 우리 노래 하나 할까?"

G의 말에, 그래 해 봐, 내가 맞장구쳤다.

"형 〈놀량가〉 알지? 봉산탈춤에 나오는 노래. 그거 한 번 할까?"

그가 조그마한 목소리로 노래의 앞자락을 꺼냈다. 나도 이미 알고 있던 터라 박자를 맞추며 목소리를 보탰다.

에헤라 데헤여, 어허허 어— 네로구나
녹양에 뻗은 길로 북향산 쑥 들어를 간다
에헤라 데헤여, 어허허 어— 네로구나
춘수 나니 낙낙 기러기 나니 훨— 훨—
훨훨 낙락장송에 와자 지끈둥 다 부러졌다 마른 가지나마
지화자— 어 어얼— 씨로구나

지화자— 어 어얼— 씨로구나
얼씨구나 좋다 말 들어를 보아라

창밖에 쏟아지는 빗소리. 한 치 앞을 헤아릴 수 없는 캄캄한 어둠. 우리 목소리는 앞서거니 뒤서거니 섞여들었고, 신이 오른 우린 노래를 계속 이어나갔다. 오랜만에 맛보는 해방감이었다.

그런데 이게 웬일인가. 차가 공주 터미널에 도착하자마자 앞에 있던 아저씨 둘이 우리를 향해 다가왔다. 그들이 바로 형사였다. 버스에 손님이라곤 딱 넷이었는데, 그들 둘이 형사라니. 터미널에는 이미 연락받고 나온 사복들이 대기하고 있었고 우린 버스에서 내리면서 곧바로 공주경찰서로 연행되었다.

경찰서에서 나는 다시 한 번 기가 막혔다. 벽에 붙은 수배자 명단에 내 이름이 없지 않은가? 아무리 눈을 씻고 보아도 명단에 나는 없었다. 학생회장을 비롯해 L, J, G, C 등의 이름과 같이 연행된 후배 G도 들어 있었다. 그런데 나는 없었다. 형사가 내 신원을 확인한 뒤 나가라고 했다. 수배자 명단에 빠져 있어 기쁘기도 했지만, 이게 어찌된 일인가 싶어 어안이 벙벙했다. G는 그 자리에서 유치장에 수감됐고, 나는 경찰서를 나왔다. 비는 내리고, 허탈했다. 보름 넘게 숨어 다닌 시간이 허망하고 기가 막혔다. 그 후 수배되었던 학생들은 제적되어 구속되거나 삼청교육대에 보내졌다.

광주를 피의 도가니로 몰아넣은 전두환 일당이 정권을 장악하던 그해 여름방학 후 우린 교생실습에 들어갔다. 친구가 제적된 마당에 혹은 구속된 상태에서 우리만 교생실습을 할 수 없다는 의견이

제기되었으나, 전체 흐름은 실습을 하는 쪽으로 기울었다. 결국 우리는 공주사대부고에서 2주간 실습에 들어갔다. 원래는 1학기에 4주간 해야 하는데 학내 소요로 실습이 이루어지지 않아 2학기에 반으로 줄여 2주간 하게 되었다.

사대부고 교정은 노란 은행잎으로 뒤덮였고, 배꽃을 닮은 아이들 웃음소리가 까르르 굴러다녔다. 나는 실습을 하고 있는 나 자신을 용납할 수 없었다. 수배자 명단에 빠진 일 자체가 주로 단식투쟁 등 안에서 활동하여 얼굴이 저들에게 팔리지 않아 그리됐다 하더라도, 광주의 살육과 친구들이 제적, 구속 당하는 이런 상황에서 살아남은 우리끼리 실습한다는 일을 받아들이기 어려웠다.

그런 와중에 B를 만났다. 메마른 영혼에 씀바귀 같은 쓰디쓴 바람이 불어오는 10월 어느 날이었다. B는 문학동아리 '율문학회'에서 같이 시를 쓴 불어과 여학생이었다. 나와 같은 학년으로 전부터 같이 활동하여 그녀에 대해 이미 잘 알고 있었다.

그녀가 찻길 맞은편에서 걸어오고 있었다. 잿빛 하늘에 늦가을의 쓸쓸함이 묻어나는 거리, 비온 뒤 눅눅히 젖은 낙엽을 쓸며 바람이 황망히 지나고 있었다. 그녀의 긴 머리칼이 슬핏슬핏 바람에 날렸다. 환하게 웃고 있는 그녀의 미소 앞에 순간 내 마음이 밝아졌다. 새끼줄을 따라 기어오르는 나팔꽃처럼 알 수 없는 안온한 기운이 황량한 내 가슴에 따뜻하게 차올랐다. 얼마 만에 느껴보는 포근함인가. 신학기 초부터 시작된 학내 소요, 수배, 교생실습으로 이어진 메마르고 황량한 마음에 사월 봄바람 같은 훈풍이 켜켜이 밀려들었다.

우린 근처 술집에 가 술을 마셨다. 그리고 그날 여수행 밤기차를 탔다. 어둠 속으로 끝없이 달려가던 기차가 밤새워 이야기하는 둘을 새벽 바다에 부려놓았다. 바다는 이제 막 눈을 뜨기 시작하는 한 마리 짐승이었다. 찰브락찰브락 태초의 울음을 물고 동이 트는 해안의 모래밭을 핥으며 칭얼거렸다. 잠 한숨 자지 않아 춥고 배고프고 몽롱했지만, 망망대해의 싱그러운 새벽빛 앞에 우리의 피로는 바스라진 조개껍질처럼 가벼웠다.

그녀는 눈이 아름다웠다. 은행알같이 동그스름한 눈망울이 흑옥처럼 빛났고, 깨끗했다. 볼 밑에 아직 엄마의 젖살이 남아 있는 사춘기 소녀처럼 물기 머금은 눈망울은 순수하고 촉촉했다. 청동 빛 새벽어둠이 서서히 걷히면서 남해 바다의 아득한 수평선이 드러났다. 아침 햇살에 바다는 코발트블루였다. 하루의 근로를 준비하기 위해 그 고장 사람들이 백사장에 나와 그물을 손질하고, 동네 개들이 바닥에 코를 처박고 물가를 어슬렁거렸다. 고요하고 풋풋하고 싱그러웠다. 우린 짓밟힌 광주에 대해 이야기했고, 폴 발레리의「해변의 묘지」와 사르트르, 카뮈의 현실 참여에 대해 이야기했다. 내가 그녀에게 노래를 부탁했다. 그녀가 햇빛 부서지는 아침바다에 눈길을 두고 노래를 불렀다.

What is a youth? Impetuous fire
What is a maid? Ice and desire
The world wags on
A rose will bloom. It then will fade
So does a youth. So does the fairest maid

(젊음이란 무엇인가요? 격렬한 불꽃이에요

처녀란 무엇인가요? 냉정함 뒤에 숨겨진 욕망이에요

세상은 쉬지 않고 흘러가는 것

장미는 꽃을 피웠다가 다시 시들 거예요

젊음도 시들어 가고, 가장 아름다운 처녀조차도 그럴 거예요)

영화 〈로미오와 줄리엣〉에 나오는 주제음악이라고 했다. 제목은 'What Is A Youth?' 후에 자니메티스라는 가수가 'A Time For Us'로 개사하여 부르기도 했다고 했다.

"젊음이란 무엇인가? 격렬한 불꽃……, 세상은 쉬지 않고 흘러가는 것/장미는 피었다 다시 시들고/젊음도 아름다운 처녀도 그렇게 시들어간다."

나는 이 노래가사를 되뇌고 되뇌었다. 서늘한 바람이 가슴 밑을 지나는 듯했다. 인생의 비의(秘意)의 한 부분을 보아버린 듯했다. 현실의 그악함과 그와 무관한 어떤 초연함이 하나가 되어 생의 궁륭(穹窿)을 형성하는 듯했다. 온갖 정념이 가라앉은 자리에 서글픔이 밀려왔다. 생에 대한 욕망과 집착이 사라진 자리에 고이는 하얀 앙금 같은 것이 가슴 밑바닥에 고였다.

졸업을 앞두고 병무청에서 통지서가 날아왔다. 신체검사 등급이 3급 을인 경우 보충역(방위)에 편입된다는 내용이었다. 나는 원래 3학년 때 신체검사를 해 현역 입영 대상인 3급 을을 받았다. 그런데 그동안 법이 바뀌어 3급 을까지 방위소집 대상이 된 것이다. 나는 이게 웬 떡이냐 싶었다. 군대를 안 가고 방위를 가게 되다니.

한 해의 학사 일정이 마무리되면서 나는 공주 자취방에 있던 짐을 청양 시골집으로 옮겼다. 그러면서 친구들과도 헤어졌다. 앙상한 나뭇가지 사이로 눈이 내리던 어느 날이었다. 이제 남은 일은 새해에 있을 졸업식과 3월 발령을 받아 학교에 근무하는 일이었다. 내 앞에 놓인 3개월 동안의 유예. 그 긴 겨울을 나는 시골집에서 부모님 일손을 도우며 갑갑하게 지냈다. 골방에 앉아 책을 읽고 시를 쓰기도 했지만 지루하고 답답할 뿐이었다. 그런데 그때 한 가지 충동이 불꽃처럼 일었다. 장시(長詩)를 쓰자는 생각이었다. 그리스신화에 나오는 프로메테우스를 소재 삼아, 그가 인간에게 불을 가져다준 죄로 제우스의 분노를 사 코카서스 산정에 묶여 제우스가 보낸 독수리에게 매일 간을 쪼아 먹힌 이야기, 그 이야기를 쓰고 싶었다.

나는 두문불출, 장시「불」을 쓰는데 매달렸다. 참고할 책이 옆에 있었지만 그러나 시상이 봇물처럼 터져 나왔다. 구석에 벼 가마니가 쌓여 있는 허름한 골방이었다. 뒷문을 열면 곧바로 뻗은 감나무가지가 차가운 겨울 하늘을 끌어당기고 있었고, 돌담 너머 아스라이 눈 내린 겨울 산이 보이는 그런 곳이었다. 그곳에서, 햇빛이 숭늉빛으로 비쳐드는 그 좁은 방에서, 밥상 하나 놓고, 눈 녹아 옴방톰방 떨어지는 낙숫물 소리를 들으며, 1,400행 장시를 썼다. 중학교 졸업 후 재수할 때 정말 빡세게 공부한 일, 대학 3학년 여름방학 때 750매 원고를 쓴 일에 이어, 세 번째로 한 가지 일에 미쳐 지낸 시간이었다.

4부

1

첫 발령

1981년 3월 나는 대천고등학교로 첫 발령을 받았다. 대천에 대한 첫 인상은 '검다'는 거였다. 지금은 폐광되었지만, 그 당시 부근에 성주탄광이 있어 그곳에서 캐내는 석탄가루가 대천 읍내까지 날아와 비가 오면 검은 땅이 질척거렸다.

학교에 근무하던 첫날 나를 실망시킨 일이 하나 있었다. 교무실에서 선생님께 인사를 나누고 자리로 들어가려 할 때였다. 선배 하나가 성큼성큼 다가왔다. 나는 너무나 반가워 "어, 형" 하며 손을 내밀었는데, 그 선배는 그게 아니었다. 내 앞 두 걸음 정도까지 다가와, "조 선생님, 앞으로 잘 부탁합니다" 하며 허리를 90도 꺾어 인사하는 게 아닌가? 나는 순간 황당했다. 그는 나보다 3년 선배로 학교 다닐 때에도 곧잘 어울려 술을 마신 사람이었기 때문이다.

그 후 그는 나와 철저히 거리를 두었다. 인사는 항상 깍듯했고, 술자리에서도 늘 호칭이 '조 선생님'이었다. 다른 교사들이 같은 과 후

배인데 왜 그러냐고 할 정도였다. 그는 내가 그에게 조금이라도 학교생활에 누를 끼치지 않을까 경계하고 있었다.

모든 교사는 아침에 출근해 교감 책상에 있는 출근부에 도장을 찍었다. 그러다 시간이 되면 아침 직원회의를 했는데, 주번교사가 일어나 아침 조회를 하겠다고 하면, 다른 교사들이 일제히 일어나 국기에 대해 경례, 상호 간 인사, 그다음 각 부의 지시전달 사항이 이어졌다. 그야말로 회의가 아닌 상명하복(上命下服)의 시간. 그런 시간이 매일 반복되었다. 그런 어느 날, 나는 회의 시간 말미에 국기에 대한 경례와 직원 상호 간 인사를 생략하자고 건의했다. 그리고 회의 시간과 횟수를 줄이자고 건의했다. 왜냐하면 부장이 한 말을 교감이 하고 교감이 한 말을 교장이 또 해 그야말로 같은 말을 두 번 세 번 반복하기 때문이었다. 그런데 학교에서 난리가 났다. 발령장에 잉크도 안 마른 것이 겁도 없게 회의 시간에 일어나 발언했기 때문이었다. 우선 부장이 나를 보자고 했다. 그는 나를 술집으로 데려가더니, 크게 한숨부터 쉬면서 다짜고짜 이렇게 말하는 것이었다. "조 선생, 빨갱이 아니오?" 어떻게 국기에 대한 경례를 생략하자고 할 수 있느냐는 거였다. 그다음엔 교감이 나를 불렀다. 회의할 때 무슨 말을 하려면 먼저 부장과 교감에게 상의한 다음, 허락이 떨어지면 그때 가서 하라고 했다. 나는 속으로 뭐 이런 개떡 같은 게 있나 싶었다. 그리고 아무 저의 없이 내가 느낀 문제를 말했을 뿐인데, 빨갱이 아니냐는 말에 황당할 뿐이었다.

나는 1학년 담임을 맡았다. 1학년이라지만 나하고 나이 차이가 6~7년밖에 나지 않는 동생 같은 아이들이었다. 학생들은 나를 잘

따랐다. 나도 학생들과 무람없이 잘 지냈다. 그러던 어느 날 나는 학생들에게 한 가지 제안을 했다. 학급문집을 만들자는 것이었다. 학생들도 좋아했고 곧바로 준비에 들어갔다. 편집위원을 뽑고 몇 가지 원칙을 정했다. 가장 중요한 원칙은 우리 반 학생 모두의 글을 싣기로 한 것이다. 한 줄도 좋고 두 줄도 좋다. 모두가 함께하는 데 의미를 두고 싶었다. 그러면서 글쓰기 지도를 시작했다. 다른 것보다 있는 그대로 솔직히 쓰자고 했다. 한 달 남짓 준비한 끝에 처음으로 학급문집이 발간되었다. 제목은『반석』. '넓고 튼튼한 바위'라는 뜻으로 나는 매월 발간되는 학급문집을 통해 우리 반 활동의 기틀을 다져나가고 싶었다.

그 무렵 학급문집은 우리 학교에서만 발간된 게 아니었다. 그 당시 80년 5월 광주항쟁과 민주화운동을 경험한 우리들은 학교에 나가 무엇인가 뜻있는 일을 해 보자는 생각을 갖고 있었다. 그런 분위기 속에 L이 근무하던 천북중, Y가 있던 예산여고, C선배가 있던 대천여중 등에서도 문집이 발간되었다. C선배는 일찍이 대학 4학년 때 긴급조치 위반으로 제적당했다가 10·26 이후 4학년에 복학하여 우리와 함께 대학을 졸업한 선배였다.

그럴 즈음 늘 내 가슴을 옥죄는 일이 하나 있었다. 바로 문학(시)이었다. 선배들은 대학을 졸업하면서 후배인 우리들에게 이런 말을 했었다.

"나중에 중앙문단에서 만나자."

졸업 후 시를 더 열심히 써서 등단도 하고 계속 작품 활동을 이어가자는 말이었다. 그러나 막상 시를 쓰는 사람은 거의 없었다. 선배들 가운데 교사로 근무하면서 시 쓰는 일에 열심인 사람을 볼 수 없었다. 나는 이 점이 늘 걱정이었다. 나도 선배들처럼 그렇게 되지 않을까 하는. 그런데 과연 그랬다. 발령을 받아 학교에 나와 보니 시의 시자(詩字)도 꺼낼 형편이 못 되었다. 학교 다닐 때는 같은 동아리 사람을 만나 입만 열면 문학 이야기였는데, 학교 현장에서는 그럴 수 없었다. 가뭄에 콩 나듯 어쩌다 한 편씩 쓰는 시가 시인지도 모르겠고, 갈수록 나는 시에서 멀어졌다.

처음에 나는 학교 앞에서 하숙했다. 학교 정문에서 길 하나 건너면 곧바로 하숙집이었다. 그러다 보니 집에 선생들도 많았고 저녁만 되면 술판이 벌어졌다. 시내에 나가 마시기도 하고 하숙방에 모여 마시기도 했다. 그렇게 지내다 보니 낮에는 학교에서 정신이 없고, 밤에는 또 휩쓸리느라 정신이 없었다.

결단을 내렸다. 멀어져 가는 시를 되찾기 위해서 나만의 공간이 필요하겠다 싶었다. 나는 하숙을 대천해수욕장으로 옮겼다. 5분 거리에 있던 하숙집을 한 시간 가까이 시내버스를 타고 비포장 길을 달려야 하는 해수욕장으로 옮겼다. 국민은행 별장으로 우리 반 학부모가 관리인으로 있는 곳이었다. 퇴근 후 혹은 토요일 오후 바닷가를 걸었다. 멀리 수평선 너머 몰려오는 파도가 해안의 모래와 자갈을 쉬지 않고 굴렸다. 그럴 때마다 무성한 숲에 장대비 쏟아지는 소리가 났다. 백사장의 모래가 하숙방에까지 묻어왔다. 열린 창문으로 바닷바람이 들어오고 방바닥이 모래로 버석거렸다. 옆방엔 대천수고에 근무하는 P가 있었다. P는 영어 선생이었는데 나중에 수지침을 공부해 그 방면에 일가를 이루었다.

그 무렵 나는 오디오 세트를 장만했다. 자그마한 하숙방에서 볼륨을 높이면 음악이 방 안을 성큼성큼 걸어 다니는 듯했다. 멜라니 사프카의 〈The saddest thing〉 같은 팝송, 대중가요, 클래식, 가곡 등을 밤늦도록 듣다 밖에 나오면 어둠 속 바람은 미친 듯 검은 파도를 일으켜 방파제에 사정없이 머릴 처박았다. 그런 환경에서 책을 읽고 막무가내로 시를 썼다.

그런데도 나는 만족하지 못한 채 무엇인가 계속 겉돌고 있다는 느낌에서 벗어나지 못했다. 나는 늘 목이 말랐다. 하루하루 생활은 안식을 주지 못한 채 불안과 슬픔과 초초함만 가져다주었다. 그렇게 1년이 가고 2년이 가고 그러다 인생이 끝나 버릴 것 같았다.

나는 숙소를 다시 옮겼다. 이번엔 어항이었다. 어항은 해수욕장에서도 15분 정도 더 들어가야 하는 바닷가 맨 끝이었다. 어항에서는 자취를 했다. 바다가 훤히 내려다보이는 언덕 위 꼭대기 집이었다. 찻길에서 집까지 비좁은 길에 경사가 심했다. 비탈진 골목엔 바지락과 여러 조개껍질이 버려져 있어 걸을 때마다 바삭바삭 소리가 났다. 방은 거의 동굴이나 마찬가지였다. 찌그러진 함석 대문을 밀고 들어서면 대문 옆 바로 부엌이 보이는 문간방이 있었다. 세 평이나 될까. 대낮에도 토굴처럼 어두웠고, 밤이면 어항과 먼 바다에 비치는 불빛이 늦가을 꽃밭처럼 황량하게 돋아났다. 아, 베갯머리를 핥아 대던 검은 바다의 울음소리. 나는 그곳에서 밥을 끓여 먹으며 한 시간도 넘게 출퇴근했다. 음악을 듣고 시를 쓰고, 내가 쓰는 시가 시인지 아닌지도 모른 채 오직 하나, 지금 시를 쓰지 않으면 영원히 시를 쓸 수 없을 거라는 일념 하나로 쓰고 또 썼다.

저녁 산책 길
최소라는 말이 화두처럼 툭 튀어나왔다
최소란 무엇일까 스스로 물었다
아마도 그런 것이라고 스스로 답했다

그럼 소금의 최소는 짠맛이냐고 다시 물었다
하얀 찔레꽃의 최소가 찔레냐고 다시 물었다
묻고 궁리하는 사이
아카시아 향 짙은 건너 숲에서 뻐꾸기가 울었다

_「최소」 부분

나를 '나'로서 있게 해주는 가장 작은 요소는 무엇일까? 그것을 잃으면 타인이나 다른 사물과의 경계가 사라져 맹탕이 되어버리는 나의 가장 작은 요소, 나는 그것이 시라고 생각했다. 발령받아 학교에 근무하면서 절박하게 숙소를 옮겨 다니면서까지, 나는 나의 마지막 '짠맛'을 잃지 않으려고 몸부림쳤다. 시에 대한 강박에 가까운 이런 생각은 그 후에도 약 2년 이상 더 이어져 나를 시 쓰는 일에 내몰리게 했다.

2

군 복무

군대 영장이 나왔다. 앞서 말한 대로 신체검사에서 3급 을 판정을 받아 현역 입영 대상자였는데, 법이 바뀌어 방위로 소집되었다. 조치원 32사단에서 3주간 훈련을 받은 뒤 청양군 관리대에 배치되었다. 인사장교가 물었다.

"니 선생 하다 왔나? 나이가 나하고 같네. 니 행정 봐라."

"싫습니다."

"싫어? 행정 보는 게 편할 긴데."

"그래도 싫습니다."

나는 다른 건 몰라도 행정만은 안 보려고 했다. 물론 중대 본부에서 행정을 보면 편하게 지낼 수 있었다. 훈련과 얼차려에서 거의 열외 되었기 때문이다. 그러나 나는 그 점이 싫었다. 비록 나이 들어 군대에 갔지만, 그리고 선생 하다 왔지만, 그렇다고 나에게 주어지는 알량한 특혜가 싫었다. 나는 다른 방위병들과 똑같이 박박 기고 싶었다.

나는 위병소에서 위병 근무를 섰다. 주야간으로 나뉘어 하루 2교대씩 섰는데, 야간 근무할 때 내무반에 들어가 현역들과 같이 취침하는 게 좋지 않았다.

나는 방위 근무를 하며 부대 앞 농가에서 자취했다. 우리 집 온암리에서 청양 관리대까지 충분히 출퇴근이 가능한 거리였으나 나는 한사코 방을 얻어 자취를 했다. 앞서 말한 시 때문이었다. 발령받아 근무한 이후 그야말로 막무가내로 혼자 시를 썼다. 누구에게도 보여주거나 평을 들어볼 수 없는 상황에서 나는 오로지 시를 잊지 않기 위해 쓰고 또 쓸 뿐이었다. 다만 당시 대학 때 같이 문학회에서 활동했던 B도 발령을 받아 당진에 근무하고 있었는데, 그동안 그녀와의 만남이 계속 이어져, 편지를 통해 그 같은 마음과 작품을 주고받을 수 있었다.

하루 24시간 중 12시간은 위병소에서 위병을 섰다. 나머지 12시간은 음악을 듣고 책을 읽고 시를 썼다. 그때 나는 표현주의 시에 경도되어 있었다. 베토벤의 〈피아노 소나타〉, 드뷔시의 〈월광〉 같은 클래식을 듣고, 게오르그 트라클이나 릴케, 고트프리트 벤의 시를 읽었다. 그러면서 시와 음악이 빚어내는 정갈함, 고요함, 순수의 세계에 빠져들었다. 그럴 때마다 부대에서 하는 조악한 방위 생활은 머나먼 나라의 일로 여겨졌다. 허름한 농가 자취방 방문을 두드리며 지나가는 바람 소리, 빗소리, 그리고 낙숫물처럼 떨어지던 피아노 소리. 그 소리의 마디 하나하나에 이끌려 깊어가던 시의 세계.

괴로운 날에는 술을 마시지 않았다.
그 대신 걸었다.
흐리고 바람 부는 거리를 하염없이 걸으며 빈 하늘을 향해, 신을 향해,

나 자신의 내부와 외부의 모든 사물들을 향해 하염없는 질문을 던졌다.
아무도 대답하지 않았다.
스쳐가는 것들은 그냥 스쳐갔고
서 있는 것들은 무한한 침묵 속에 그냥 서 있었다.
짝사랑을 했을 때도 그랬고,
사랑하는 사람과 헤어질 때도 그랬다.
수없는 질문과 질문 속에서 허우적거려야만 했다.
그 어디에서도 대답은 들려오지 않았다.
하늘과 산과 바다는 언제나 침묵할 뿐이었다.

_게오르그 트라클, 「밤의 노래」 전문

이름 모르게 죽어간
한 창녀의 외로운 어금니는
금니였다.
나머지 이빨들은 조용히 약속한 듯
모두 빠져 있었고
금니는 시체 치는 사람이 뽑아서

저당 잡히고 춤추러 갔다.
왜냐하면, 그의 말인데
흙만 흙으로 돌아가야 한다는 것.

_고트프리트 벤, 「순환」 전문

그리고 릴케가 있었다.

내 이렇게 울부짖은들 천사의 계열 중 대체 누가
내 목소리를 들어주랴
설혹 한 천사가 있어 갑자기 나를 가슴에 껴안는다 해도
그 힘찬 존재 때문에 나는 사라지고 말리라
왜냐하면 아름다움이란
우리가 가까스로 견딜 수 있는 무서움의 시작에 불과함으로.

_릴케, 「두이노의 비가(悲歌)」

이렇게 시작하는 「두이노의 비가」는 릴케가 10년에 걸쳐 완성한 명상시이다. 나는 '아름다움이란 우리가 견딜 수 있는 무서움의 시작에 불과하다'는 말에 매료되었으며, 릴케와 그 당시 릴케를 후원한 후작부인에 대해 오래도록 생각했다. 후작부인은 릴케가 이탈리아 해안 두이노 성(城)에 체류할 당시(1911~1912년) 그 성의 성주였다. 그녀는 릴케의 재정 후견인이었다. 릴케가 오랜 방황과 고뇌 끝

에 10년에 걸쳐 「두이노의 비가」를 완성했을 때, 그는 그 소식을 처음 그녀에게 알렸고 작품을 그녀에게 헌정했다. 나는 이 둘의 티 없이 깨끗한 우정이 부러웠다. 현실의 덧없음 속에 언젠가 죽어야 하는 시인의 운명을 다루고 있는 이 작품만큼이나 둘 사이의 우정에 매료되었다.

부대 앞에 있던 자취방을 나는 남양면 소재지로 옮겼다. 면사무소 근처 양조장 옆에 있는 역시 허름한 농가였다. 방위받는 내내 나는 청양도서관을 이용했는데, 그때 읽은 여러 책 가운데 빼놓을 수 없는 것이 가브리엘 가르시아 마르케스의 책이다. 그의 책은 앞서 언급한 다른 책들과 함께 내 인생에 큰 영향을 미쳤다.

『백년간의 고독』을 읽고 나는 뭐 이런 소설이 다 있나 할 만큼 큰 충격을 받았다. '부엔디아' 가문의 시조뻘 되는 '호세 아르카디오 부엔디아'가 '아마란타 우르슬라'와 함께 '마콘도'라는 마을을 건설하는 것으로 시작하는 이 소설은 '부엔디아' 가문의 7대에 걸친 삶과 투쟁 속에 서서히 파멸해 가는 '마콘도'의 모습을 그리고 있다. 에덴동산과 같은 원시적 낙원에 가까운 마콘도에 집시들이 찾아들면서 가져온 여러 가지 문명의 유산들, 예컨대 자석, 확대경, 얼음, 사진기와 같은 것들로 인해 마을 모습은 점점 변해간다. 마을에 이런 문명의 유산과 어울리지 않는 '제도'가 생겨나면서 마콘도는 점점 몰락의 길을 걷는데, 나중에는 국가라는 것과 이념이라는 것이 침투하면서 전쟁까지 일어난다. 마을의 치안을 유지한다는 명목으로 군인들이 들어오고, 부엔디아 가문에 여러 비극이 일어나면서, 소설의 비극은 바나나 농장을 미국인이 경영하여 마콘도 노동자들을 혹독하게 착

취하는 데서 절정을 이룬다. 그 후 아주 오랫동안(4년간) 비가 온 후 외국인과 현대 문명이 휩쓸고 간 마콘도는 황폐화되고, 숙모인 '아마란타 우르슬라'와 조카 '아우렐리오 부엔디아'가 결혼하여 돼지 꼬리 달린 아기를 낳으면서 부엔디아 가문과 마콘도는 바람에 날려 없어지는 것으로 소설은 끝을 맺는다.

근친상간, 바나나 농장의 대학살, 끝도 없이 이어지는 만연체 문장(한 문장이 무려 4쪽까지 이어지는 곳도 있다), 그 속에 버무려진 라틴아메리카의 신화와 전설과 민담, 현실과 비현실을 넘나드는 환상성, 허무맹랑한 과장, 그 속에 깃들어 있는 존재의 근원적 고독과 역사적 폐허, 사랑이 없는 한 인간은 고독할 수밖에 없다는 메시지, 그러면서 마콘도라는 마을을 통해 드러내는 콜롬비아와 라틴아메리카의 수탈 실상…….

나는 만나는 사람마다 『백년간의 고독』을 읽으라고 권했다. B에게도 편지를 써 당장 구해 읽어 보라고 했다. 그러면서 마르케스의 소설을 닥치는 대로 읽었다.

그런 어느 날, 나는 야간 근무를 마치고 취침시간이 되어 내무반에 들어갔다. 실내등은 모두 꺼지고 구석에 TV 하나 켜져 있었다. 때마침 자정 뉴스를 하고 있는데 마르케스가 그 해(1982년) 노벨문학상 수상자로 결정되었다고 하지 않는가. 나는 그 말을 듣는 순간 온몸에 소름이 쫙 돋았다. 모포 속에 들어가서도 흥분된 마음을 주체할 수 없었다. 시골구석에서 내가 읽고 그 가치를 발견한 작가가 노벨문학상을 수상하게 되었다니. 나는 내가 그 상을 받은 듯 기뻤다.

3

복직 발령

제대를 열흘쯤 앞두고 나는 부대에 나가지 않았다. 이유는 없었다. 그냥 가기가 싫었다. 인사장교가 지프차를 타고 들이닥쳤다. 나는 끌려갔다.

"부대를 니 맘대로 나오고 안 나오고 해? 니는 탈영이야, 탈영. 당연히 연대 영창으로 가야 하지만, 나이도 많고 또 제대도 얼마 안 남았으니, 니는 여기서 일주일간 정신교육을 받는다. 알았나?"

인사장교 목소리에 날이 서 있었다. 그는 퇴역을 앞두고 있는 대위였다. 그는 내가 야간 근무를 할 때마다 나에게 교직 과목을 배웠다. 그는 삼군사관학교 출신이었는데 삼사 출신들은 대부분 대위에서 진급이 막혔다. 하여 그는 예편 후 교련교사가 되기 위해 공부를 했는데, 교육학 교육심리 교육철학 등 교직과목에 대해 전혀 아는 게 없어서 나에게 매일 과외 공부 하다시피 하여 시험에 합격했다. 그는 나를 '평생 은인'으로 생각했다. 부대 내에서도 나를 부를 때

'은인'이라고 했다. 그도 그럴 것이 만일 내가 없었다면 그는 시험에서 떨어졌을 테고, 결국 예편 후 실업자 신세를 면하지 못했을 것이다. 아마도 그래서였을 것이다. 그가 나를 연대 영창에 보내지 않고 그냥 자대 내에서 정신교육으로 일을 마무리하려고 한 것은.

다음 날부터 정신교육이 시작되었다. 교육이라지만 교육은 없고 얼차려뿐이었다. 혹한의 추위가 몰아닥친 1월. 연병장에 20리터짜리 소금물 주전자가 놓이고 건장한 하사 하나가 따라붙었다. 25킬로그램 모래주머니를 어깨에 메고 연병장을 오리걸음으로 돌았다. 얼다 녹다를 반복해 울퉁불퉁한 연병장이 오리걸음에 판판하게 다져졌다. 오전 오후 하루 8시간. 50분 기합에 10분 휴식. 손등이 갈라 터지는 추위에도 땀이 비 오듯 쏟아졌다. 탈진하지 않도록 소금물을 마셨다. 처음 한두 시간은 내 힘으로 모래주머니를 어깨에 멜 수 있었다. 그러나 이후부터는 그럴 힘이 없었다. 나는 모래주머니를 끌어안고 질척거리는 연병장에 나뒹굴 뿐, 오후가 되면 기진한 몸에 숨도 제대로 쉴 수 없었다. 그런 나를 군홧발로 하사가 족대겼다. 으르렁거리는 개처럼 나를 몰아세웠다. "요령 피지 마. 어쭈 이 새끼가, 여기가 니 집 안방인 줄 아나? 일어나, 앉아, 뒤로 취침, 앞으로 취침, 좌로 굴러, 우로 굴로, 저기 축구 꼴대 보이지? 뛰어갔다 오는데 10초." 그러나 아무리 그래봤자 나는 삶아 놓은 시래기처럼 흐느적거릴 뿐이었다. 어깨가 벗겨지고 무릎걸음으로 기느라 무르팍이 다 깨졌다. 그렇게 5일 동안 얼차려를 받았다. 인사장교는 이따금 나와 모래주머니를 메고 곤죽이 되어 있는 나를 보고 "어이, 은인, 할 만하지?" 하며 씩 웃었다.

그렇게 13개월 동안의 방위 복무를 마치고 1983년 1월, 제대했다. 제대 후 나는 다시 시골집에 틀어박혔다. 3월 발령까지 두 달 시간이 있어서였다. 나는 집에서 책을 읽고 글을 쓰고 산에 가 나무를 하는 등 집안일을 도우며 지냈다.

그런 어느 날, 눈이 엄청나게 내렸다. 무엇 때문인지 나는 하루 종일 골방에 처박혀 그동안 내가 쓴 원고를 꺼내 읽어보았다. 라면 박스에 하나 가득 들어 있는 원고였다. 대학 3학년 여름방학에 손가락 마디가 벗겨지도록 썼던 '캐슬 빌더'와 관련한 글, 프로메테우스를 소재로 쓴 장시, 내 손으로 묶어 만든 자작 시집 『태양과 이끼』, 그 외 여러 산문들. 『태양과 이끼』는 방위받을 때 그동안 쓴 시를 모아 내 손으로 직접 만든 단 한 권의 자작 시집이었다.

그런데 이게 웬일인가? 그동안 그렇게 열심히 쓴 글들이 꼴도 보기 싫었다. 나는 라면 박스를 들고 집 뒤 삼밭으로 갔다. 밭은 흰 눈이 내려 순백의 세상을 이루고 있었다. 나는 발로 쌓인 눈을 헤쳤다. 검은 흙이 눈과 함께 뒤섞여 나왔다. 그곳에 원고 더미를 쌓아놓고 불을 질렀다. 쏟아져 내리는 눈에 불이 잘 붙지 않았다. 나는 기름통의 석유를 따라 부었다. 그제야 시커먼 화염이 솟구치며 원고 더미가 제대로 타기 시작했다.

다음 날 아침 한 무더기 재를 발견하신 어머니께서 말씀하셨다. 이 아까운 걸 왜 다 태웠냐. 아궁이에 넣으면 밥 한 끼는 충분히 할 수 있는데. 그러면서 밭에 거름이라도 되라며 삽으로 잿더미를 헤치셨다. 문학에 눈을 뜬 이후 지금까지 전심전력으로 써 온 글이 밥 한 끼 할 수 있는 불쏘시개밖에 안 된다니. 나는 눈 위에 흩어진 거뭇거뭇한 재를 보며, 다 타지 않은 채 그을린 원고뭉치를 보며 묘한 기분에 사로잡혔다. 추수가 끝난 가을 들녘, 검불을 모아 태우는 연기를 보는 듯하다고나 할까. 말할 수 없는 애틋함과 허전함이, 그러면서도 또 무언가 몸에서 커다란 응어리가 빠져나간 듯한 시원함이 오랫동안 가슴에 남아 있었다.

그렇게 겨울이 가고 봄이 오는 문턱에서 복직발령을 받았다. 충남도교위(교육청)에 다녀온 날 아버지께서 물었다.

"어디 학교로 발령났네?"

"공주농고래요."

"농고? 왜 하필이면 농고라니? 다른 인문계 학교로 나야는디."

"왜요, 농고가 어때서요?"

"워떻긴, 똥통이니께 그러지."

나는 똥통이라는 말에 발끈했다.

"공부 못하면 똥통인가요? 그리고 선생이 그런 애들, 공부 못하고 형편이 안 좋은 애들하고 함께 하면서 보람을 느끼는 거지. 그런 애들 아버지처럼 다 외면하면 누가 걔네들을 가르쳐요?"

내 목소리가 거칠게 나왔다.

"아니, 말이야 바른 말루, 솔직히 그런 하빠리 애들 가르치느니, 거 뭐냐, 공주사대부고나 공주고 같은 데서 애들 가르치면 좀 좋아?"

아버지가 칵 가래침을 부엌 아궁이에 뱉었다. 저녁나절 쌀랑한 찬 바람에 흰 눈이 어지럽게 날리고 있었다. 나와 아버지의 말다툼에 집안의 온도가 차갑게 식었다. 어머니가 중간에 끼어들어 말렸고, 나는 감정이 상할 대로 상해 속이 뒤집어져 있었다.

그렇게 야단을 떨며 가게 된 학교가 공주농업고등학교였다. 공주농고. 다시 한 번 내 인생의 전환점이 된 학교.

4

공주농업고등학교

공주농고에서 나는 첫해에 농업과 담임을 했다. 농업과는 농고의 여러 과 중에서도 가장 문제가 많은 과였다. 축산과나 원예과, 농기계과 등에 비해 학생들 성적이 월등히 낮았고 가정 형편이 몹시 열악했다. 나는 공주 시내에서 하숙을 했는데 자전거를 타고 금강교를 건너 학교로 출근했다. 그렇게 학교에 와 보면 우리 반 아이들 네댓 명 자리가 늘 비어 있었다.

"얘들 어디 있니?"

"터미널 쪽 오락실에 있던데요."

나는 다시 자전거를 되짚어 타고 시내 오락실로 갔다. 가방을 팽개치고 아이들은 오락에 빠져 정신이 없었다. 학년 구분도 없었다. 우리 반 아이들은 나를 보고 공손했지만, 다른 학년 아이들은 반항하는 녀석도 있었다. 그들은 사실 내가 자기네 학교 선생인지도 몰랐다. 오락실 변소에서 담배 피우는 걸 잡아끌고 나오면 "아, 씨바

× 같아서" 하며 침을 찍 깔겼다. 뿐만 아니었다. 자기들끼리 킬킬대며 "어후, ×만 한 게 꼰대라고" 하며 노골적으로 나를 능멸하기도 하였다. 그럴 때마다 나는 화가 치밀어 올랐지만, 참자 이게 전부는 아니다, 하며 참았다. 때론 손이 올라가 귀뺨을 후려친 후 여차하면 맞장이라도 뜰 각오였지만, 정말 이게 전부는 아니다, 하는 생각으로 참고 또 참았다.

매일 아침 조회를 마치고 나면 나는 시내로 달려가 터미널 주변에서 빈둥거리는 녀석들을 잡아오는 게 일이었다. 그런데도 1년에 자퇴생이 열 명 이상 나왔다. 학교에서는 장기 결석자들에게 좀 더 기다리다 무조건 잘라 버리라며 신경도 쓰지 않았다. 가정방문 때 집에 가 보면 기가 막혀 말이 나오지 않았다. 가정은 깨져 있고 경제적 궁핍으로 너덜거렸다. 가출한 아이 집을 찾아가면 아무도 없어 허탕만 친 채 돌아오기 일쑤였다.

태규라는 아이가 있었다. 태규는 자퇴 후 복학하기를 반복하여 원래 다니면 3학년인데 1학년 우리 반에 들어와 있었다. 하루는 출근하여 교실에 들어갔는데 반장이 나에게 와 말했다.

"저, 태규 형 말인데요."

나는 내심 긴장했다. 나는 그동안 태규를 표 나지 않게 주시하면서 이 녀석이 또 무슨 일을 저지르지 않을까 염려해 오던 터였다.

"왜, 무슨 일 있어?"

"그게 아니라요. 태규 형이 애들 돈을 빼앗고, 또 쉬는 시간에 3학년 형들을 교실로 불러다 놀거든요. 그리고 저……."

"왜 그래? 얘기해 봐."

"아녜요."

정작 하고 싶은 말은 못하는 듯했다.

그런 일이 있은 후 점심시간, 나는 교실을 둘러보기 위해 학급에 갔다. 몇몇 아이들이 모여 이야기하고 있고 태규는 보이지 않았다.

"3학년 애들이 자주 놀러오니?"

내가 물었으나 아이들은 대답이 없었다. 나는 교실을 한 바퀴 돌아보며 뒤에 있는 양동이 속 걸레를 들춰 보았다. 순간 지린내가 코를 찌르고 양동이 밑바닥에 물이 흥건히 고여 있었다. 자세히 들여다보았다. 오줌 같았다. 짚이는 바가 있었다. 어쩌면 태규 그 놈이 쉬는 시간에 화장실에 가지 않고 양동이에 오줌을 싸는지 몰랐다. 그러나 증거가 없었다. 심증(心證)은 확실한데 물증이 없어 조치를 취할 수 없었다.

그 후 어느 날, 나는 쉬는 시간에 밖에 나와 운동장을 거닐었다. 마침 우리 반 체육시간이었다. 태규가 보이지 않았다. 대신 교실에 남아 있어야 할 주번이 운동장에 나와 공을 차고 있었다. 바삐 교실로 갔다. 유리창 너머로 가만히 보니 아무도 없었다. 그때였다. 푸른 담배 연기가 교실 뒤에서 몽글몽글 솟아오르지 않는가? 기가 막혔다. 왈칵 문을 열어젖혔다. 태규가 황망이 몸을 일으켰다. 체육시간이 되자 태규는 주번 아이들을 밖으로 몰아내고 교실 뒤에 의자를 모아놓고 누워 담배를 피우고 있었다.

"태규 이리 나와."

종례시간 거두절미하고 태규를 불러냈다. 더 이상 태규를 그대로 둘 수 없었다. 태규로 인해 반 아이들이 받는 피해가 극심했다.

내가 태규를 불러내자 순간 교실에 이상한 분위기가 형성되었다. 태규는 학급을 휘어잡는 보스로 나는 담임으로 둘 사이 있게 될 최초의 대결이 어떻게 될지 아이들이 지켜보는 듯했다. 나의 호명을 듣자 태규가 앉은자리에서 거드름을 피웠다. 얼굴을 붉힌 채 주위를 뚤레뚤레 둘러보며 '뭐야, 어떤 놈이 귀찮게 오라 가라 하는 거야' 하는 표정이었다.

"김태규, 빨리 안 나와!"

내 목소리가 날카롭게 울렸다. 이쯤 되니 나도 이놈을 그대로 놔둬서는 안 되겠다는 생각이 들었다. 내가 다시 불러내자 그제야 태규가 자리에서 일어나 교단을 향해 걸어 나왔다. 두 손을 바지 주머니에 쑤셔 넣고 어깨에 힘을 잔뜩 준 채 눈을 부릅뜨고.

"너 오늘 교실에서 담배 피웠지. 교실 뒤 양동이에 오줌도 쌌지? 그리고 너 왜 애들 돈 뜯어?"

나는 태규의 비행 하나하나를 들어 태규를 몰아세웠다.

"나 오줌 안 쌌어요. 애들 돈도 안 뺏고요."

태규가 눈을 부라리며 기분 나쁘다는 듯 발을 툭툭 굴러댔다.

"안 쌌어? 안 빼앗었어? 너 이리 와."

내가 태규의 귀를 잡으려는 순간,

"어씨, 이거 말로 해요."

기다렸다는 듯이 태규가 내 팔을 잡고 방어 자세를 취했다. 순간 내가 태규의 목덜미를 후려쳤다. 휘청거리는 태규를 다시 왼쪽 귀빰을 올려쳤다. 태규는 어, 어, 어 하는 소리만 낼 뿐, 나의 급습에 어쩔 줄 몰라 했다. 나는 연이어 발로 그의 가슴팍을 걷어찼고 그가 비틀대며 교실 바닥에 나가 떨어졌다. 그런 놈을 다시 일으켜 교실 뒤 벽에 닿을 때까지 사정없이 후려 팼다. 태규는 얼굴이 피투성이가 된 채 쓰러졌고, 나는 아직 남아 있는 분노에 안면 근육이 부들부들 떨렸다. 눈앞의 적을 완전히 제압했는데도 흥분이 채 가시지 않았다.

"오늘 종례는 이것으로 마친다. 태규, 넌 도서실로 와."

그러나 태규는 오지 않았다. 그날 나는 술을 곤죽이 되도록 마셨다. 그러면서 가정방문했을 때 태규네 집을 떠올렸다. 마당 안까지 파고들어온 잡초들, 생활의 흔적이 겨우 남아 있는 부뚜막과 부엌에 썰렁하게 놓여 있던 양은 밥상. 그런 태규에게 선생이라는 내가 한 일은 태규와 '힘 대결' 하려는 일뿐이었다. 힘 대결해서 제압하려는 일뿐이었다. 나는 이 점이 괴로웠다. 선생이라는 내가, 겉으로는 아이들을 위하고 학급을 민주적으로 운영한다는 내가, 실제로는 반 아이를 힘으로 제압하기 위해 무지막지한 폭력을 휘두른 것이다.

그날 나는 하숙집에 와 방에도 들어가지 않고 마루에 앉아 울었다. 나 자신이 너무 비참해서 견딜 수 없었다. 태규에게 사과를 해야만 잠이 올 듯싶었다. 울고 있는 내게 하숙집 아주머니가 말했다. "얼른 방에 들어가슈. 이러다 몸 상하겄슈." 다음 날 아침 그녀가 빙긋이 웃으며 말했다. "난 어제 선생님이 실연당하고 와서 우는 줄 알았슈. 근디 무슨 일 있었슈? 울면서 이 소리만 하데. 이 손이 애들 가르치라고 생긴 손이지 애들 두들겨 패라고 생긴 손이냐고." 나는 쪽팔려 그날로 하숙집을 옮겨버렸다.

그 후 태규는 학교에 오지 않았다. 나는 죄책감에 잠깐이라도 보고 싶었다. 그러나 태규는 끝내 학교에 오지 않았고 그 일 이후 학교를 그만두었다. 태규 일은 나에게 많은 생각을 가져다주었다. 학교가 그리고 교사가 할 수 있는 일이 무엇이란 말인가. 어머니는 집을 나가 생사조차 모르고, 아버지가 알코올중독인 태규에게 남아 있는 게 무엇일까? 그나마 학교 나오는 게 녀석의 유일한 낙이 아니었을까? 그 낙을 내가 제지하진 않았을까? 하지만 그렇다고 그냥 둘 수도 없는 일 아닌가? 방법이 잘못되었음을 알면서도 나는 이 부분에서 혼란스러웠다. 더 참고 더 사랑하고 더 타이르고 더 지켜봐야 했는데, 그리고 누가 뭐라든 나는 교사로 내가 짊어져야 할 십자가를 지고 태규를 대했어야 하는데, 나는 그것을 너무 쉽게 포기한 채 폭력으로 해결하려 하였다.

내가 담임한 농업과는 무엇을 해도 학교에서 열외였다. 공부도 운동도 그 무엇도. 과에서 배우는 내용부터가 그랬다. 다른 과, 예를 들어 농기계과 같은 데는 기계를 다룬다, 경진대회에 나간다, 자격증을 딴다 등으로 동기가 부여되어 늘 아이들이 활기차게 움직였지만, 농업과는 아이들이 특별히 참여할 일이 없었다. 논에서 농사짓는 기술을 배운다? 아이들 스스로 자기 과에 대해 경멸하고 있었고, 그러다보니 학교에 나오지 않는 일이 다반사요 1년에 자퇴생이 15명이 넘었다. 당랑거철(螳螂拒轍)이랄까. 이 일을 나로서도 어찌할 수 없었다. 가정, 학교, 사회라는 이미 짜여진 시스템 속에서 나는 애나 두드려 패고 자퇴서나 꾸미는 일 외에 할 수 있는 일이 아무것도 없었다.

1년을 그렇게 보냈다. 시도 써지지 않아 포기 상태였다. 원고를 불사른 후 문학에 대해서도 공황상태였다. 이제 그만 포기해도 아쉽지 않았다. 아, 사람들이 이래서 그만두는구나. 처음 몇 년간 용을 쓰다가 결국 안 되니까 이렇게 내려놓는구나. 형이 말을 못하는 건 형의 문제지 그게 왜 내 문제인가? 가당찮게 형의 말을 내가 받아 적어야 한다고? 아무리 해도 되지 않는 재주로 받아 적긴 뭘 받아 적어?

태규와의 일 이후 나는 하숙을 산성공원 안으로 옮겼다. 금강교 입구 도로변에서 공원 쪽 작은 언덕을 하나 넘으면 성안마을이었다. 성안마을. 퇴락한 민가 몇 채가 금강 가에 자리하고 있던 곳. 나는 강으로 내려가기 전 성안마을 입구에서 살았다. 허름한 기와집, 시멘트 블록으로 엉성하게 지은 문간채, 그리고 앞집이 무당집이었다. 나는 그 집에서 암막을 구해 문에 치고 살았다. 춥기도 하거니와 빛을 차단해 방을 캄캄하게 만들고 싶었다. 외부와 연락도 끊은 채, 시도 쓰지 않고, 이따금 음악만 들으며 수도자처럼 살았다. 마음이 한자리에 있지 못할 때는 공원을 산책했다. 잔광(殘光)이 나비 떼처럼 하얗게 내려앉은 금강을 바라보며 강가를 걸었다.

나는 자전거를 타고 학교에 다녔다. 성안마을 내리막길을 내려와 페달 몇 번 밟으면 금강 건너 학교였다. 학교 외 바깥 외출을 거의 하지 않았다. 아이들이 처한 환경에 나는 절망하고 있었고, 그럼에도 내가 할 수 있는 일이 없다는 사실에 다시 절망하고 있었다. 발령받던 날 아버지와 대판 싸운 일이 생각났다. 아버지는 농고 아이들을 '하빠리'라고 했다. 그 말이 나를 분노케 하여 싸웠는데, 막상 학교에 와 보니 그야말로 정말 하빠리들이었다. 아무 존재감 없이 이리저리 흩날리는 검불 같은 존재들.

집 앞 무당집에 젊은 남녀가 동거하고 있었다. 아무리 봐도 스물이 채 안 됐을 앳된 얼굴들이었다. 남자는 페인트칠을 하러 다니고 여자는 임신해 집에 있었다. 나중에 안 사실이지만 그들은 고등학교에 다니면서 연애를 했고, 애를 가졌고, 집과 학교에서 쫓겨나 둘이 애를 낳아 키우기로 하고, 무당집에 들어와 세 들어 살고 있었다. 남자 얼굴은 보기 힘들었다. 여자는 가끔 볼 수 있었다. 나는 그들이 장하고 기특했다. 둘이 사귀다 임신해 아기를 낳아 기르기로 하고 열심히 사는 모습이 보기 좋았다. 나는 그들을 도울 수 있으면 돕고 싶었다. 그런 어느 날 밤, 잠을 자는데 주인집 할머니가 방문을 두드렸다. 여자가 아기를 낳았는데 돈이 하나도 없으니 돈 있으면 빌려 달라고 했다. 나는 돈을 빌려 주었다. 이튿날 주인 할머니 얘길 들어보니, 여자의 친정어머니가 왔는데 쌀 한 말에 미역 꼬투리 하나를 보자기에 싸 가지고 왔다고 했다. 자기 딸이 애를 낳았는데 고작 가져온 게 쌀 한 말에 미역 줄기 하나라니. 가난. 가난이 문제였다. 가난해서 불행한 이들이 많았다. 내가 하루 종일 만나 씨름하는 우리 반 아이들 문제도 대부분 이놈의 가난에서 비롯되었다.

공원 단풍은 아름다웠다. 샛노란 은행잎이 멧방석처럼 깔리고 텅 빈 나뭇가지 사이 늦가을 하늘이 새파랗게 내려와 앉았다. 그러나 내 마음은 바다 속으로 가라앉은 사물처럼 우울의 늪에서 헤어나지 못했다. 그렇게 가을이 가고 겨울이 왔다. 겨울방학 중 하숙집에서 쉬고 있는데 학교에서 연락이 왔다. 교장이 나를 보자고 했다.

"조 선생. 학교 운영비가 좀 남아서 책을 사야겠어요."

교장은 정년을 앞두고 있었다. 농고에는 돈이 많았다. 실험 실습비와 기자재 구입비 등 보조금이 인문계 학교에 비해 월등히 많았다. 1년 동안 학교를 운영하고 돈이 남았다고 했다. 교장의 진정 어린 마음이 눈빛에 묻어났다. 이제 얼마 안 있으면 학교를 그만두어야 하는데 남은 돈으로 아이들을 위해 도서관에 좋은 책을 사고 싶다고 했다. 그렇다면 책을 그냥 사면 되지 않은가? 하지만 문제가 그리 간단하지 않았다. 학교에 모 부장이 있는데, 이 사람 부인이 공주 시내에서 서점 도매상을 운영해, 지금까지 학교 책은 모두 그 도매상에서 샀다고 했다. 순 전집으로 정가에 몇 프로씩 할인하여 구입했는데, 실제 서류에는 정가 그대로 기록해, 남은 차익을 자기들끼리 나눠 먹었던 것이다. 그러니 책다운 책을 구입하지 못하고 덤핑으로 넘기는 책만 도서관에 구입해 넣었던 것이다.

교장이 나에게 특별히 부탁하게 된 이면에는 이런 사정이 있었다. 나는 행정실 직원과 서울로 올랐다. 세운상가에 여관을 잡고 2박 3일 동안 헌책방을 모조리 뒤졌다. 한 권 한 권 정말 아이들이 읽기에 좋은 책만 낱권으로 500만 원 어치를 샀다. 사다리를 놓고 천장까지 기어 올라가 쌓아놓은 책 한 권 한 권을 뒤져 골랐다. 모 부장이란 자가 도끼눈을 뜨고 나를 흘겨봤지만 나는 신경 쓰지 않았다. 그렇게 사온 책을 나는 겨울방학 내내 학교에 출근하여 분류하고 등록하고 대출카드를 만들었다.

5

시「너희들에게」

해가 바뀌어 축산과 담임을 했다. 축산과는 농업과 하고는 좀 달랐지만 오십보백보였다. 대부분 가정 형편이 열악했고, 성적 역시 중학교 졸업 석차가 평균 60명 중 40등 이하일 정도로 낮았다. 한글을 제대로 쓰지 못하는 아이들도 있었고, 심지어 교과서를 읽지 못하는 아이도 있었다. 그러다 보니 가정과 학교 사회에서 소외되고, 학교생활에 흥미를 갖지 못해 방황하고 탈선의 길로 빠져들었다. 농고 교사들도 인문계 교사를 '펜대', 실업계 교사를 '삽자루'라 하여 서로 비아냥거리고 "가르쳐도 다 헛일이다", "다 그렇고 그런 놈들"이라며 아이들을 천대했다. "농고는 나이 많은 사람이나 있을 곳이다. 젊은 사람은 빨리 이곳을 떠나는 게 좋다"라며 스스로 자포자기하기도 하였다. 이런 상황에서 나는 몇 가지 결론을 내렸다. 우선 아이들에게 자신감을 갖게 하자. 그리고 학생들에게 학교와 반에 대한 소속감을 갖게 하자. 그리고 누군가 자기들을 이해하고 사랑해

주는 사람이 있다는 것을 느끼도록 하자.

나는 학급문집을 만들기 시작했다. 이미 첫 발령지인 대천고에서 만들어 본 경험이 있는 터였다. 문집 이름을『까치』로 했다. 까치가 울면 반가운 손님이 온다는 뜻에서였다. 편집위원을 뽑고 누구도 빠짐없이 글을 싣는다는 원칙을 정했다. 그러나 문집 제작이 대천고에서보다 세 배, 네 배는 어려웠다. 우선 아이들이 글을 써본 일이 없는데다 글씨를 몰라 쓸래야 쓸 수 없는 아이들도 있었다. 나는 국어 시간을 이용해 글쓰기 지도를 시작했다. 우선 글은 자기가 말로 할 걸 글로 쓰면 된다, 그리고 우리는 우리들 이야기를 쓰면 된다, 자기가 생각한 대로, 본 대로, 느낀 대로, 실제로 행한 대로 쓰자, 마지막으로 가능하면 자세히 쓰자고 했다.

나는 견본이 될 만한 좋은 글을 구해 읽어준 후 글을 쓰도록 했다. 앞 반에서 나온 좋은 글을 다른 반에 가서 읽어주기도 하였다. 하루도 빠짐없이 이 일을 반복했다. 읽어주고, 쓰게 하고, 검사하고, 칭찬해주고. 국어 시간에 글을 안 읽어주면 이상하다 할 정도로, 국어 시간에 글을 안 쓰면 왠지 허전하다 할 정도로, 하루도 빠짐없이 정말 매일 매일……. 그리하여 한 가지 사실을 깨달았다. 교사가 추진하는 일이 학급에 뿌리를 내리려면 최소 두 달 이상은 해야 한다는 것. 중간에 그만두면 말짱 도루묵이 된다는 것. 두 달 이상 하면 아이들이 오히려 그 일을 안 하면 이상하게 여긴다는 것. 그래, 두 달이었다. 두 달. 끈질기게 물고 늘어지는 두 달.

드디어 아이들이 글을 쓰기 시작했다. 이런 글이었다.

〈오늘은 탈곡하는 날〉

장순배(공주농고 1)

오늘은 아침 일찍 일어났다. 아버지께서 탈곡을 해야 한다고 하시면서 논에 가자고 하신다. 나는 아침을 먹고서 지게를 지고 논으로 향했다. 오래간만에 지게를 져 보니 어깨가 으쓱하였다. 아버지와 나는 벼 나르는 일을 했다. 벼를 나르는데 아버지가 지고 가는 것보다 나는 반도 못 지고 다녔다. 그래서 하나씩 더 올리면서 나르는데 너무나 힘이 들었다. 아버지께서는 나보다 약하시면서 어떻게 저렇게 많이 지고 다닐까? 내가 힘이 딸리는 것일까? 아니 그럴 리는 없는데.

나는 아버지를 조금이라도 도와드리려고 생각보다 조금 많이 지고 다녔다. 처음에는 지고 다닐 만했는데 배가 고픈지 한 번 나르는데 짚단이 두 개씩 지게에서 떨어졌다. 한 번 떨어지면 벼알이 한 주먹씩이나 떨어졌다. 아버지께서는 그걸 보시고는 조금씩 나르라고 하셨다. 그래도 나는 많이 지고 다니면서 계속 짚단을 흘렸다.

너무나 힘이 들었다. 아버지께서는 화를 내시며 그만 나르라고 하면서 지게를 갖다 놓으라고 하셨다. 나는 가슴이 아팠다. 아버지께서는 내 마음을 몰라주는 것 같았다.

어느덧 점심시간이 되어 나는 점심을 먹으려고 부엌에 들어갔다. 아버지와 아저씨들께서는 안방에서 식사를 하고 계셨다. 나는 아버지께서 식사가 끝나면 먹으려고 기다리는데 어머니께서 먼저 먹으라고 해서 부엌에 쪼그리고 앉아 먹는데 왠지 슬픈 느낌이 들었다. 나는 음악을 조금 좋아하는 편이나 노래를 잘 부르지는 못한다. 하지만 음악을 좋아해 점심 먹고 라디오를 들으려고 방에 들어가려 하는데 어머님께서 심부름을 시키셔서 심부름을 갔다 왔다. 심부름 간 것이 조금 오래된 것 같아 논에 가 보니 벌써 탈곡이 시작되었다. 나는 논에 가서 아버지께 무얼 하느냐고 여쭤보았다. 아버지께서는 볏단을 조금씩 나르라고 하셨다. 볏단을 나르면서 나는 아직 어리다고 생각했다. 해가 저물고 탈곡이 끝났다. 아버지와 아저씨들께서 탈곡이 끝났다고 좋아하셨다.

학급문집을 만들었다. 글을 쓰지 못하는 아이는 구술하게 하여 받아 적었다. 아이들 글을 편집위원이 A4 용지에 깨끗이 정서하여 학교 등사실에서 인쇄했다. 학교 아저씨께는 담배를 사다 드렸다. 인쇄된 종이를 페이지 순으로 맞춰 맨 위에 표지를 올려놓은 후 스테이플러로 찍었다. 모두가 귀가해 조용한 교실. 나와 편집위원들만 남아 늦게까지 일하는데 석양의 낙조가 유리창에 비쳐들어 교실을 붉게 물들였다. 우린 완성된 문집 하나하나를 아이들 책상에 반듯이 놓아주고 교실을 나왔다. 다음 날 자기 글이 실린 문집을 보면서 깜짝 놀랄 아이들을 상상하면서.

학급문집 제작과 함께 했던 일이 노래 부르기였다. 나는 조회, 종례 시간에 내가 가르쳐 준 노래를 반 아이들과 함께 불렀다. 학급의 단합을 위해서였다. 같이 부르는 노래가 많아지면서 노래가사만 적은 괘도도 만들었다. 아이들이 가사를 일일이 다 기억하지 못해서였다. "헤야 디야 헤야 디야 해야 솟아라/헤야 디야 헤야 디야 해야 솟아라/어찌하여 우리 민요 외면당하고/어찌하여 외국 팝송

판을 치느냐" 같은 〈해 뜨는 교실〉, "열 사람 중에서 아홉 사람이/내 모습을 보더니 손가락질 해/그 놈의 손가락질 받기 싫다만/위선은 싫다 거짓은 싫어/못 생긴 내 얼굴 맨 처음부터/못 생긴 걸 어떡해" 같은 〈못 생긴 얼굴〉 등 아이들과 함께 부른 노래가 20곡이 넘었다.

체육대회 때 우리의 노래 부르기는 진가를 발휘했다. 우린 농악부에서 북과 꽹과리를 빌려다 괘도를 걸어놓고 목이 터져라 노래 부르며 응원했다. 경기가 펼쳐지는 곳마다 따라가 북과 꽹과리를 두드리며 노래를 불렀다. 그 결과 체육대회 종합 우승. 우린 상품으로 축구공을 받아 토요일마다 반별 체육대회를 했다.

매일 노래 부르기, 매달 학급문집 제작, 점심시간에 밥 비벼먹기, 학급 내 독서토론 모임 등을 운영하면서 아이들이 눈에 띄게 달라졌다. 우선 결석생과 지각생이 줄었다. 두 달간 무결석 학급으로 표창까지 받았다. 성적도 올랐다. 노래를 하지 않고 종례를 마치면 아이들은 왜 오늘은 노래를 하지 않느냐고 아우성이었다.

우린 노래가사 바꿔 부르기(노가바)를 했다. 원래 있는 노래가사를 바꾸어 불렀다.

> 큰물 간 후 벼 포기 일으키는 울 아버지 손톱이 까졌다
> 집에 가서 늦도록 일하였다 학교에서 졸다가 혼났다
> 어떤 애는 속 편히 물 구경 가잔다
> 참 너네는 농사 안 짓지 너네는 농사 안 짓지

〈고아〉라는 노래에 생활 현실에 맞게 노래가사를 바꿔 만든 것이다. 때마침 큰비가 내려 금강 일대 농경지가 물에 잠긴 일이 있었다. 수마(水魔)가 할퀸다고 했던가? 물이 얼마나 무서우면 마귀에 비유했겠는가? 남의 일 보듯 구경하는 사람에겐 물 구경이나 불 구경만큼 재미있는 일은 없다. 어슬렁어슬렁 뒷짐 지고 나와 구경만 하면 되니까. 그러나 침수 피해를 당한 사람은 한마디로 정신이 없다. 넋이 빠져나간다. 그런 현실에 빗대어 만든 노래가사였다.

글쓰기를 통한 문집 발간, 노래 부르기, 노가바, 독서토론 모임 등을 통해 아이들은 학교생활에 열심히 하는 모습을 보였다. 확실히 가정과 학교와 사회로부터 소외되었던 자신에 대해 긍정하고 주체적으로 사고하는 모습을 보였다. 아이들은 학급 일에 참여하려 하였고, 글을 통해, 노래가사를 통해 자기 삶을 이야기하려 하였다.

〈 ? 〉

박순필(공주농고 1)

현재 농촌의 실정은 농촌에서 일하는 사람은 거의 노인에 가까운 사람들이다. 이들도 배우지 못했기 때문에 남이 하니까 하는 식의 농업을 하고 있다. 즉 대강대강 하고 있다. 미국에서는 5퍼센트의 농업 인구가 대통령을 움직인다고 하지만 우리나라는 오히려 몇몇 소수인 관리가 농민의 피를 빨아먹고 있다. 이렇게 썩어가는 농촌을 위해 일해보려고 나는 농고에 들어왔다. 내 주위 사람들은 농고에 들어가서 무엇을 하느냐며 비웃고 있다. 하지만 나는 다른 사람에게 자신 있게 말

한다. 농고를 나왔으므로 농업에 관한 지식을 쌓아야 한다. 그러기 위해서 나는 양봉, 전작포 등에서 활동하고 있으며 선생님들로부터 열심히 배우고 있다. 이러한 나의 행동은 졸업하는 그날까지 계속될 것이며 항상 농업 서적을 손바닥 안에 매일 넣을 것이다. 그리하여 정부의 정책에 참여하여 우리 농촌 사람들이 못하는 말을 대신해 주는 테이프가 될 것이다.

학급에서 일어나는 모든 일과 아이들이 쓰는 글은 매달 발간하는 학급문집에 수록되었다. 그러던 어느 날이었다. 학급문집을 제작하는데 쪽수가 맞지 않아 앞의 한 면을 비워두어야 할 일이 생겼다. 며칠 동안 궁리해도 그 면을 채울 마땅한 것이 없었다. 그런데 이상한 일이었다. 마음 한구석에서 '시를 한 번 써 볼까? 내 시를 하나 써서 넣을까?' 이런 생각이 불쑥불쑥 들었다. 나는 그동안 1년 넘게 시를 쓰지 않고 있던 터라, 시에 대해선 까맣게 잊고 있었다. 그런 어느 날 2교시 수업이 끝나고 쉬는 시간이었다. 교무실은 선생과 아이들로 이루 말할 수 없이 혼잡했다. 그런데 시가 터져 나왔다.

싹수 있는 놈은 아닐지라도
공부 잘하고 말 잘 듣는 모범생은 아닐지라도
나는 너희들에게 희망을 갖는다.
오토바이 훔치다 들켰다는 녀석
오락실 변소에서 담배 피우다 걸렸다는 녀석
술집에서 싸움박질 하다 끌려왔다는 녀석

모두 모두가 더없는 밀알이다.
공부 잘해 대학 가고 졸업하면 펜대 굴려
이 나라 이 강산 좀먹어 가는
관료 후보생보다
농사꾼이 될지 운전수가 될지
공사판 벽돌 나르는 노동자가 될지
모르는 너희들에게 희망을 갖는다.
이 시대를 지탱해 가는 모든 힘들이
버려진 사람들, 그 굵은 팔뚝에서 나오는 것이기에
나는 너희들을 믿는다.
공무원 관리는 되지 못해도
어버이의 기대엔 미치지 못해도
동강난 강산 하나로 이을 힘이 바로 너희들
두 다리 가슴마다 깃들어 있기에
나는 믿는다, 통일의 알갱이로 우뚝우뚝 커 가는
건강하고 옹골찬 너희 어깨를.

_「너희들에게」 전문

이렇게 시가 써졌다. 그전 시골집에서 원고를 불태운 후 처음으로 거의 1년 6개월 만에. 그런데 이상했다. 내가 시를 썼다는 느낌이 아니라 누가 불러주는 것을 받아 적었다는 느낌이었다. 그리고 그동안 나를 짓눌러 온 어떤 막이 팍 터져버린 느낌이었다. 나는 그것을 나중에 '시막(詩幕)이 터졌다'고 표현했지만, 그것이 터져 비로소 하늘이 보이고 바람이 불고 숨을 쉴 수 있는 듯한 느낌을 받았다. 내 생애 처음으로 시와 관련하여 체험한 기이현상이었다. 그런데 또 이상한 일이 일어났다. 그동안 그렇게 애달캐달 조바심을 내며 시에 매달렸는데, 그런 조바심이 없어졌다. 시를 하루라도 쓰지 않으면 그 시를 되찾는데 석 달이 걸릴 거라는 심사로 시 쓰기에 매달렸던 조급증이 사라진 것이다. 내용 면에서도 어느새 나의 시는 달라져 있었다. 예전엔 관념적이고 피상적이며 좀 난해했던 시가 어느새 생활 현실에 뿌리를 내리고 있었다. 회한과 동경(憧憬), 감정토로 같은 나약한 정서가 아닌 교육 현장, 농촌, 농민과 같은 내가 살고 있는 현실 세계에 다가서고 있었다.

노심이라는 아이가 있었다. 노심 역시 장기 결석생으로 학교에서는 벌써부터 자르라고 야단이었다. 자퇴통지서를 들고 몇 번이나 그의 집을 방문했는지 모른다. 그러나 나는 자퇴서를 꾸밀 수 없었다. 학교 입장에 맞서 끝까지 버티자는 생각이었다. 그런 어느 날, 노심 어머니한테 전화가 왔다. 노심이 지금 버스터미널에 있으니 잠깐 나와 만나볼 수 있겠냐고 했다. 나는 자전거를 타고 곧장 달려갔다. 노심이 거기 있었다. 덥수룩한 머리, 철 지난 점퍼에 꾀죄죄한 행색, 죄인처럼 주변을 흘끔거리는 눈빛. 반가웠다. "노심!" 소리쳐 부른 후, "잘 있었어?" 하는데 나도 모르게 눈물이 핑 돌았다. 노심은 내 눈길을 피해 다른 곳을 바라보았다. 노심 어머니도 어느새 눈물로 눈이 붉어져 있었다. 노심을 데리고 중국집에 갔다. 왜 학교 안 왔냐니까 집안 형편이 어려워 돈 벌 결심을 했다고 했다. 그러면서 다시 학교에 다닐 수 없느냐고 물었다.

가난하고 무식한 부모에 대해서도
낫과 호미에 걸려 있는 흙노동에 대해서도
학교 그만두고 서울 가면
가방공장 철공소
몇 푼 안 되는 돈에 찢겨야 하는 것도
너는 이미 알고 있었다
나이 열여섯
꿈과 낭만이 깃든 고교 일년생
하나하나 조심하고
열심히 공부해야 할 때이지만
공부하기 싫어 가출했던 것도
꿈이 없어 뛰쳐나간 것도
아니었음을 너는 잘 알고 있었다
한 달 넘게 결석하고 돌아와
다시 학교 다닐 수 없느냐며 고개 숙이던 너
사람들 분주히 길 떠나는
차부 대합실에서 너를 보았을 때
반가웠다 자퇴서까지 받아놓은 뒤였지만
네가 들려주는 네 속마음
더 이상 학교 다니는 것이 엄마에게 죄스러워
돈 벌 결심했다는 네 얘길 듣고

나는 알았다, 어린 나이에 가난을 맛보아야 하는
어른인 너에게 무엇을 가르칠 것인가를.

_「무엇을 가르칠 것인가」 전문

6

합동 글 모음집 『이웃끼리』 사건

80년대 초반 교사들의 자각된 움직임은 크게 두 가지 방향으로 일어났다. 하나는 YMCA중등교육자협의회(Y교협)을 중심으로, 하나는 이오덕 선생이 중심이 된 한국글쓰기교육연구회의 학생 글쓰기 교육을 통해서였다. 충남에서도 홍성 Y교협을 중심으로 교사들 모임이 이루어지는 한편, 글쓰기 교육의 영향을 받아 많은 교사들이 학급문집을 발간하고 있었다. 그런 분위기에서 대학 때부터 친하게 지냈던 몇몇이 합동으로 글 모음집을 내자는 데 의견 일치를 보았고, 가능하면 문집만 내지 말고 각자 학교에서 독서토론 모임 등을 통해 만나온 학생들을 한자리에 모아 1박 2일 MT를 갖자고 하였다. 그러다 보니 자연 MT에서 사용할 자료가 필요했고, 따라서 우린 그 자료까지 함께 제작하기로 했다.

합동 글 모음집에는 모두 일곱 학교(예산여고, 대천여중, 대천여고, 강화 강남중, 서산 부석고, 공주농고, 홍산농고)가 참여했다. 부여 홍산에 있는 L의 자취집에서 우린 합숙하며 각 학교에서 모아온 학생 글을 손수 A4 용지에 옮겨 썼다. 문집 제목을『이웃끼리』로 하고 돌아가며 글을 옮기고 삽화를 손수 그렸다. 시와 산문 모두 80쪽. 머리글에서 나는 다음과 같이『이웃끼리』의 발간 의미를 썼다.

> 이번에 여러 학생들의 글을 한데 묶어보는 데는 그 뜻이 있습니다. 그것은 우리들의 생활체험 기록을 서로 모아 보자는 것입니다. 각자 쓴 글을 통해 공동체적인 삶을 확인해 보자는 것입니다. 다른 하나는 우리 지역에서도 글쓰기 모임을 가져 보자는 것입니다. 널리 알려진 것처럼 기존 글쓰기 모임(한국글쓰기교육연구회)은 실제로 상당한 교육적 효과를 얻고 있습니다. 그것에 힘입어 우리 지역의 중·고등학교 글쓰기 모임의 한 방안으로 합동 글 모음집을 펴내게 된 것입니다. 이 문집이 작은 불씨로 살아 우리 지역에서의 글쓰기 모임 활성화에 기여할 수 있으리라 확신합니다.

주제토의자료집은 ① 어떤 시를 가르칠 것인가(신경림), ② 일본 신군국주의의 문화 침탈과 배경, ③ 80년대 농민 현실(가톨릭농민회 토론자료)에 관한 내용이 들어가 있었는데, 기존 책자를 통해 소개된 글과 필요한 내용을 우리가 편집하여 다시 만들었다.

우린 문집『이웃끼리』와 주제토의자료집을 내가 근무하던 공주농고에서 인쇄했다. 학교 아저씨께 담뱃값을 드리고,『이웃끼리』298부, 주제토의자료집 161부를 꼬박 3일간 밤낮으로 인쇄하여 그것을 한 장 한 장 페이지를 맞춰 스테이플러로 찍어 완성했다. 그런데 이렇게 완성한 것들이 들쑥날쑥 볼품이 없었다. 하여 우리는 문집을 깔끔하게 재단하기 위해 공주우체국 앞 합동인쇄소에 가져갔는데, 그곳에서 내용을 훑어보던 사장이 그만 경찰에 신고를 해버렸다. 그때는 마침 12대 국회의원 총선이 코앞에 있어 정국이 요동칠 때였고, 전두환 정권을 심판하자는 열기가 끓어올라(실제로 그해 치러진 2·12 총선에서 유권자들은 84.6퍼센트라는 기록적인 투표율을 보이면서 김대중·김영삼이 이끌던 신민당을 제1야당으로 이끌었다. 이로써 전두환 군사독재체제는 심각한 타격을 받았고, 이후 대통령직선제 개헌투쟁과 87년 6월 항쟁의 기폭제가 되었다) 지역에서도 정치적 사안에 상당히 예민했었다. 경찰이 곧 들이닥쳤고 우린 그 자리에서 공주경찰서로 전원 연행되었다. 그날 밤 일단 조사를 받고 풀려났지만, 문집『이웃끼리』와 주제토의자료집 전량을 압수당했다.

이 일로 인해 나는 도교위(교육청) 조사를 받았고, 그동안 내가 학교에서 했던 모든 일들이 '학생 의식화 교육'으로 내몰렸다.

교무실은 전날 일로 술렁거렸다
선생 노릇 잘해보자 시작한 일이
그들에게 덜미 잡혀 끌려가던 날
불꽃이 그리웠다, 어두운 거리
숯불보다 뜨거운 불꽃이 그리웠다
자세한 내막 알지 못한 채
선생님들은 저마다 흘겨보지만
그대들은 결코 추행이 아니었음을 알아라

약자는 찔려도 아야 소리 없이 피 흘리고
큰놈이 더 큰놈에게 고개 숙이는
이 땅 한 치 교단에서 키워 온 열정이
무기력한 수포로 돌아가던 날
죄인처럼 불려와 문답서에 도장 찍던
내 목 위엔 보이지 않는 사슬이 철렁거렸다
거짓없겠지요, 그렇습니다
거짓이 있을 때는 어떤 처벌도?
물론입니다
세상 한쪽 밝힐 수 없는 깊은 분노에
천길 만길 구렁 속 굴러 떨어진다
눈을 치떠도 흐린 하늘
우리의 깃대는 날마다 부러지고
돌멩이, 구둣발에 차이는 나는 바위가 아닌
민주의 바닷가에 버려진 작은 돌멩이였다.

_「1985. 1」 전문

조사를 받으며 가장 곤혹스러웠던 일은 학생을 불러다 심문하는 일이었다. 도교위에서 조사관이 나오고 교장실이 조사실로 꾸며졌다. 반 학생들을 하나하나 불러 학급문집 내용과 노래, 독서토론 때 읽은 책에 대해 조사했고, 수업시간에 내가 한 발언에 대해 요리조리 캐물었다. 조사를 받고 나온 아이들은 얼굴이 창백하게 질린 채 서로를 부둥켜안고 울었다. 속수무책으로 지켜만 보고 있는 나에게 아이들이 다가와 왜 우리가 이런 조사를 받아야 하느냐며 울먹였다. 나는 할 말이 없었다. 가슴만 무너져 내릴 뿐 그야말로 '구둣발에 차이는 작은 돌멩이'에 불과했던 나는 아무 말도 하지 못한 채 당할 수밖에 없었다. 조사를 총지휘한 사람은 충남도교위 생활지도담당 장학사인 김수천이란 이였다. 김수천. 교사탄압으로 전국에 악명을 드날린 사람.

그런 와중에도 특기해야 할 일이 두 가지가 있었다. 하나는 서울에서 온 K선생을 만난 일이었다. 『이웃끼리』 사건 직후라 낙심하여 집에 있는데 후배가 헐레벌떡 뛰어와 시 다섯 편만 갖고 빨리 나오라고 하였다. 나가보니 순두부 집에 여러 지인과 함께 K선생이 있었다. 나는 같이 어울려 술을 마셨고, K선생이 뭐라뭐라 말했지만 술꾼들 떠드는 소리에 무슨 말인지 들리지 않아 그냥 시만 넘겨주었다.

그리고 다른 하나는 충청(충남북)지역 글쓰기교육연구회 창립을 준비해 나간 일이다. 우린 결성 취지문을 만들어 배포하고, 준비모임을 만들어 다른 지역 글쓰기 모임과 연계를 계속해 나갔다. 당시 작성한 준비모임 자료를 보자.

〈충청(충남북)지역 글쓰기회 창립을 위한 준비모임 자료〉

결성 취지

1. 비인간적인 교육환경 속에 예속되어 있는 학생들의 삶을 참다운

글쓰기를 통해 올바르게 이끈다.

2. 충남북 지역의 특수한 상황을 파악하고 환경과 실정에 맞는 교육 방법을 모색한다.

3. 도시 위주로 이루어지는 경쟁적 교육에서 소외된 학생들의 삶을 이해하고 그 어려움을 극복한다.

주요 활동

1. 월례회 월1회

2. 회보 발행

3. 학급문집 및 학급신문 교환

4. 월례회와 회보를 통한 학생 글 합평

5. 회원 학급 합동문집 발간

6. 글쓰기 연구에 대한 이론 확립

토의 안건

1. 회칙 초안 검토, 활동 방향 취지 검토

2. 경기 글쓰기회 활동 소개, 한국 글쓰기회 내력 소개

3. 사례 발표

4. 작품 합평, 노래 부르기

재밌는 일은 우리들이 준비한 글쓰기회가 충남북 지역을 아우른다는 점이었다. 활동 교사가 워낙 적다 보니 충남과 충북을 묶어 충청지역 글쓰기모임으로 하려 했다. 이날 모임에 이오덕 선생님과

권정생 선생님, 충북의 K선생님이 함께 하셨다.

그러나 충청지역 글쓰기연구회 창립은 끝내 빛을 보지 못했다. 『이웃끼리』 사건에 연루된 교사 전원이 강제 인사조치 되어 뿔뿔이 흩어졌기 때문이었다.

〈경 고 장〉

소 속: 공주농업고등학교

직 명: 교사

성 명: 조재도

귀하는 교원으로서 항상 사표가 될 품성과 자질의 향상에 힘쓰고 교육과 생활지도에 전심전력을 다하며 교장의 지시에 따라 교육활동을 하여야 함에도 불구하고 교장의 승인 없이 학급문고를 발간하여 학급에 배포하였을 뿐 아니라 도내 일부 교원과 공동으로 불온 유인물 제작의 혐의를 받아 수사 당국에 연행되어 조서를 받는 등 물의를 야기시켰는바 이는 교육공무원으로서의 품위를 손상시키고 공직사회의 질서를 문란케 한 처사로서 이를 엄중 문책함이 타당하나 금회에 한하여 경고처분하니 이후에는 이런 행위가 절대 없도록 각별 주의함을 요함.

1985. 2. 4.

공주농업고등학교장

누구하고 한 마디 상의할 수도 없이 나는 교장 직권내신으로 공주농고에서 안면도에 있는 안면중학교로 강제전보 되었다. 방학 중 나는 아이들을 산성공원 안에 있는 우리 집에서 만났다. 조사를 받은 아이들이 하나 둘 찾아오기 시작했고, 학교에서 만나는 일이 뜨악해서였다. 아이들은 우리가 헤어져야 함을 안타까워했고, 그러는 아이들에게 나는 새 학기가 되면 그동안 우리가 불렀던 노래를 테이프에 녹음해 보내주겠다고 약속했다.

7

안면중학교

바람에 용달차의 포장이 펄럭였다. 뒤돌아보아도 차에 실은 짐은 보이지 않고 공주에서 멀어지는 풍경들만 보였다. 날은 추웠다. 용달차 조수석에 앉아 나는 두 손을 사타구니 사이에 넣고 비볐다. 턱이 덜덜 떨리고 오스스 소름이 돋았다. 담배를 피워 물었지만 맛이 느껴지지 않았다. 예산 지나 당진 지나 서산 지나 한나절을 달렸는데 이제 겨우 태안이었다. 태안. 이곳이 서해 바다 쪽 땅의 맨 끝 같았다. 얼마나 더 가야 되냐는 말에 기사가 한 시간 이상 더 가야 한다고 했다. 이쯤만 같아도 괜찮겠는데 여기서 또 한 시간을 더 가야 한다니. 그것도 비포장 길로. 가슴 밑 찬바람이 을씨년스럽게 몰아치며 알 수 없는 냉기가 몸을 훑어 내렸다. 눈가에 눈물이 설핏 내비쳤다. 입술을 깨물고 크게 숨을 쉬었다. 그러나 그런다고 격절의 공간에 나 혼자 놓여질 외로움, 고독이 가실 것 같지 않았다. 창밖을 보았다. 섬에 가까이 갈수록 육지 풍경과는 사뭇 달랐다. 사람은 볼 수 없었고 집들이 낮게 웅크려 있었다. 연륙교. 육지와 섬을 연결해 주는 다리. 다리 밑 푸른 바다가 하얀 포말을 물고 일어섰다 쓰러졌다. 끝도 없이 이어지는 황톳길. 길 양편에 도열해 있는 붉은 소나무들. 바람에 눈발과 모래가 날려 차창에 부딪혔다. 날은 이미 점심때를 지나 저녁으로 기울고 있었다. 이렇게 가 봐야 당장 짐을 내릴 곳도 없는데, 하는 생각에 다시 눈가가 붉어졌다. 산자락을 돌아가는 눈 내린 길이 어둑어둑 땅거미에 젖어 들었다.

승언리를 지나 학교 앞에 도착했다. 바닷바람에 쓸리듯 서 있는 학교. 학교 앞 건물이라고는 작고 초라한 문방구 하나. 이제 막 불을 켠 듯 흐리게 반짝이는 두어 채 인가의 불빛. 그뿐이었다. 아무것도 없었다. 논밭을 가로지른 황량한 바닷바람이 사정없이 귀때기를 후려칠 뿐. 그나저나 당장 짐을 내릴 곳이 없었다. 미리 방을 얻고 온 게 아니고 짐을 꾸려 무작정 내려온 하루 끝머리였다. 시동을 켠 채 용달차는 서 있고, 다급히 문방구에 들어가 물으니 저 위 불 켜진 집에 가보라고 했다. 거기가 선생들 하숙하는 집이라고.

짐이랄 것도 없는 짐을 내렸다. 이불 보따리에 책 몇 권이었다. 주인아주머니는 마침 다른 곳으로 전근 간 이가 있어 방이 비었으니 그곳에 있으라고 했다. 그러나 나는 다음 날 그 집에서 좀 떨어진 산 아래 집 방을 얻어 그 집에서는 매식만 하기로 했다.

안면중학교는 모두 9학급으로 안면고등학교와 담 하나를 사이에 두고 있었다. 학교 앞 하숙집은 두 곳, 한 곳은 중학교 선생들이 다른 한 곳은 고등학교 선생들이 있었다. 마누라 없이는 살아도 장화 없이는 못 산다는 말이 있을 정도로 비만 오면 땅이 질척거렸다. 봄

가을도 따로 없었다. 봄이 되어도 쌀랑한 바닷바람에 두터운 옷을 입어야 했고, 가을에도 마찬가지였다. 대전까지 나가려면 다섯 시간 이상 차에서 시달려야 했고, 목욕탕이 없어 물을 데워 큰 들통에 부어 놓고 목욕을 해야 했다. 그렇게 외지고 궁벽지다 보니 누구나 기피하는 근무지요 잠시 머물렀다 가는 정거장쯤으로 생각했다(그러나 우습게도 그 후 몇 년 뒤부터 지역점수 가산점이 높아 안면도는 충남 도내 최고의 경합지가 되었다).

그곳에서 나는 1학년 3반 담임을 맡았다. 그런데 학교에 가자마자 두 가지 사건이 연이어 터졌다. 하나는 놀이패 '터' 후원 사건이었다. 당시 대전에 '터'라는 놀이패가 있었는데 나는 그들과 친분관계가 두터웠다. 그들은 연극, 노래, 풍물 등 온갖 예능 분야를 막론해 자신들의 기예를 닦아나가는 한편, 전두환 군사독재에 저항하는 문화선전대 역할을 제대로 하고 있었다. 나는 그들을 지원하기 위해 매달 후원금을 납부했고 그것이 문제가 되었다. '터'가 충남도경 수사를 받으면서 사무실을 압수수색 당했는데, 내가 불온단체에 자금줄을 대온 것으로 지목된 것이다. 하여 이에 대해 수사를 하라는 지시가 서산경찰서로 내려왔고, 형사가 학교로 들이닥쳤다. 보통 교사에게 문제가 있어 조사를 받을 경우 도교육청에서 지역 교육청 그리고 학교로 지시가 내려오는데, '터' 사건은 도경찰청에서 지역 경찰서로 직접 지시가 내려와 교육청에서조차 모르고 있던 사건이었다. 그러니 학교에서는 황당할 뿐이었다. 형사가 들이닥쳐 교장실에서 조사를 하는데, 교장은 오만 가지 인상을 쓰며 형사 접대에 전념할 뿐이었다.

이때부터 내 담당 형사가 따라붙었다. 그들은 두 명이 한 조가 되어 일주일에 두세 번 학교에 와 교장 접대를 받으며 내 동향을 파악해 갔다. 설규동 교장. 대전이 집인 그는 교장으로 첫 발령을 받아온 이였다. 밑에 A라는 교무부장을 수하에 거느리고 학교를 좌지우지해 왔는데 재수 없게 나를 만난 터였다.

그런 차에 또 한 사건이 터졌다. '노래 테이프' 사건이었다. 이 일은 내가 공주농고를 떠나면서 아이들에게 한 약속을 지키기 위해 그동안 같이 부른 노래를 테이프에 녹음해 보냈는데 그것이 적발된 사건이었다. 테이프를 받은 학생은 그 일로 조사를 받았고, 도교육위로 보고가 올라갔고, 도에서 다시 서산교육청으로, 서산교육청에서 다시 학교로 조사하라는 지시가 떨어진 거였다. 이렇게 좌천되어 간 지 한 달도 채 되지 않은 3월에 굵직한 사건 두 개가 연이어 터졌다.

교장은 교장대로 속수무책. 문제가 학교에서 일어난 게 아니라 외부에서, 그것도 상부에서 내려온 지시에 따라 움직여야 하니 출세주의 교장으로서는 속이 바짝바짝 탔을 것이다. 그렇게 3월 한 달을 을씨년스런 바닷바람과 외로움과 사건의 연속으로 보내고 있을 때 또 사건이 터졌다. 4월 1일. 아침 조회 시간에 교감이 일어나 발표했다. 앞으로 1학년 3반 담임은 P선생이 맡기로 했다고. 사전에 나에게 일언반구 상의도 없이 나의 담임을 박탈해 버렸다.

문제의 발단은 이렇게 일어났다. 신학기 학급 환경 정리를 위해 교실 뒤 게시판을 꾸미는데, 한 학생이 붓으로 그린 소나무 그림을 가져 왔다. 안면도는 섬이기 때문에 어딜 가도 소나무가 많아 바람 불면 솔바람 소리를 흔히 들을 수 있었다. 내가 학급 게시판에 쓸

자료를 하나 가져오라 하자 그 학생은 평소 미술시간에 그린 소나무 그림을 가져왔고, 나는 그것을 게시판에 붙이면서 그 밑에 "그 푸른빛 변함없으리"라는 문구를 써 붙였다. 그런데 그 문구가 문제였다. 교장은 나를 불러 그 문구의 뜻이 무엇이며, 그것을 써 붙인 저의가 무엇이냐고 캐물었다. 게다가 학생까지 불러 그림을 그리게 된 경위 등을 조사하였다. 나는 그야말로 그것은 학생이 그린 소나무 그림일 뿐이며 아무 저의도 없다고 항변했다. 그러나 그 일로 결국 교장은 나의 담임을 박탈했다.

1학년 3반 담임이 졸지에 두 명이 되었다. 나는 학교장 처사를 받아들일 수 없어 담임 박탈 거부투쟁에 들어갔다. 아침저녁 조회, 종례를 내가 들어가자 새로 담임이 된 P선생은 교실 뒤에 엉거주춤 서 있다 나가곤 했다. 원래 P는 나이가 50대에 처음으로 학교에 부임했기 때문에 전혀 담임할 의사가 없었다. 그러다 나 때문에 졸지에 봉변을 당했다. 담임이 두 명이 되자 아이들 사이 혼란이 일어났다. 시간이 갈수록 똑같은 문제를 놓고 어떤 아이들은 나에게 오고, 어떤 아이들은 P에게 갔다.

나는 담임 박탈 거부투쟁을 한 달간 이어갔다. 교무회의 때마다 담임 박탈의 부당성을 제기했고, 그러면 교무부장이 일어나 내 발언을 제지하고, 둘의 언성이 높아지면서 회의는 엉망이 되었다. 그러면 교장은 황급히 자리에서 일어나 교무실을 빠져나가는 식이었다.

담임을 박탈당한 후 얼마 안 있어 교장은 도서관도 폐쇄했다. 내부 수리를 명목으로 내세웠지만, 내가 도서관에 자주 드나들자 그곳마저 폐쇄해 버렸다. 4월 들어 봄이 왔지만 봄기운은 전혀 느낄 수 없었다. 아침마다 바닷바람에 몰려온 는개에 해는 종이봉투에 싸인 듯 하얬고, 점심때가 겨우 되어서야 쌀랑한 햇살이 내비쳤다. 내가 갈 곳은 어디에도 없었다. 담임 박탈에 도서관 폐쇄, 하여 나는 운동장에 나가 농구를 시작했다. 내가 아이들을 만날 곳이라곤 그곳밖에 없었다. 점심시간이나 수업이 끝난 후 농구를 하고 있으면 아이들이 몰려들었다. 그렇게 농구를 하다 안경을 깨먹기도 했다. 안경점이 안면도에 없어 일주일간 안경 없이 생활하기도 했다.

그런 가운데 형사들은 일주일에 두 번 학교에 와 나의 동향을 파악해 갔다. 그들이 학교에 오는 시간은 대개 11시 전후였다. 서산경찰서로 출근해 안면도에 오면 대략 그 시간이 되었다. 그들은 교장실에서 차 대접을 받은 후 교장과 밀담을 나눈 뒤 행정실장과 함께 점심 식사를 하러 나갔다.

그런 어느 날 교무부장 A가 내가 살고 있는 산 아래 집으로 이사를 왔다. 원래 학교 앞에서 하숙을 했는데, 나를 감시하기 위해 아예 내가 사는 집으로 이사를 와 버렸다. 매일 올라가는 동향보고, 형사들의 학교 방문, 그 작은 섬마을에 퍼지는 나에 대한 악소문. 나는 정말 갈 곳이 없었다.

바람 불면 쓰러지는 풀잎이라 한들
어깨 짓누르는 어둠 눈 흡떠 바라보리
서성이다 돌아오는 밤 별 한 점 보이지 않고
그리움 제풀에 삭아 인종의 칼날 돋는 곳
타올라라 불, 마른 삭정이 연기 없는 알불로

사랑아 타올라라, 온 넋의 뒤틀림 소리 없이 묻힌
변방의 거리 황량한 땅에 벌거벗은 황토로 솟아 있거라
황토!
더 이상 붉을 수 없는 산 자의 살빛 위
인내를 성실을 타오르는 불을 거기 묻어라
언젠가 맞이할 깨어 있는 시대를 위하여
솔바람 속 눈알을 밤마다 닦아라
이 어둠 이 거짓 보이지 않는 사슬 사슬이여.

_「변방백서 2」 전문

밤에 누워 있으면 들리는 것은 솔바람 소리뿐이었다. 섬에 유폐되어 있다는 격절의 감정이 외로움과 고독과 불면의 밤을 불러왔다. 한꺼번에 몰아치는 탄압에 정신이 없어 내가 잘못 살고 있나 하는 생각이 들기고 했고, 그래? 해보자는 거지? 좋아, 누가 죽나 한번 갈 데까지 가 봐, 하는 오기가 발동하기도 했다.

끝없는 탄압과 저항 속에서도 마음을 따뜻하게 덥혀주는 이들이 있었다. 젊은 교사들과 아이들이었다. 대여섯 남짓 되는 젊은 교사들은 처총회(처녀총각모임)를 만들어 나를 불러내었다. 우리는 감시의 눈길을 피해 모였다. 우린 빗물에 씻긴 풀잎처럼 풋풋했다. 술 한 잔에 학교에서 일어나는 말도 안 되는 문제를 단박에 웃음으로 날려버렸다. 비가 와서 질척거리는 길을 마다하지 않고 바짓가랑이를 걷고 모였다. 그들은 나에게 힘을 주었다. 나를 기피할 줄 알았는데 그렇지 않았다. 한껏 긴장해 있는 나에게, "뭐, 별일도 아니네" 하며 잔을 부딪혔다. 우리는 촛불을 켜놓고 이야기를 나누었고, 기타를 치며 노래하고, 객지 생활의 어려움을 서로 위로했다. 그때 부른 〈어부의 노래〉는 지금도 잊히지 않는다.

푸른 물결 춤추고 갈매기 떼 넘나들던 곳
내 고향집 오막살이가 황혼 빛에 물들어간다
어머님은 된장국 끓여 밥상 위에 올려놓고
고기 잡는 아버지를 밤새워 기다리신다
아— 그리워라 푸른 물결 춤추는 그곳
아— 저 멀리서 어머님이 나를 부른다.

이 노래를 부르다 보면 왜 그렇게 목이 메든지. 맨 마지막 부분 "아— 저 멀리서 어머님이 나를 부른다"를 부를 때면 어김없이 울컥, 가슴이 미어졌다. 탄압과 그에 맞선 저항으로 마음이 약해져 있던 터에 노래가사에 나오는 어머님과 시골에 계신 어머니가 겹쳐졌기 때문일까.

내 마음에 위안을 가져다 준 아이들도 있었다. 5월 15일 스승의 날이었다. 학교 회식이 끝난 후 나는 일찌감치 집에 와 있었는데 누군가 문을 두드렸다. 나가보니 우리 반 인석이였다. 땅꼬마 인석이. 반에서 제일 작으면서도 말은 또 능청스럽게 잘도 하던 아이. 녀석의 손에 검은 비닐봉지가 들려 있었다.

"선생님. 이거 메긴데유. 선생님 드셔유."

봉지를 열어보니 팔뚝만 한 암갈색 메기가 들어 있었다.

메기는 늦봄과 초여름이 마주하는 시기에 저수지 밑 바위틈이나 물풀 아래 알을 낳았다. 알을 낳은 메기 암컷은 신경이 극도로 예민해져 외부 침입자라면 무엇이든 가리지 않고 공격했다. 학교 주변에 커다란 저수지가 있는데, 아이들은 귀신같이 메기의 산란지를 알아 그곳에 낚시를 드리워 메기를 잡았다. 그리고 그것을 팔아 용돈으로 썼다.

"너나 가져다 끓여 먹지 여기까지 이걸 가져왔어?"

깜짝 놀란 내가 건네는 말에 녀석은,

"그래도 오늘이 스승의 날이잖유. 우리 담임선생님은 선생님이란 말유."

그러면서 씽긋 웃으며 천연덕스럽게 말하지 않는가.

또 이런 아이도 있었다. 우리 집에 찾아와 나에게 책을 빌려다 읽었던 아이였는데, 그때 마침 잉게 숄의 『아무도 미워하지 않는 자의 죽음』을 빌려 갔었다.

비 오는 날
두 시간 넘게 걸어왔다고 한다
길 끊겨 차도 닿지 않고
바람 불어 우산도 소용없는 날
온몸 젖은 채 교실 문 열고
들어선 아이
아무도 미워하지 않는 자의 죽음을 읽고

올바르게 사는 것이 무엇인가를 알겠다던
자그만 아이
중학 1년생.

_「어떤 아이」 전문

토요일, 일요일 틈틈이 우리 집을 찾아온 아이들에게 책을 선물했는데, 잉게 숄의 『아무도 미워하지 않는 자의 죽음』을 읽고 바르게 사는 것이 무엇인지를 알겠다는 아이. 이런 아이들의 말 한마디가 냉혹한 탄압으로 지친 나의 가슴에 불을 지펴 마음을 따뜻하게 덥혀 주었다.

교장과 공방을 벌이며 일진일퇴를 거듭하는 사이 학교에 오는 형사들 꼴이 한마디로 가관이었다. 그들은 아무 거리낌 없이 교장실을 제집 안방 드나들 듯 들락거렸다. 한번은 그들이 나를 찾는다 하여 교장실에 갔다. 가보니 담배 연기가 자욱하고 소파에 등을 기댄 채 다리를 쩍 벌리고 앉아 담배를 피워 대고 있었다. 교장은 집무책상에 오만상을 찡그린 채 앉아 있고. 하여 내가 열 받아서 말했다. 당신들 태도가 이게 뭐냐, 교장이면 학교에서 제일 어른이고 지역사회에서 기관장인데, 어디서 형사 나부랭이가 이따위 태도로 담배를 빡빡 피워 대냐고. 그러면서 오금 박듯 말했다.

"분명히 말하는데, 앞으로 교문에서 한 발자국만 학교에 들어와도 나 당신들 안 만날 거야. 나를 만나고 싶으면 앞으로 학교 앞 문방구에서 전화를 해. 그렇잖으면 이 자리에서 칼을 물고 죽어도 나 절대 당신들에게 협조 안 해. 그리고 앞으로도 계속 이런 식이면 당신들이 학교에 와서 하는 소행 전부를 서산경찰서장에게 내가 직접 이야기하고 담당을 바꿔달라고 하겠어."

내 말에 그들이 엉거주춤 일어섰다. 내가 워낙 혼신의 힘을 다해 말하자 당혹해하는 빛이 역력했다. 그 후부터 그들은 학교에 들어오지 않았다.

이 일이 교장에게 감동을 주었을까? 하루는 교장이 나를 불렀다. 점심시간이 지난 5교시였다. 가보니 밖에서 술을 한잔했는지 얼굴이 대춧빛으로 붉었다.

"조 선생. 나 솔직히 조 선생 교육관에 관해 듣고 싶소."

"교육관요? 말씀드리는 건 어렵지 않은데 한 가지 약속을 하셔야 합니다. 상부에 보고하지 않겠다면 말씀드리겠습니다."

그러자 그가 자리에서 버르적거리며 일어났다. 그가 캐비닛 문을 열고 전지가위를 꺼냈다.

"조 선생. 이게 내 제자가 얼마 전 스승의 날에 보내준 거요. 안면도에서 적적하실 텐데 화단의 나무나 전지하며 지내시라고. 이 제자가 대전지청에 근무하는 검사요, 검사. 나 이런 사람이오. 나도 그렇게 나쁜 사람 아니오."

그 말에 나는 피식 웃음이 나왔다. 참으로 한심한 사람이구나 싶었다. 교육관을 물어놓고 결국 한다는 게 자기 자랑이라니. 그래, 검사 같은 제자가 있으니 알아 달라? 찔러도 피 한 방울 나지 않을 사람 같으니라구. 자던 소가 웃다가 턱이 떨어질 소리에 나는 그를 쳐다보지도 않았다.

후더운 바닷바람이 불어오면서 여름이 성큼 다가왔다. 머리 위 태양이 이글거리고 운동장 플라타너스 이파리가 강렬한 햇빛에 반짝였다. 나는 '장기전'을 생각했다. 학교에 오면서부터 시작된 전쟁으로 에너지가 너무 소진되었다는 생각이 들었다. 내가 원해서 벌인 싸움은 아니었지만, 아무튼 수세적 위치에서 무자비한 공격을 방어하느라 너무 힘이 들었다. 아이들과 잘 지낼 수도 없고, 교사들과도 불편하다는 것. 더욱이 악소문으로 지역민들의 감정도 좋지 않아 모든 게 나에게 불리했다. 이대로 계속 싸우다가는 갈수록 힘만 소진될 게 분명했다. 어차피 이곳에 온 이상 최소 이삼 년은 견뎌야 한다. 그리고 내년에 어쩌면 저 악질 교장부터 학교를 뜰지도 모른다. 이런 생각에 나는 장기전을 생각했고, 그리하여 그에 대비하기 위해 낚시도구를 준비했다. 주말에 안면도에 남아 있는 선생들이 낚시를 많이 가는데, 그들과 같이 어울릴 생각이었다. 그러면서 여름방학이 왔다. 1985년 여름. 나를 다시 격랑의 파고 속으로 휩쓸리게 한 무덥고 잔인한 여름.

니체가 말했던가? "하나의 사상은 그 사상이 원할 때 오는 것이지, 내가 원할 때 오는 게 아니다"라고. 그해에 터진 『민중교육』지 사건도 그러했다. 그 사건이 나를 통해 일어난 것이지, 내가 원해서 그 일이 일어난 게 아니라는 사실. 모든 일이 그런 것 같았다. 어떤 '일(사건)'은 객관적인 조건 속에 자기 나름대로 성숙의 과정을 거쳐 일어나는데, 그 일이 나를 필요로 하여, 나를 끌어들여, 그 일에 내가 연루된다는 사실. 그런 또 하나의 진리를 깨닫게 해준 일이 바로 그해 여름에 터진 『민중교육』지 사건이었다.

8

『민중교육』지 사건

여름방학이 되어 나는 충남대 교육대학원에 다니고 있었다. 나는 공주농고에 있을 때 2년 동안 대학원에 진학하기 위해 공부를 했었다. 일반대학원 진학을 위해 전공, 영어, 제2외국어(한문)를 공부했는데, 내가 원하는 대학원에 떨어져 그해 충남대 교육대학원에 진학해 3학기째 다니고 있었다.

그런 어느 날, 공주사대 탈춤 반 후배들이 MT를 간다길래 그들과 합류했다. 논산시 노성군에 있는 농가에서 탈춤을 배우며 합숙하고 있는데, 그날따라 머리가 지끈대며 아팠다. 나는 약을 사 먹기 위해 공주 시내로 나와 약국에 들어갔다. 1985년 8월 6일 밤 9시였다. 약을 먹고 있는데 TV에서 9시 뉴스를 하기 시작했다. 다른 때 같으면 뉴스 신호음이 '뚜뚜뚜뚜' 울리고, 곧바로 전두환 대통령 어쩌구 하며 시작하는데 그날은 그렇지 않았다. TV 화면 가득히 『민중교육』이라는 붉은색 책 표지가 비쳐지고, 고딕체 글씨로 "민중교육, 당신의 자녀를 노린다"라는 자막이 큼지막하게 박혀 있었다.

나는 '민중교육? 어디서 많이 들어본 말인데' 하며 TV를 주시했다. 뉴스 진행자는 현직 교사들이 만든 『민중교육』이라는 책이 학생 운동권에서 주장하는 '삼민투(민족통일, 민주쟁취, 민중해방)' 이념을 그대로 담고 있고 분단 상황을 왜곡하는 등, 좌경 용공사상에 기초해 학생들에 대한 의식화 교육을 노리고 있다며 입에 침을 튀겼다.

순간 나는 깜짝 놀랐다. 『민중교육』에 대한 내용 분석이 일도양단(一刀兩斷)으로 진행되는 가운데 갑자기 내 시가 툭 튀어나왔기 때문이었다. 시 「너희들에게」가 화면 가득 클로즈업되면서 붉은색 사인펜으로 밑줄이 죽죽 그어지고 있었다. 그러면서 해설자는 시 「너희들에게」가 사회의 어두운 면을 부각시켜 공산주의자들이 감정에 호소하는 수법으로 '민중봉기'를 기대함이 역력하다며 열을 올렸다.

순간 머릿속이 하얗게 비워졌다. '용공', '계급투쟁', '민중봉기' 이런 말들이 내 안에서 뒤죽박죽 뒤엉키면서 섬뜩한 전율이 가슴속에 회오리바람을 일으켰다. 문제가 심상치 않구나 직감하며 약국 문을 나섰다. 이렇게 나는 5공화국 말기 전두환 군사정권에 의해 철저히 왜곡 조작된 이른바 『민중교육』지 사건의 한 당사자가 되었으며, 또 TV를 통해 등단하는 상처뿐인 영광을 누리게 되었다.

그럼 여기서 잠시 『민중교육』지 사건의 대체적인 개요에 대해 짚어본 후 이야기를 계속 하도록 하자.

80년대 이후 한국 민주화운동의 진원지는 광주였다. 광주 민중항쟁은 항쟁에 참여한 사람이나 그렇지 못한 사람에게 민주의 햇볕을 쬐게 하였고, 동시에 엄청난 부채의식을 사람들에게 심어주었다.

피비린내 나는 항쟁의 진압과 그 후 발목을 조여 오는 폭압의 사슬. 그러나 참으로 역설적인 일은 오히려 폭압이 심할수록 짓밟힌 군홧발 밑에서 저항을 모색하는 몸부림들이 터져 나오기 시작했다는 것이다. 82년 3월 광주 유혈진압 묵인 내지 방조에 대한 미국 측 책임을 물어 부산미문화원이 불탔고, 수많은 학생 시위와 민청련 창립(1983년), 한국노동자복지협의회가 건설되었다(1984년). 이러한 민주화운동의 열기는 마침내 전국적 운동 조직을 아우르는 민통련 창립으로(1985년) 이어져 갔다.

사회 각 분야에 일기 시작한 이 같은 움직임은, 문학 쪽에서는 여러 동인 형태로 나타났다. '5월 시', '삶의 문학', '분단시대' 같은 동인 모임이 활성화되었고, 교육 쪽에서도 앞서 말한 글쓰기 모임과 Y 중등교사 모임 등이 생겨나기 시작했다. 『민중교육』지도 이런 일련의 흐름 속에서 제작되었다.

『민중교육』지는 85년 5월 1일 초판이 인쇄되어 문공부에 납본해 필증을 받았다. 당시 전두환 정권은 책자 발간에 대해 사전 검열을 했는데, 출판사에서 시판하기 전 책을 문공부에 납본하면 책 내용을 검토하여 문제가 있으면 판금 조치를 내려 시판하지 못하게 하고, 문제가 없으면 납본 필증을 발급해 시판하도록 했었다. 그러니까 『민중교육』지 창간호는 85년 6월 문공부로부터 납본 필증을 받고 시판에 들어가 독자들로부터 좋은 반응을 얻고 있었다.

그런데 이 사실을 나는 전혀 모르고 있었다. 공주농고에서 안면도로 좌천된 후 거의 외부와 격리된 채 교장 및 담당 형사와 일진일퇴를 거듭하고 있었기 때문이었다. 내가 『민중교육』지 원고를 모으기 위해 충남을 방문한 K선생을 만난 게 85년 겨울방학 때였고, 그해 3월 안면중으로 쫓겨 갔으니, 그 후 책이 만들어졌는지 어쩐지 또 그 책 제목이 '민중교육'인지 뭔지 도무지 알지 못하다가, 공주 약국에서 처음 TV를 통해 그 책을 보게 되었던 것이다.

『민중교육』지에서 제기한 핵심 주제는 한 마디로 '분단 상황에서의 교육의 민주화'라 할 수 있었다. 해방 이후 고착된 분단 체제는 학교교육을 정치권력의 유지 수단으로 몰아갔으며, 그 결과 학생과 교사 사이 올바른 관계가 형성되지 못하고, 교육의 파행성이 심화되어 갔음을 현직 교사들이 중심이 되어 문제를 제기했다.

그렇다면 왜 전두환 정권은 이미 시판에 들어간 『민중교육』지를 뒤늦게 문제 삼았는가? 누가 보아도 무리수임에 틀림없는 그 같은 일을 군사정권이 자행하게 된 이유는 무엇인가? 그것은 85년 7월경부터 추진하려던 '학원안정법' 제정에 있었다. 전두환 정권은 80년 5월 광주에 대한 극한 탄압에도 불구하고 확대 심화되어 가는 민주화운동에 위기감을 느껴 이를 차단하려 하였고, 특히 민주화운동의 주요 동력이라 할 학생운동의 확대를 저지하기 위해 '학원안정법' 제정을 발의하였다. 그들은 이 '학원안정법' 추진의 사회 분위기 조성을 위해, 그리고 이제 막 태동 단계에 있는 교육민주화 운동의 싹을 잘라내기 위해, 현직 교사들이 만든 『민중교육』지를 호재로 삼아 대대적인 이념공세를 퍼부었다

따라서 『민중교육』지 사건은 80년 광주 항쟁 이후 확대되어 가던 민주화운동 세력과 그것을 차단하고자 하는 전두환 정권과의 충돌이었고, 이후 민주화운동이 폭발적으로 확대되어 가는 도화선이 되

기에 충분했다.

처음 서울 지역 교장단 회의에서 문제가 제기되자 문교부(교육부)는 관련 교사 전원에 대해 중징계 방침을 밝혔다. 그러나 여론의 반발이 워낙 드세자 문교부의 징계 방침은 흐지부지되었고, 이후 안기부가 사건을 주도하면서 관련자에 대한 형사처벌 등 강경 분위기로 급선회하였다. 이에 따라 독재정권과 민주화운동 세력 간 일대 공방전이 전개되었는데, 문인, 교사, 언론인 등은 말할 것도 없고, 김동리 씨가 이사장으로 있던 한국문협과 당시 어용단체로 규탄받던 대한교련(지금의 한국교총)까지 관련 교사들에 대한 징계 철회와 구속 취소를 탄원하였다. 그럼에도 결국 국가보안법 위반 혐의로 K, Y 선생과 S주간이 구속되고, 관련 교사 전원이 파면 또는 해임되는 등 중징계에 처해졌다.

사건이 터지자 나는 C선배를 찾아갔다. C는 대학 선배로 그 당시 이미 해직된 상태였다. C는 70년대 긴급조치 위반으로 제적당했다 10·26 이후 복학하여 나와 같이 학교를 졸업하고 대천여중으로 발령받아 근무하던 중 학생 의식화 혐의로 해직된 상태였다. C는 며칠 추이를 지켜보자고 했다. 그러나 신문에서는 연일 사건에 대한 기사가 대서특필되었고 수배자 명단에 내 이름이 올라 보도되고 있었다. 대학원에도 가 보니 이미 형사가 강의실 앞을 지키고 있었다. 나는 C의 소개로 민청에 있던 L을 만났다. L은 이미 감옥을 세 번이나 갔다 온 전력자로 나에게 태안성당 모 신부를 소개해 주었다. 나는 그가 써 준 소개장을 가지고 도피 길에 올랐다. 유성 터미널에서 일행과 헤어져 차에 오르는데 앞으로 일을 혼자 처리해야 한다는 생각에 눈앞이 캄캄했다. 그러나 우선 당장은 피하고 보는 게 상책이다 싶었다. 한창 사건이 무르익어 가는 때 잡히면 의외로 고생을 더 심하게 할 수도 있기 때문이었다.

태안에서 그렇게 숨어 지내던 중 우연히 Y후배를 만났다. Y는 원래 집이 대전인데 무슨 일인가로 태안에 와 있었다. 나는 Y를 보는 순간 눈물이 나도록 반가웠다. 우린 곧장 시장통으로 들어가 술을 한잔했는데 그 자리에서 내가 말했다. 안면도에 한 번 들어갔다 오겠다고. 그러자 그가 정색을 하며 말했다.

"미쳤어요, 형? 거긴 지금 형사들이 쫙 깔려 있을 텐데 거길 가요?"

하지만 나는 꼭 가고 싶었다. 두 가지 이유에서였다. 하나는 내 방에 있는 책과 자료를 정리하고 싶어서였고, 다른 하나는 아이들 때문이었다. 만약 내 방이 압수수색 되어 털리면 집에 있는 책과 자료로 쓸데없는 곤욕을 치를 듯싶었고, 또 하나는 나에 대한 아이들의 사랑을 확인하고 싶었다. 모진 탄압과 감시 속에서도 나는 정말 아이들에게 나의 모든 것을 다 쏟아부었는데, 따라서 집에 가면 방학 동안에 아이들에게서 온 편지가 자취방 앞에 수북이 쌓여 있을 것만 같았다. 이 두 가지를 확인하지 않고 내가 만일 검거되면 너무 곤란하지 않겠는가. 내 말이 하도 간곡했던지 그가 고개를 끄덕였다.

다음 날 우린 택시를 타고 안면도로 향했다. 택시 안에서 내가 말했다.

"차를 대기하고 있다가 20분 안에 내가 나오지 않으면 연행된 줄 알고 그냥 돌아가."

내 목소리가 비장하게 떨렸다. 그가 알았다며 아랫입술을 깨물었다.

나는 차에서 내리자마자 샛길로 접어들어 자취집에 갔다. 집에 가니 마침 주인아주머니가 마당에 나와 빨래를 널고 있었다. 내가 인사하자 그녀가 나를 황급히 부엌으로 끌어들였다. 그러면서 도둑놈 개 꾸짖는 듯한 소리로 들릴락 말락 하게 말했다.

"어떻게 여길 왔슈? 시방 난리두 아뉴. 안면도 전체가 난리도 아녀유. 간첩이 학교 선생 했다구. 그러니, 어이, 빨리 그냥 가슈. 지금도 여태까지 형사들이 여기 있다가 점심 먹으러 금방 아래 내려갔슈."

등줄기에 식은땀이 났다. 아주머니께 인사한 후 곧바로 내 방으로 갔다. 나는 그때까지도 방문 앞에 아이들이 보내온 사랑의 편지가 수북이 쌓여 있으리라고 생각했다. 그러나 없었다. 한 통도 없었다. 나는 정신없이 방에 있는 책과 자료를 빼들고 집을 빠져 나왔다. 택시 안에서 알 수 없는 허탈감에 가슴이 미어졌다. 아이들 편지만 있었어도 이 고통을 이겨내는 데 큰 힘이 될 터인데, 그게 없다니 맥이 빠졌다. 허망했다. 그동안 내가 쏟은 사랑이라는 게 결국 자기만족적이지 않았나 하는 회의마저 밀려들었다. 눈물이 핑 돌았다. 나는 차문을 열고 불어오는 바람에 눈물을 말렸다.

보름 남짓 숨어 지내며 사건의 추이에 촉각을 곤두세웠다. 매일 신문을 구해 기사 내용을 확인했다. 사건이 막바지에 치달아 대충 정리되고 있는 느낌이었다. 서울 선생들은 거의 연행되어 구속되거나 조사를 받고 풀려났다. 나도 이제 일을 정리해야겠다는 생각이 들었다. 시골에 계신 부모님을 뵙고 자진출두하기로 마음먹었다. 예산에서 부모님을 만났다. 들일하다 말고 전화 받고 황급히 달려오신 분들이었다. 검게 탄 얼굴, 초라한 행색, 나를 보자 눈시울부터 붉히시는 어머니를 보며 콧잔등이 시큰했다.

부모님과 헤어진 후 나는 충남도경에 전화를 걸어 자진출두 의사를 밝혔다. 예산경찰서 형사가 득달같이 달려와 나를 대전에 있는 도경찰국으로 연행했다. 그곳에서 간단한 조사를 마친 뒤 다시 서산경찰서로 이송되었다. 안면중학교가 서산군에 있어 나에 대한 조사를 그곳 서산경찰서에서 하게 되었다. 호송차 유리창 너머로 금강의 낯익은 풍경이 눈에 들어왔다. 공주 시내를 지날 때는 차가 밀려 주춤거리기도 했다. 창밖을 지나가는 여러 사람들. 그들의 자유와 나의 부자유가 호송차의 유리창 하나를 사이에 두고 갈린다는 사실이 믿어지지 않았다.

조사는 주로 서울 지역 교사들과의 조직적 연계에 대해 이루어졌다. 방송에서 떠들던 시에 대한 내용보다는 서울과 대전, 충남 간 연계에 대해 초점이 맞춰졌다. 나는 속으로 긴장했다. 혹 무슨 그림을 그리려 하나 싶어서였다. 그럴 경우 순순히 자백을 하지 않으면 고문으로 이어지고, 끝내 거짓 자백을 받아내 공안사건을 만들어내는 그들이었기 때문이다. 나는 사실대로 이야기했다. 안면중학교에 오기 전 공주에서 K선생을 만나 시를 건네주었고, 그 이후 책이 나온 줄도 몰랐으며, 그동안 나의 학교에서의 생활은 매일 동향보고가 들어갔으니 오히려 경찰에서 더 잘 알지 않느냐고. 조사를 마친 담당관이 한마디 했다.

"나는 위에서 시키는 대로 하고 있지만, 안됐수다. 당신 선생 떨어져서."

'선생 떨어졌다'는 말이 무엇보다 아프게 들렸다. 그 후 나는 허위 사실을 유포했다 하여 구류 10일에 처해졌다. 유치장에서 나온 후 짐을 정리하기 위해 안면도에 갔다. 아직 무더위가 기승을 부리는 9월 초였다. 승언리에서 내려 학교까지 걸어가는데 마침 학교가 파해 아이들이 걸어오고 있었다. 나를 본 아이들이 반가움에 어쩔 줄 몰라 했다. 그런데 한 여학생이 내 가슴을 주먹으로 치며 말했다.

"선생님, 어떻게 그럴 수 있어요."

그 아이는 화가 났는지 입술을 내밀고 눈물을 글썽이며 나를 원망의 눈빛으로 바라보았다. 내가 당황해 하며 왜 그러냐고 물었다.

"어떻게 우리들을 버리고 서울로 갈 수 있어요?"

그 말을 듣고 어찌 된 일인지 짐작이 갔다. 여름방학이 끝나고 내가 학교에 나오지 않자, 교장은 아이들에게 내가 방학 동안 서울에 있는 더 좋은 직장을 구해 갔다고 거짓말을 했던 것이다.

그 길로 학교에 가 아이들에게 이임 인사라도 할 것을 요구했다. 그러나 교장은 완강히 거절했다. 이유는 내가 안면중학교 교사가 아니기 때문이라는 거였다. 설왕설래 언성이 높아졌지만, 결국 나는 아이들에게 인사조차 제대로 하지 못한 채 짐을 챙겨 안면도를 빠져 나왔다.

9

청주 검정고시학원

『민중교육』지 관련 교사 전원에 대해 징계가 내려졌다. 파면 10명, 권고사직 7명, 감봉 2명, 경고 1명이었다. 이 가운데 대전 충남에 거주하던 이는 7명이었다. 나는 충남 도교위 징계위원회에서 파면 처분을 받았다.

교직에서 파면된 후 나는 같이 해직된 S, C 선배와 함께 공주에서 J씨를 만나 '시사평론사'라는 출판사를 시작했다. J씨는 박정희 독재정권 시절 유신독재에 저항하는 지하신문 『타도』를 발간하다 연행돼 고문으로 광대뼈가 으스러졌다고 했다. 그는 독일 인권단체에서 한국의 민주인사들을 후원하고 있다며, 출판사 설립 비용은 물론 우리들 상근비까지 모두 나올 테니 걱정하지 말고 함께 출판사를 하자고 했다. 그는 자신이 그동안 냈다는 책도 보여주었다. 고문에 관한 책이었는데 내용과 편집이 조잡했다. 나는 학교에서 쫓겨난 마당에 당장 할 일도 없고, 또 민주화운동의 일환으로 출판사를 하는 것도 괜찮겠다 싶어 그의 말에 동의했다.

그런데 그는 나에게 돈을 빌려달라고 했다. 지금 당장 자기에게 돈이 없으니 나한테 돈이 있으면 그것으로 먼저 사무실부터 내자고 했다. 나는 얼마 남지 않은 통장에서 돈을 인출해 그에게 빌려주었다. 우린 공주사대부고 앞에 가게를 하나 빌렸다. 유리창에 시사평론사라고 선팅도 하고 내부도 말끔히 정리했다. 그러면서 하루 이틀 시간이 갔다. 나와 S, C 선배는 매일 그곳으로 출근했고, 아무 할 일이 없는 우리는 점심에 라면이나 끓여 먹으며 빈둥빈둥 시간을 보냈다. J씨는 이따금 나타나 이제 곧 독일 후원금이 도착할 거라는 말만 던진 채 사라졌다. 그렇게 한두 달이 지났을까? 우린 곧 J씨에게 사기당했음을 알았다. 해직 교사를 사기 치다니 벼룩의 간을 빼먹어도 유분수지 하며 분노했지만, 오죽했으면 그랬을까 하는 생각에 J씨가 안쓰럽기도 했다.

공주에 있으면서 나는 문교부 총무처에 징계관련 소청심사를 청구했으나 기각돼, 황인철 변호사를 대리인으로 파면처분 취소 행정소송을 제기하였다.

공주에서 사기당한 후 나는 대전으로 갔다. 그곳에서 시인 L을 만났는데, 그가 청주에 있는 검정고시학원에 나가보라고 했다. L은 대전에 살면서 청주 학원에 나갔는데, 자기가 나가던 학원강사 자리를 나에게 물려줄 셈이었다. 학교에서 쫓겨난 『민중교육』지 관련자들은 생업을 위해 서울에 가 있거나 대전에서 학원에 나갔다.

나는 L의 제안을 수락했다. 한 달 보수는 25만 원. 나는 곧바로 대전에서 청주로 방을 옮겼다. 짐이라야 이불 보따리 하나에 자취 도구 몇 가지뿐이었다. 12월, 한 해의 끝자락에 부는 바람은 갈 곳 없는 이의 가슴을 차갑게 파고들었다. 학원 근처에 방을 얻고 짐을 부려놓았다. 불도 때지 않아 차가운 방에 달랑 이불 보따리를 던져놓으니 기가 막혔다. 여기서 또 어떻게 지내야 하나, 언제까지 여기 있어야 하나, 하는 생각에 객지에서의 소외감이 물밀 듯 밀려왔다.

나는 소주에 새우깡을 사다 이불 보따리에 등을 기댄 채 나팔을 불었다. 후끈한 술기운이 배 속 깊숙이 퍼져 갔지만 방바닥에서 올라오는 냉기를 잠재우진 못했다. 나는 옷도 벗지 않은 채 그동안 내가 몇 번이나 이사를 했는지 헤아려보았다. 30번이 넘었다. 처음 서울로 전학 간 이후 이곳 청주에 오기까지 생각나는 것만 30번 정도였다. 한 집에서 짧게는 서너 달 길게는 일이 년 살았던 세월. 나도 모르게 눈물이 핑 돌았다. 그동안 있었던 일들이 주마등처럼 떠오르며 밀려드는 감회를 누를 수 없었다.

다음 날부터 강의에 들어갔다. 학원생은 모두 스무 살이 넘은 직장인이었다. 나이나 몸집이나 하고 다니는 행색이 완전 사회인이었다. 그런 이들이 비좁은 의자에 앉아 직유법이 어쩌니 은유법이 어쩌니 하는 강의를 듣는 것이 무척 어울리지 않았다. 하지만 그들은 진지했고, 높은 천장에 켜 있는 흐린 형광등만큼이나 피곤해 했다. 술 취한 원생이 학원 앞에서 난동을 부릴 때도 있었다. 그는 무슨 불만이 있는지 원장 나오라고 고래고래 소리를 지르다 주먹으로 출입문 유리를 박살내버렸다. 수업 중 와장창 소리가 나 뛰어내려가 보니 손은 이미 피투성이가 된 채 비척거렸다. 그는 피가 난 주먹을 움켜쥐고 다른 유리창을 내리칠 기세로 서 있었다. 원장은 자릴 피하고 다른 강사 중 이런 사태를 수습할 사람은 나밖에 없었다. 강사가 모두 6명이었는데, 대부분 여자였고, 또 수업이 있는 시간에만 나오기 때문에 어찌할 수 없었다. 결국 내가 내려가 수습을 하는데, 그의 손을 치료한 후 술집에 가 그의 이야기를 들었다. 그는 원장이 수업 중 자기를 모욕했다며 시근덕거렸다. 원장도 한 과목 수업을 맡아 강의를 했는데, 강의 도중 무슨 무슨 말을 했던 것이 오해를 산 모양이었다. 그는 마음 깊이 상처를 입었고, 그것이 곪아 취한 김에 학원에 와 난동을 부린 거였다.

나는 이곳 원생과 문집을 만들기로 했다. 그들은 가슴속에 다른 이들보다 깊은 상처를 안고 있었다. 쉬는 시간 복도에서 초조하게 담배에 불을 붙이는 이들에겐 배움의 과정에서 낙오되었다는 상처, 그럴 수밖에 없었던 저마다의 이야기가 가슴속 깊이 쌓여 있었다. 나는 문집 이름을『들풀』로 정하고 발간 취지를 원생들에게 이야기한 후 글을 모아 학원문집을 만들었다.

청주에 있는 동안 많은 분들을 만났다. 청주 YMCA를 통해서였는데 충북대 철학과 Y교수, 역시 같은 철학과에 계시던 Y교수, 사회학과 J교수, 불문과 J교수, 그리고 D시인, K시인, K목사 등을 그때 만났다. 특히 Y교수님은 나의 해직 생활을 늘 걱정하셨고, 교육과 글쓰기에 대한 남다른 철학을 말씀해 주셔서 경제적으로, 그리고 교육과 사회와 인간을 이해하는 데 많은 도움을 주셨다. Y교수님은 이후 대학교수 직을 버리고 당신의 철학을 실현하기 위해 전북 변산에서 농사를 지으면서 교육 공동체를 일구셨다.

10

충청교육민주화선언

청주에서 해를 넘기고 1986년 3월 나는 다시 대전으로 왔다. 검정고시학원에서 5개월 남짓 있다 대전으로 왔는데 그렇게 한 데는 이유가 있었다. 1985년 8월『민중교육』지 사건이 일단락되자, 전국의 교사들은 해직 교사를 돕기 위해 천만 원의 성금을 모았다. 이는 80년대 들어 꾸준히 이루어진 교사 소모임 활동과 한국 Y교협, 한국글쓰기교육연구회 등이 구심점이 되어 교사운동을 해 왔기 때문이었다. 해직 교사들은 그 돈으로 그해 11월 '교육출판기획실'을 차려 교사운동에 필요한 여러 자료와 책을 발간하였다. 구속된 사람들은 감옥에 가고, 나머지 해직자들이 전열을 정비해 교사운동에 필요한 단체를 만들었고, 이 과정에서 충청지역에서도 같은 일을 추진해 갈 실무자가 필요해서였다.

해직 교사들이 밖에서 교사운동을 펼쳐가는 동안 현직 교사들은 '교육민주화선언'을 준비했다. 교육민주화선언은 Y교협을 중심으로 준비되어 1986년 5월 10일 YMCA에서 810명의 교사가 서명한 가운데 이루어졌다.

선언은 특히 "행복은 성적순이 아니다"라는 유서를 남기고 자살한 학생들(그해 1년 동안 자살한 학생이 286명이었음)에 대한 자기반성의 성격을 띠면서, 동시에 80년대 이후 온갖 탄압과 감시, 협박과 회유 속에서도 꾸준히 성장해 온 교사운동이 대중적 실천운동으로 발전해 가는 획기적인 사건이 되었다.

선언이 발표되자 문교부는 즉각 L교사 등 주동자 10여 명을 면직시켰다. 그러자 신일고에서 교사에 대한 징계 철회를 요구하는 학생 시위가 일어났고 일선 교사, 학생, 종교단체, 재야단체들이 잇달아 교육민주화선언을 지지하고 나섰다.

전국의 교육민주화선언과 함께 해직 교사들도 그해 5월 15일 '민주교육실천협의회(민교협)'를 결성했다. 이오덕, 성래운, 광주의 문병란 시인이 공동대표를 맡고, 시인이자 해직 교사였던 K선배가 사무국장을 맡아 결성된 민교협은 이후 『교육과 실천』이라는 기관지를 펴내면서 교사운동을 선도해 나갔다.

이렇듯 들불처럼 번져가는 운동 상황에서 대전 충남의 해직 교사들은 우선 대전시 중구 대흥동에 있는 빈들교회 지하실에 사무실을 마련하고, 충청지역에도 민교협을 결성하기 위해 본격 활동에 들어갔다. 당시 대전에 거주하던 S와 C선배는 학원에 나가다 보니 사무국장을 내가 맡았다.

나는 사무실에 상근하면서 타 단체와 연계하는 한편 각 지역 교사와 어른들을 찾아다녔다. 교사들에게는 서울 민교협에서 발간한 책과 자료를 가져다주고, 어른들에게는 운동의 전개 상황을 말씀드리고 지원을 부탁했다. 정말 눈코 뜰 새 없이 바쁜 하루였다. 가는 곳마다 자료와 유인물을 전해주고, 정세와 타 지역 탄압 사례를 이야기하고, 현장의 이야기를 듣고. 그러니 자취방에 와 자는 때는 일주일에 한두 번이나 될까 말까 할 정도였다.

서울에서 교육민주화선언이 발표되자 우선 급한 것이 충청지역 선언을 조직하는 일이었다. 나는 그 일에 뛰어들었다. 충남은 서울이나 대전처럼 시(市)가 아니라 도(道)이기 때문에 시·군에 흩어져 있는 교사들이 한자리에 모이는 게 쉽지 않았다. 결국 선언을 조직하려면 누군가가 흩어져 있는 교사들을 하나로 묶어낼 사람이 필요한데, 그 일을 해직 교사인 우리들이 할 수밖에 없었다. 나는 선언에 동참할 만한 교사들 명단을 뽑아 하나하나 찾아다녔다. 충남의 15개 시·군을 돌면서 학교 안에서 혹은 밖에서 은밀히 만났다. 대부분 교사들은 내가 전화를 하면 선언 때문에 온 줄 알고 즉각 달려 나와 찬성의 뜻을 표했다. 고생한다며 술을 사주던 사람, 차비나 하라며 주머니에 돈을 찔러주던 사람.

충청교육민주화선언은 그해 6월 14일 천안시 오룡동 성당에서 전·현직 교사 90여 명이 참석한 가운데 진행됐다. 장학사, 교장, 교감 등의 감시 속에 원래 성래운 교수가 '분단시대의 민족교육'이란 주제 강연을 할 예정이었으나 건강 문제로 참석하지 못해, 충북대 Y 교수가 대신 강연하였다. 모두 64명의 현직 교사가 서명한 이날 선언에서 특기할 만한 일은 선언과 함께 「충청지역 교권탄압 사례보고」가 동시에 발표되었다는 점이다. 그동안 학교나 지역에서 이루어진 교사들에 대한 탄압 사례(전화 우편물 감시, 수업 감시, 동향보고, 각서 진술서 강요, 부당 인사조치 등)가 발표됨으로써 참석 교사들의 공분을 자아내기도 하였는데, 이는 선언과 함께 교육 당국의 폐부를 찌르기에 충분한 일이었다.

선언 이후 당국의 탄압은 악랄하게 자행되었다. 공무원인 부모를 소환하기도 하고, 경찰이 여교사를 여관에 감금하고 각서를 요구하기도 하였다. 이 같은 탄압에 교사들은 '6·14 선언에 대한 우리의 결의' 성명을 발표하면서, 내사 중지, 교사들을 불온시하려는 태도 철회 등을 요구했고, 이 요구가 관철되지 않을 경우 서명 명단 공개와 서명 확대 등 대응책을 제시했다. 또한 지역의 재야단체와 연계하여 투쟁하기도 했고, 지역 농민들과 대책위를 꾸려 대응하기도 하였다.

교육민주화선언과 선언에 대한 실천결의대회로 인한 징계 싸움이 한창이던 9월 13일, 대전 제일장로교회에서 '충청민주교육실천협의회'가 창립되었다. 충청민교협은 대전, 충남, 충북의 충청권 교육문제를 해결하기 위해 충남의 P목사, 충북의 J변호사를 공동대표로 선출하고, 자문위원으로 H목사, K신부, 충북대 Y교수, 충북 YMCA 감사 C씨 등을 추대한 후, 사무국장을 내가 맡았다.

창립대회 전날 빈들교회 사무실에서 대회 준비를 하던 나와 S, C 선배가 경찰에 모두 연행되었다. 사무실은 압수수색 당했고 완전 봉쇄되었으며 대회에 참석하기 위해 온 사람 모두가 연행되었다. 다행이 연행되지 않은 참가자들은 대전경찰서를 방문해 불법 연행에 항의하였고, 조사 후 풀려난 연행자들도 흩어지지 않고 끝까지 남아 나와 S의 석방을 요구했다.

대회 후 우린 본격적인 교사운동에 들어갔다. 교사 탄압의 실상을 알리기 위해『충청민주교육』신문을 발간하고, 타 운동 단체와 연대해 민주화 투쟁을 벌여나갔다. 당시 충청민교협은 교사운동의 역량이 저조했던 시기 교육 현장의 많은 문제를 폭로했고, 다른 민주단체와 교육을 매개로 민주화 투쟁을 공동으로 펼쳐나갔다. 충남 공주에 있는 신풍종고 사학비리 투쟁, 교육민주화선언 징계 저지투쟁 등을 지원하는 한편, 문교부 농성, 각종 시위 집회 참가 등 다양한 방법으로 교육민주화 투쟁을 전개해 나갔다. 나는 한 푼도 받지 않고 사무국장으로 상근했고, 학원에 나가는 사람들도 수입의 절반 이상을 자료집, 유인물 제작에 쏟아부었다. 경찰의 감시와 연행, 사무실에 대한 압수수색에도 굴하지 않았다. 지역 교사들을 만나기 위해 쉴 새 없이 돌아다녔고, 전국 사안에 공동대응하기 위해 서울, 광주, 부산, 대구로 발길을 늦추지 않았다.

사무실에는 많은 전·현직 교사와 지역 활동가들이 드나들었다. 저녁이면 포장마차에 가 소주를 마셨고, 그때마다 C선배의 "나도 돈 벌면 닭똥집 사 먹어야지" 하는 노래에 배꼽을 잡았다. C선배는 〈각설이타령〉도 잘 불렀다. 처음부터 끝도 없이 이어지는 노래 사설에 우리는 흥이 나 어깨를 들썩였고 목청을 돋워 같이 불렀다. 그 무렵 나는 한 달 동안 라면만 먹어 병원에 입원한 적도 있었다. 퇴원 후 갈 곳 없는 나를 자기 집에 데려다 정성껏 간호해 준 후배 L의 정성을 나는 지금도 잊을 수 없다.

대학까지 졸업하고 겨우 한다는 일이 경찰이나 끌어들인다는 어머니의 한숨 섞인 말씀을 듣고 돌아온 날, 자취방 구석 서너 되 남은 쌀그릇에 바구미가 들끓는다…….

조용히 선생이나 했으면 왜 이런 고생 하겠냐며 명태조림 비닐봉지에 담아 주시던 어머니의 솜털 돋은 목덜미를 생각하며 나는 쌀그릇을 기어 나오는 그놈들을 죽인다. 책상도 옷가지에도 우리들의 의식 한켠 속에 꾸역꾸역 기어 나오는 그놈들을 죽인다.

_「바구미」 부분

어쩌다 한번 시골집에 가면 어머니는 한숨으로 나를 맞이하셨다. 부모님 모두 나에게 취직해 돈 벌라고는 안 하셨지만, 걱정 어린 눈으로 바라보셨다. 경찰은 시골집에까지 찾아와 나의 동향을 파악해 갔다. 나는 시골집에 갈 때마다 그곳에서 농민운동 하는 후배에게 자료와 유인물을 챙겨다 주었다. 그러면서 우린 서로 민중적 유대감을 느낄 수 있었고, 엄혹한 정세에도 굴하지 않는 신념을 확인할 수 있었다.

11

아, 이순덕 선생님

누구나 그렇듯이 이순덕 선생도 처음엔 평범한 여교사였다. 1956년 예산에서 태어나 1979년 한양대 체육과를 졸업하고 태안중, 서산여중을 거쳐 1982년 예산여고에 근무하기까지 그녀는 멋부리기를 좋아하는 여교사였다. 그런 그녀의 삶이 변화의 전기를 맞게 된 것은 1984년 새로 부임해 온 P선생을 만나면서부터였다. P선생은 학급 운영이나 학생들을 대하는 태도가 남달랐다. 한 번은 P가 만든 학급신문에 학교에 대한 비판적인 내용이 실리자 직원조회 시간에 교감이 신문을 집어던지며 고래고래 소리를 지른 일이 있었다. 그때 P는 너무도 태연하고 당당하게 항변했고, 그 모습이 이순덕 선생에게는 신선한 충격으로 다가왔다. 그 후 이순덕 선생은 자청해서 P에게 책을 빌려 읽었다. 『객지』, 『소외된 삶의 뿌리를 찾아서』, 『노동의 새벽』, 『교사와 권리』, 『페다고지』 등을 읽으며 그는 우리 사회와 역사에 대해 새롭게 공부했다. P의 표현에 의하면 '굶주린 자가 음식을 먹어치우듯, 마른 솜이 물을 빨아들이듯' 그는 탐독하고 토론했다. 이순덕 선생은 훗날 동료들에게 이런 고백을 했다. "학생들에게 잘못 가르친 지난 5년 동안 큰 죄를 지은 것 같았고 한없이 부끄러웠다. 알아야 할 것을 알지 못하는 것이 특히 선생에게 얼마나 큰 죄인가를 깨달았다. 그 뒤 YMCA 활동을 통해 더 많은 선생님을 만나 배우면서 이런 생각은 더 깊어졌다." 그는 자신이 운동을 하느라 기초 지식이 부족한 것을 한스러워하면서, 하루 다섯 시간 이상 자지 않고 책을 읽었다. 그리고 그는 옳다고 생각되는 일은 가능한 한 실천하려고 애썼다.

이순덕 선생은 성격이 활달한 여장부였고 원칙주의자였다. 그는 홍성 Y교협 활동을 열심히 하면서, 전국 교사모임에도 빠지지 않고 참석했다. 뒤풀이 때에는 언제나 수백 명 교사들과 어깨를 겯고 그만의 카리스마적 분위기로 행사장을 압도해 나갔다. 그가 흥겨워 춤을 추면서 즐겨 불렀던 노래 〈아리랑 목동〉이 지금도 귀에 쟁쟁하다.

꽃바구니 옆에 끼고 나물 캐는 아가씨야.
아주까리 동백꽃이 제아무리 고와도
몽매간에 생각나는 내 사랑만 하오리까.
아리아리 동동 쓰리쓰리 동동
아리랑 콧노래를 들려나 주소.

1985년 1월 그는 대전체고로 학교를 옮겼다. 그는 그곳에서 학생들과 적응하려 애썼다. 그러나 장학사와 교장의 지시로 교무실에서 격리됐고, 한 남교사가 사소한 일을 꼬투리 잡아 학생들이 보는 운동장에서 그를 구타하기까지 했다. 등과 얼굴을 맞아 숨도 제대로 쉬지 못한 채 쓰러지는 사고였다. 교장, 교감은 오히려 폭력 교사를 두둔했다. 이 일로 그는 교사들의 의식개혁과 단결의 필요성을 절감했고, 이런 상황에서도 대전 Y교사회 창립을 준비하고 『민중교육』지 사건으로 해직된 교사들을 헌신적으로 뒷바라지했다. 나 역시 민교협 활동을 하면서 이순덕 선생 집에 거의 기거하다시피 하면서 이루 헤아릴 수 없는 도움을 받았다. 그녀의 헌신적 사랑은 탄압과 경제생활의 어려움으로 자칫 위축되기 쉬운 해직 교사들의 용기를 북돋워주었고 어려울 때 견뎌내는 힘이 되었다.

그는 대전체고에서 1년을 못 넘기고 또 다시 서천에 있는 서면중학교로 좌천되었다. 서천에서의 근무는 어려움의 연속이었다. 그곳 교장 황준하는 일제 식민지 시대를 찬양하고 감정적 반공주의에 사로잡힌 인물로 이순덕 선생을 아예 빨갱이 취급해 교무실에서는 물론 지역 주민들에게까지 악선전을 해댔다. 부임한 지 보름 만에 담임을 박탈하고, 학생 노트를 걷어 조사하는 한편, 아이들에게 준 선물까지 압수했다. 학교장은 매 수업시간마다 수업 내용을 감시하고 그와 인사만 해도 해당 교사를 불러 조사하는 행태를 보였다.

숨 막힐 듯한 탄압의 연속이었다. 외딴 곳에서 의논할 사람 하나 없는 외로움과 긴장의 연속이었다. 그런 상황에서 그는 교육민주화선언 서울 행사에 참석하고, 충청교육민주화선언에도 적극 참석하고 서명했다. 이 사실이 알려지자 탄압은 더욱 극심해졌고 그해 8월 충남 도교위로부터 해임을 요구하는 징계의결요구서가 전해졌다. 이에 그는 징계위 출석을 거부했고, 대전지역 민주단체들이 '교권수호공동대책위'를 꾸려 교육감을 찾아가 항의했다. 교육감은 징계위에 출석만 하면 중징계를 하지 않을 수도 있다고 했으나, 그는 원칙적으로 부당한 요구에 응하지 않았다. 잘못한 게 없기 때문이었다.

> 과연 진정한 교사는 어떤 모습이어야 할까? 아이들에게 무엇을 가르치며, 어떻게 가르칠 것인가? 이 아이들을 어떤 인간으로 길러낼 것인가? 하는 것들은 단순하게 생각해버릴 수 없는 심각한 고민들이었고, 그들에게 교육하는 나 자신을 바로세우는 일 또한 힘든 것이었습니다.
>
> _「교권탄압호소문」 중에서

그는 자신의 양심에 비춰 떳떳하지 못한 일들에 대해 일체의 각서나 진술서를 거부했다. 교육민주화선언의 정당성을 투쟁을 통해 극명하게 보여주던 그는 결국 해임되었고, 서천중학교 근무 내내 쌓인 긴장과 피로가 겹쳐 급기야 그해 9월 학교 계단에서 쓰러졌다. 폐암이었다.

그는 흐트러짐 없이 의연한 자세로 투병생활을 했다. 그러나 호전되지 않는 병세는 건강했던 그녀의 몸을 갉아먹었다. 그해 겨울 나는 누군가에게 암에는 멍석딸기나무 뿌리가 좋다는 말을 듣고, 시골에 가 어머니와 함께 산에 올라 그 뿌리를 캤다. 삽과 괭이로 땅을 찍었으나 땅이 얼어 튀어나왔다. 하루 종일 캔 것이 반 가마 정도. 그것을 쇠죽솥에 넣고 밤새 고와 가져다주었으나 소용없었다. 수많은 학생과 교사들이 병문안을 오고 위문편지를 보냈으나 그의 생명은 썰물에 바닷물이 빠져나가듯 어디론가 빠져나갔다. 결국 여러 병원과 기도원을 전전하다 그는 1987년 1월 3일 운명했다.

우린 통곡 속에 그를 대전 천주교 공원묘지에 묻었다. 그 후 나는 1992년 그에 관한 추모 장시(長詩)「어떻게 불꽃은」을 써서 무크지 『민족과 교육』에 발표했다. 시를 쓰기 위해 취재차 서면중학교와 그가 살던 집을 둘러본 일이 있었다. 시골 바닷가 마을에 한적하게 놓여 있던 학교. 학교 앞 그가 살았던 허름한 농가. 농가의 기울어진 문을 밀고 들어서자 안채와 외양간이 있고 그 옆에 사랑방이라고도 할 수 없는 조그만 방이 하나 있었다. 그 방에서 그는 살았다. 움막과 같은 비좁은 공간. 어두컴컴한 공간에 작은 창문으로 한줄기 빛이 비쳐들고 있었다. 그랬구나, 저 창문이었구나. 이순덕 선생은 나를 만나면 방에 밖으로 난 창문이 하나 있는데, 그 창문으로 누군가가 시도 때도 없이 방 안을 감시한다고 했다. 그 말을 떠올리며 눈물이 났다. 이런 누추한 곳에서 갖은 탄압과 박해를 받다 숨을 거두었다니.

그의 죽음은 80년대 교사운동의 최초의 희생이었다. 강물처럼 쉼 없이 흘러온 교사운동이 한 구비를 돌아 대중운동의 바다로 흘러드는 시점에서 맞이한 그의 죽음은 어둔 길을 밝히는 등대처럼 우리들이 가는 길을 오래도록 비추었다.

12

결혼, 6월 항쟁과 복직

그해 나는 결혼했다. 1987년 4월 12일, 신부는 앞서 말한 B. 천안여중에 근무하던 방진희였다. 대학 때부터 같은 문학회에서 알게 된 후 8년 동안 연애 끝에 한 결혼이었다. 처음 처가에 인사차 갔을 때, 장모 될 사람이 나를 보고는 한마디로 잘라 말했다. 내 눈에 흙이 들어가기 전에는 절대 안 된다고. 그러면서 나에 대한 인상을 말했다. "깡통 하나 차면 영락없는 거지"라고. 그런 반대를 다른 가족들이 만류하고 설득하여 결국 결혼에 이르렀다.

결혼하는데 나는 돈이 한 푼도 없었다. 때마침 학민사에서 성래운 선생님 회갑기념논문집을 발간하는데 원고를 하나 쓰라고 했다. 그리하여 쓴 글이 「교육현실과 농촌의 소외」인데, 원고료로 35만 원을 주었다. 그 돈이 내가 가진 돈의 전부였다. 나는 그 돈을 신부에게 주면서 이 범위 안에서 필요한 게 있으면 사라고 했다. 우린 결혼식 예물 따위는 하지 않기로 했다. 나나 신부 측에서나 서로 해 준 것이 시계, 반지, 양복 한 벌이었다.

결혼은 청양 시골집에서 전통혼례로 하기로 하고, 진행을 대전에 있는 문화패 '터'에 맡겼다. '터'는 내가 안면중학교로 갔을 때 배후에서 활동 자금을 댔다는 혐의로 조사를 받게 한 그 문화단체였다. 광주에 계신 윤영규 선생님과 문병란 선생님을 주례로 모셨다. 그러나 문 선생님은 다른 일이 있어 못 오시고, 윤영규 선생님께서 하루 종일 걸리는 거리를 마다하지 않으시고 달려오셨다. 결혼식 전날 미리 외지의 하객들이 몰려들었다. 차가 하루에 네 번밖에 다니지 않아 막차로 미리 온 분들이었다. 대전, 충남, 서울, 광주 등지에서 온 교사, 문인, 활동가들이었다. 결혼식 전날부터 집안이 들썩거렸다.

아침 9시에 시작된 결혼식은 해 질 녘까지 하루 종일 진행되었다. 마을 사람들과 외지 사람들이 뒤섞여 풍물치고 춤추고 노래하고. 하객 중에는 우리를 감시하기 위해 온 형사도 두 명 있었다. 나는 그들에게도 방을 하나 내주어 음식을 차려주며 대접했다.

결혼식을 마치고 우린 천안에 있는 신혼집으로 왔다. 신랑 신부만 온 게 아니라 술 취한 하객들 20여 명이 떼로 같이 몰려왔다. 우린 또 술을 마셨고, 다음 날 늦잠을 자는 바람에 신혼여행 갈 비행기를 놓쳐버렸다. 결국 술도 덜 깬 채 가방에 짐을 꾸려 목포로 가 거기에서 배를 타고 제주도로 갔다. 원래 예약된 일행과 떨어진 우리는 우리대로 일정을 세워 여행하는데, 때마침 4·13 호헌조치(전두환이 대통령 선출방법을 둘러싼 개헌논쟁을 종식시키고 기존 헌법을 고수하겠다고 발표한 특별담화)가 발표되었다. 나는 방송을 들으며 드디어 올 것이 왔다는 생각이 들었다. 그동안 '탁 치니 억 하고 죽었다'던 박종철 고문치사 사건 등으로 국민과 민주화운동 세력의 독재정권 타도 열기가 드높아져 가고 있는데, 전두환은 "개헌논의를 빙자해 실정법을 위반하는 자는 구속 수사를 원칙으로 하겠다"며 엄포를 놓았다.

이 조치가 발표되자 개헌을 요구하던 각계각층의 국민은 이에 반발해 호헌반대 서명운동 및 삭발 단식 등 다양한 형태로 반대운동을 전개했다. 최초에는 종교계를 중심으로 호헌반대 운동이 일어나기 시작했으며, 반대의 물결은 당시 야당이던 통일민주당과 재야세력이 결합한 '민주헌법쟁취 국민운동본부' 결성으로 나타났다.

충청민교협 해직 교사들도 대전충남 국민운동본부에 결합했다. 나는 신혼집이 천안이었지만, 대전에서 자는 경우가 더 많았다. 박종철 고문치사 은폐가 폭로되자 전두환 정권에 대한 전 국민의 분노가 끓어올랐고, 국민운동본부가 민정당 대통령후보 지명대회가 열리는 6월 10일을 기해 '박종철 군 고문치사 조작은폐 규탄 및 호헌철폐 국민대회'를 열 것을 발표하면서 6월 항쟁의 막이 올랐다. 6·10 대회, 5박 6일간 명동성당 농성, 최루탄 추방대회, 국민평화대행진 걷기대회 등으로 이어진 20일간의 항쟁.

대전역에서 충남도청에 이르는 6차선 도로가 연일 시위 인파로 뒤덮였다. 대학생, 노동자, 회사원, 주부, 중고생에 이르기까지 수만 명이 거리에 나와 밤늦도록 '독재타도 호헌철폐'를 부르짖었다. 나는 6월 항쟁이 일어나던 6월 10일부터 천안에 가지 않고 대전 민교협 사무실에서 잤다. 나는 이 싸움이 끝날 때까지 신발을 벗지 않겠다는 각오로 신발을 신은 채 사무실 스티로폼 위에서 잤다. 아무리 많은 유인물을 만들어도 오히려 부족했다. 거리는 최루가스로 뒤덮여

버스가 지나가면 허연 분말이 먼지처럼 일었다. 헬리콥터에서 시위 군중을 향해 최루액을 분사했다. 빠바방—, 수도 없이 지랄탄이 터지고 백골단이 덮쳤다. 나는 황급히 흩어지는 군중들과 함께 어디론가 뛰어들었다. 최루가스를 뒤집어써 앞을 볼 수 없었다. 피신한 한쪽 구석에서 진정한 후 살펴보니 건물 내부가 눈에 익었다. 이상하다, 이상하다 하면서 건물 안을 더 살폈다. 대전경찰서였다. 경찰서마저 경찰이 한 명도 없이 텅 비어 있었다.

6·29 선언이 있었다. 직선제 개헌을 받아들이겠다고 했다. 시내버스를 타고 가던 나는 내 귀를 의심했다. 우리의 투쟁이 승리했기 때문이었다. 6·29 선언 이후 민교협 사무실은 제13대 대통령 선거 공정선거감시단 사무실로 전환해 활동했다. 김대중, 김영삼 씨 분열로 민정당 노태우가 대통령에 당선된 그 선거였다. 우리는 활동 중 백색테러를 당하기도 했다. 정체불명의 폭력배들이 사무실에 난입해 상근자를 폭행하고 집기를 부수며 유인물을 탈취해 갔다.

『민중교육』지 사건 이후 3년여에 걸쳐 활동한 민교협 활동. 이후 해를 넘겨 우리는 한 학기에 걸쳐 복직투쟁에 전념했다. 거리 홍보, 서명, 집회, 교육감실 점거농성 등을 하면서 복직투쟁을 하는 동안, 딸 조시원이 태어났고, 첫 시집 『교사일기』가 실천문학사에서 발간되었다. 그리고 1988년 그해 나는 온양여중으로 복직했다.

13

전교협과 온양여중

1987년 6월 항쟁으로 교사운동은 본격적으로 대중화되었다. 80년대 초 소모임 활동 수준에서 전개된 교사운동은 『민중교육』지 사건, 교육민주화선언 등을 거치면서 대중적인 조직운동으로 발전해 나갔다. 그리고 그 첫 결실이 1987년 9월 27일 '민주교육추진 전국교사협의회(전교협)' 결성으로 나타났다. 전교협은 창립 이후 교육법 개정 투쟁을 가장 핵심적인 과제로 삼고, 전교조가 결성되는 1989년 초까지 치열하게 교육악법 철폐 투쟁을 전개했다. 전교협의 교육법 개정 투쟁의 내용은 교사들의 자주적인 활동을 위한 교원의 노동3권 보장과 사립학교 교원의 신분보장, 교육내용 쇄신을 위한 국정교과서 제도 폐지와 검인정제 개선, 학교 민주화를 위한 교장 선출 임기제 실시와 교무회의 의결기구화, 학생 자치활동 보장 등이었다.

충남에서도 민주교육추진충남교사협의회(충교협)가 그해 9월 천안 '시온소 교회'에서 결성되었다. 충교협이 결성되자 시·군 단위 지역교사협의회(지교협)가 결성되었고, 학교 단위 평교사회가 우후죽순처럼 결성되었다. 나 역시 복직하여 온양여중에 근무하면서 평교사회 활동을 열심히 하였다. 리본 달기, 지역 야당 당사 항의방문 농성, 거리 선전전 등에 참여했다. 우린 학교에서 불퇴근 단식 농성도 벌였는데, 농성 중 나이 드신 여선생님이 싸우더라도 먹고 싸우라며 들통에 죽을 한가득 쑤워 와 너무 고마워한 적도 있었다.

나는 평교사회를 통한 학교모임 활동에 참여하는 한편 교과모임 결성에도 열심이었다. 국어교사모임을 결성한 일도 그 무렵이었다. 공주사대 재학생이던 L에게 각지에 흩어져 있는 국어교사 명단과 교통비를 준 후, 교과모임 결성 취지에 찬성하는 분들을 모아 국어교사모임을 결성했다. 나는 충남국어교사모임 일을 하면서 교과서 분석, 어떤 주제를 담은 사진을 갖고 하는 사진말 수업, 글쓰기 지도 사례 등을 담은 『실천교육』이라는 책을 펴내기도 하였다. 국어교사모임이 결성되자 미술, 도덕교사모임도 잇따라 준비했는데, 나는 그 교과 실무자들을 만나 도움을 주기도 하였다.

14

전교조 결성과 2차 해직

전교협의 교육법 개정투쟁은 일정부분 성과를 내기도 했다. 그러나 교원의 노동3권 보장은 여소야대 국면에서 야3당 합의로 국회를 통과하는 성과를 이끌어냈으나 대통령의 거부권 행사로 끝내 제도화되지 못하였다. 결국 교사들은 1989년 2월 전국대의원대회에서 상반기 중에 전국교직원노동조합(전교조)을 결성하기로 결의하고, 1989년 5월 14일 발기인 대회를 거쳐, 28일 연세대에서 윤영규 선생님을 초대 위원장으로 선출하고 결성되었다.

교사들의 노동조합! 그것은 우리의 역사와 교육이 가야 할 귀결이다. 87년 이후 우리 사회 곳곳에서 거대한 물결이 되어 일어나는 노동조합을 보라. 연구 전문직, 언론·방송인들도 노조를 건설하여 진정한 삶의 보람과 권리를 찾으며, 사회 민주화에 기여하고 있다. 우리 교직원노동조합의 결성은 이 땅의 민주화를 이루는 가장 빠른 지름길이다.

_「발기선언문」 부분

한편 경찰은 대회장에 들어가려던 교사 천여 명을 굴비 두름으로 연행했으며, 민주당 당사에서 농성 중인 지도부 중 사전구속영장이 발부된 4명의 신병인도를 요청하였다.

충남에서도 전교조 충남지부가 6월 11일 공주대 민주광장에서 결성되었다. 한편 6월 30일 문교부는 법외노조인 전교조 참여교사에 대해 9월 1일까지 주동자는 파면, 해임, 형사 고발하고 단순가담자는 감봉, 탈퇴할 때는 처벌 완화를 지시하였다. 7월 9일 전교조 합법성 쟁취를 위한 범국민대회가 개최되었는데 경찰은 이 대회에 참석한 교사 1,800여 명을 무차별 연행하였으며, 문교부는 연행자들이 탈퇴하지 않으면 전원 파면, 해임시킨다는 강경조치를 취했다. 이에 맞서 전교조는 단식수업 등을 진행했으며, 이러한 교사탄압에 분노한 학생 시위가 곳곳에서 터져 나왔고, 시험·등교 거부 사태 등 상황이 악화일로로 치달았다. 따라서 일부 학교는 조기방학에 들어가기도 하고, 전교조 탈퇴압박이 강화되면서 방학을 맞아 600여 명이 7월 26일부터 8월 5일까지 명동성당에서 단식농성에 돌입했다. 그러나 문교부는 끝내 탄압의 칼을 휘둘러 8월 7일 전교조와 관련하여 파면 143명, 해임 320명, 직권면직 112명, 미탈퇴자 1,938명 중 995명을 직위해제했다고 발표했다.

나도 8월 4일 직위해제되어 해임되었다. 온양여중으로 복직한 지 1년도 채 되지 않아 다시 해직의 길에 들어선 것이다. 해직 후 나는 충남지부 쟁의부장을 두 달 동안 맡은 후 서울 본부로 올라갔다. 당시 정책실장으로 일하던 K선생(그는 『민중교육』지 사건으로 구속되었다가 복직되지 않은 채 전교조 결성 후 정책실장을 맡았다)이 함께 일하자는 제의가 있어서였다. 정책실에는 기획국과 연구국이 있었는데 나는 연구국장을 맡았다. 기획국이 당면 현안에 대한 정책을 내오는 곳이라면 연구국은 대체로 중장기적 발전 방향에 대한 연구를 맡았다. 우리는 한 팀이 되어 움직였다. 우린 내·외부에서 발간된 여러 문건을 비롯하여 정세분석 자료, 투쟁자료, 책 등을 읽고 공유했다. 지역별, 급별(초중등, 공사립) 활동의 전형 사례를 창출하기 위해 지역 활동가와 끊임없이 접촉했다. 이 시기 나는 통일민주당 J의원과 결합하여 그해 처음으로 실시된 국정감사에 참여했고, 본부에서 유상덕 선생과 함께 대외사업국 일을 하기도 했다. 나는 주로 농민분과 쪽을 맡았는데, 지역에서 교사와 농민이 서로 연대해 어떻게 지역 민주화운동을 풀어나갈까를 모색했다. 본부 일을 하면서 충남지부 일도 겸했다. 각 교과별 연합 모임인 교과위원회를 맡았으며, 국어교사모임 사무국장 등 공식적인 직책만 무려 여덟 가지였다.

한 번 시작하면 열 시간 스무 시간 계속되는 회의, 전국 활동가들과의 만남, 투쟁 지원 등으로 집에 들어오는 날이 한 달에 절반도 안 되는 때가 많았고, 하루 일과를 시간 단위로 쪼개 움직이기도 하였다. 나는 전교조로부터 활동비 14만 원을 받았다(생활 여건에 따라 해직 교사를 A, B, C 3등급으로 분류했는데, 나는 아내가 교사라 C급에 해당되어 14만 원을 받았다. 원래는 15만 원인데 조합비 1만 원 떼고 14만 원을 받음).

그 당시 우리는 처가에 맡겨둔 딸을 직접 기르기 위해 데려온 적이 있었다. 그러다 두 달 만에 포기하고 도로 처가로 데려다 주었다. 도저히 불가능해서였다. 아내가 출근하는지라 딸을 같은 아파트 아주머니에게 맡겼는데 여러 문제가 생겼다. 결국 우리는 다른 사람에게 맡기느니 외할머니 사랑을 받고 자라는 게 좋겠다 싶어 다시 데려다 주었다. 서울 사무실엔 거의 매일 가면서도 딸은 한 달에 한 번 볼까 말까 한 생활. 도저히 인간적이라 할 수 없는, 그러나 어쩌지 못하는 그런 생활이 3년간 계속되었다.

그러다 결국 문제가 생겼다. 1992년 전교조 교과위원장 직책을 맡아 서울 낙성대역 근처 사무실로 출퇴근할 때였다. 한 번은 해직 교사들에 대한 건강검진을 할 테니 준비하라는 통보가 왔다. 서울 인도주의실천의사협의회와 참교육 학부모회, 그리고 전교조 후원 교사들이 본부에 상근하는 해직 교사들의 건강검진을 하도록 주선한 것이다. 결과는 재검이었다. 간에 이상이 있으니 재검을 받으라고 했다. 그러나 나는 이 은혜로운 제의를 묵묵히 묵살했다. 괜히 더 검사를 받아봐야 좋은 결과가 나올 리 없고, 그렇게 되면 어차피 치료도 제대로 못하는 상황에서 스트레스만 더 받겠기 때문이었다. 솔직히 해직 생활 4년에 몸이 성하다면 다행이지만 그렇지 않다고 누가 한가하게 심신을 돌보겠는가?

그렇게 1년을 더 버틴 후 본부 일을 정리하고 충남으로 내려왔다. 충남에 오니 우선 마음에 여유가 있어 좋았다. 매일 전국을 정신없이 돌아다니다 충남에만 있다 보니 이웃집 마실 다니는 기분이었다. 그렇게 조금 여유 있게 지내는데 아내가 병원에 가 정밀검진을 받아보라고 했다. 그 결과 몸 가운데 성한 곳은 방광 한쪽뿐이었다.

간은 지방간에 콜레스테롤 수치가 300이 넘었고, 위는 위하수체, 폐는 왼쪽이 석회질화 되어 있어 엑스레이로 보아도 한 쪽이 허옇게 죽어 있었다. 또 언제 앓았는지 늑막염을 앓아 물이 차서 폐 양쪽 아랫부분이 죽어 있었다. 그리고 신장엔 신석이 박혀 있었다. 살고 싶으면 담배부터 끊어라. 의사가 단도직입으로 내게 한 말이었다. 그리하여 나는 중학교 때부터 피운 담배를 약 1년간 끊게 되었다.

약을 먹으며 충남지부에서 정책실장과 교과위원장을 맡고 있던 나는 대전·충남 국민연합 사무국장으로 파견되었다. 해직된 Y와 같이 갔는데, 국민연합은 학생, 노동, 농민, 종교, 청년, 빈민 등 여러 부문의 단체들이 연대해 대전 충남지역 민주화 투쟁을 하기 위해 조직한 단체였다. 당시 집행위원장을 맡았던 강구철 씨는 유신독재 체제에서 '민청학련' 사건의 주모자로 몰려 사형을 선고받았는데, 이후 감형되어 출옥 후 대전에서 민주화 투쟁에 헌신했다. 그러나 불행히도 암에 걸려 별세했는데 평소 그의 선하게 웃던 미소가 잊히지 않는다.

'충남교사문학회'(충남교사문학회는 이듬해 1993년 5월에 창립함)를 조직한 일도 이 무렵이었다. 국어교사모임과는 다르게 '문학'에 관심이 있는 교사들을 모아 조직했는데, 이후 전국 단위 '교육문예창작회'와 함께 '시와 노래의 밤' 행사 등 여러 문화 활동을 전개해 나갔다.

이 시기 있었던 일 가운데 한 가지만 더 이야기하고 정리하자. 오래도록 내 인격 형성에 영향을 미친 일, 책과 관련된 이야기이다.

80년대는 한마디로 유인물(팸플릿, 흔히 팜)의 시대였다. 한국사회 구성체와 변혁운동에 관한 백가쟁명식 논쟁이 끊이지 않았고, 그것은 대부분 팜의 형태로 전달되었다. 경찰의 압수수색을 피하기 위해 늘 긴장하면서 주고받은 팜에는 걸리면 즉각 국가보안법으로 들어갈 위험한 것부터 여러 가지가 있었다. 또 80년대에는 사회과학 서적이 봇물을 이루어 출간되었다. 나 역시 그 책과 팸플릿을 두루 섭렵하며 지냈는데, 80년대와 90년대 초, 그러니까 전교조로 해직되어 복직되기 전까지 내가 읽은 책 가운데 유독 나에게 영향을 끼친 책이 하나 있다. 러시아 작가 체르니셰프스키가 쓴 소설『무엇을 할 것인가』가 그것이다.

이 책은 지은이가 19세기 중반 차르 정권 하에서 러시아 사회의 변혁을 꿈꾸고 혁명을 주도하다 국가 전복 혐의로 수용소에 갇혔을 때 썼는데, 이후 러시아 혁명 과정에서 젊은이들의 필독서가 되었다. 후에 레닌이 그가 쓴 소책자 이름을『무엇을 할 것인가』로 했을 정도로, 그의 독특한 행동미학은 단순히 이 소설을 미적 감동의 차원을 넘어 읽는 이의 행동을 변화시키는 사상적 감동으로까지 확대시켰다. 그런 면에서 체르니셰프스키는 단순한 작가라기보다는 사상가로 봄이 옳다. 사상가는 타인에게 영향을 주어 그의 행동을 변화시키는, 그런 힘을 가진 사람이기에 말이다.

내가 이 소설을 읽은 게 80년대 후반. 이 책을 읽은 후 나는 '원칙'에 대해 생각하게 되었고, 나도 생활 속에서 어떤 원칙을 정해 지키려고 애썼다.

소설『무엇을 할 것인가』는 베라 파블로브나라는 한 여성이 봉건적 가정의 억압에서 벗어나 사랑에 눈뜨고, 사회적 실천(꼬뮌)으로 그녀의 행동이 확대되어 가는 과정에서 두 남성과의 사랑 관계를 그리고 있다. 그런데 여기에 라흐메토프라는 걸출한 인물이 나온다. 라흐메토프는 한 마디로 원칙주의자이다. 지금도 그의 원칙주의적 면모가 기억에 생생하게 남아 있는데, 이를테면 이렇다. 그는 절대 시간을 낭비하지 않는다. 쓸데없는 잡담으로 시간을 허비하지 않고 그런 자리엔 가지도 않으며, 언제나 필요한 말만 직설적으로 한다. 그는 자신의 체력을 보강하기 위해 고기를 사 먹는 일 외에 돈을 낭비하지 않는다. 경험을 중시하여 실제 노동에 참여하고, 깨진 유리가 깔린 나무판 위에서 잠을 자며 그 고통을 견딘다. 책도 원전이 아니면 읽지 않는다. 원전을 다시 편집하거나 재해석해 놓은 책을 읽는 일은 시간 낭비일 뿐이다.

그가 이렇게 자기 원칙을 철저히 지키는 이유는 오로지 하나 '혁명적 인간'으로 단련되기 위해서다. 그는 생활을 통해 자신을 부단히 개혁하고 단련함으로써 앞으로 다가올 혁명에 대비한다. 체르니셰프스키가 창조한 소설 속 인물은 자신의 이익과 사회의 이익이 일치해야 한다는 신념에 따라 행동하는 인물로, 당시 러시아 사회의 많은 이들에게 혁명적 인간의 본보기가 되었다. 이른바 혁명가는 어떤 종류의 사람이며, 어떤 행동 규칙을 준수해야 하고, 어떻게 생활하고, 어떻게 목표를 세우며, 그것을 달성하기 위해 무엇을 할 것인가에 대한 기준을 제시한 것이다.

나는 이 책을 읽은 후 '생활 속에서의 진보'란 무엇인가에 대해 생각했다. 그리고 그것을 지켜내기 위해 구체적으로 어떻게 해야 하는지에 대해 늘 생각했다. 예를 들어 책을 하나 골라 읽는 일부터 하루 24시간을 어떻게 배분하여 생활해야 하는지, 우리 가정에 녹아 있는 반봉건적 요소(남녀차별, 제사 등)에서부터 폭력적, 군사적, 저질의 생활문화에 대한 저항까지 어떤 행동 규칙을 가지고 생활해야 하는지를 고민했다. 겉으로는 '민주 투사'인 사람이 막상 집에 가서 하는 행동은 남과 다를 바 없는 그런 사람을 너무 많이 보았기 때문이었다.

원칙은 짠맛을 잃지 않는 거였다. 짠맛을 잃은 소금은 소금이 아니듯, 급변하는 현대사회에서 자신을 지키려면 자기만의 어떤 원칙이 있어야 한다. 그래서 원칙을 지킨다는 것은 답답하고 피곤한 일이다. 주변 사람을 불편하게 하기도 하지만 먼저 자기 자신을 옥죈다. 손해를 봐야 할 때도 있고 인심을 잃을 때도 있다. 그러나 나는 지금도 체르니셰프스키가 창조한 인물 라흐메토프의 그 견결한 원칙주의에 동의한다. 입을 맞춘다. 그렇게 생활 속에서 지켜내는 원칙이 없다면 거대한 해일로 밀려드는 물질문명에 흔적도 없이 휩쓸려버리기 때문이다.

5부

1

아름다운 사람

1994년 3월 나는 서산중학교로 복직되었다. 3당 합당으로 대통령이 된 김영삼 정권에 의해서였다. 신규 특별채용 형식이었다. 그러다 보니 81년에 첫 발령을 받은 내가 94년에 첫 발령을 받은 결과가 돼 버렸다. 단지 그 이전에 근무한 경력 5년만 호봉에 인정되었을 뿐이다.

나는 열 받아 끊었던 담배를 다시 피웠다. 복직도 원상복직이 아닌 신규채용이요, 게다가 발령지까지 서산이라니. 천안서 서산까지는 90킬로미터. 자동차로도 거의 출퇴근이 불가능한 곳이었다. 그러나 어쩔 수 없었다. 3월 개학하기 전 인사차 학교에 갔더니 천안서 출퇴근하는 사람이 인근 학교에 있다는 말을 해주었다. 알아보니 후배 K였다. 그날부터 나는 같이 복직한 K선생과 왕복 서너 시간이 족히 걸리는 거리를 출퇴근하게 되었다.

그런 어느 날, 봄기운이 무르익어 가는 4월 어느 날이었다. 나는 지금까지 내 생애에 가장 가슴 아픈 일을, 가장 견디기 어려웠고 그러나 견뎌야 했던 일을 그해 겪었다. 그때 쓴 시가 「아름다운 사람」이라는 시인데, 이 시에는 겉으로 드러나 있는 시의 분위기와는 달리, 나의 비참함, 참혹함 등이 묻어 있다.

공기 같은 사람이 있다
편안히 숨 쉴 땐 있음을 알지 못하다가
숨 막혀 질식할 때 절실한 사람이 있다.

나무그늘 같은 사람이 있다.
그 그늘 아래 쉬고 있을 땐 모르다가
그가 떠난 후
그늘의 서늘함을 느끼게 하는 이가 있다.

이런 이는 얼마 되지 않는다.
매일같이 만나고 부딪는 게 사람이지만
위안을 주고 편안함을 주는
아름다운 사람은 몇 안 된다.

세상은 이들에 의해 맑아진다.
메마른 민둥산이
돌 틈을 흐르는 물에 의해 윤택해지듯
잿빛 수평선이

띠처럼 걸린 노을에 아름다워지듯

이들이 세상을 사랑하기에
사람들은 세상을 덜 무서워한다

_「아름다운 사람」 전문

이 시에 얽힌 자세한 이야기는 다음 기회로 미루고 싶다. 아무튼 호사다마(好事多魔)라고 했던가. 내가 복직되어 겨우 살만해졌다 싶은 때에 집안에 우환이 닥쳤다. 그동안 아내는 내가 해직되었던 지난 9년 동안 굳건히 직장과 집안일을 해 왔다. 나로 인해 학교에서 모진 탄압도 받았다. 경제적으로 한 푼도 도움을 주지 못한 나에게 아내는 잔소리 한 번 늘어놓지 않았다. 그렇게 강하게 버틴 사람에게 우환이 찾아든 것이다. '여기서 나마저 문제가 생기면 우리 집은 끝장이다.' 나는 이를 악물고 강해지기로 했다. 마음을 모질게 먹고 생활하기로 했다. 매일 도시락을 싸고(눈물이 나와 다른 사람과 점심을 같이 먹을 수 없었다), 출근할 때마다 백 원짜리 동전을 한 움큼씩 준비했다. 쉬는 시간 학교 공중전화로 전화하기 위해서였다. 교무실 전화는 쓸 수 없었다. 전화 도중 터져 나오는 눈물을 주체할 수 없어서였다. 집에 와서는 안절부절 아무 일도 할 수 없었다. 도움을 줄 수 있는 분들에게 전화해 말씀드리면, 우선 좀 쉬는 게 좋겠다고 했다. 나나 아내가 그동안 너무 긴장해 있다가 그 긴장이 풀려 일시적으로 그런 것이니 좀 쉬라고 했다.

숱한 죄책감이 몰려들었다. 그동안 교사운동과 민주화운동에 미쳐 싸돌아다녔으면서도 한 번도 가족의 처지를 생각하지 못한 내가 너무 한심했다. 나를 위해 지난 세월 온몸으로 헌신한 사람이 지금 피를 쏟고 있다는 생각에 미칠 것만 같았다. 그러면서 자괴감과 모멸감이 치밀어 올랐다. 나는 잠도 방에서 잘 수 없었다. 싱크대 옆에 쪼그리고 앉아 밤을 새웠다. 가정과 가족에 대한 아무 생각 없이 나 혼자 좋다고 밖으로 나돌아 다닌 일이 후회의 칼날이 되어 가슴을 저몄다. 피가 마르는 하루하루에 미쳐버릴 것 같았다.

그때 하는 일이란 시를 쓰는 일뿐이었다. 뜬눈으로 밤을 새운 끝머리 나는 시를 썼다. 시를 썼다기보다는 시가 나를 찾아왔다고 해야 할 것이다. 고통에 잠겨 있는 나를 시가 찾아와 주었다. 시를 쓰고 나면 마음이 조금은 평화로워졌다. 하루에 한 편씩 눈물로 시를 썼다. 참회의 시, 눈물의 시. 그러면서 기도했다. 우리 가족과 가정을 위한 일념의 기도였다. 아, 인간이 할 수 있는 일이라는 게 얼마나 미약한가? 위태롭지 않을 경우 인간은 자신이 모든 일을 다 할 수 있을 것으로 생각한다. 그러나 위태로워지면 신을 찾는다. 자신이 할 수 있는 일이 아무것도 없기 때문이다.

나 역시 불가항력의 상황에서 자연스럽게 '하느님'을 찾았다. 시와 기도. 이 두 가지뿐이었다. 시는 나에게 다가온 것이지만, 기도는 내가 신을 찾아 다가가는 것이었다. 이 두 가지가 나를 구원한 것은 사실이지만 그렇다고 나 자신에 대한 자책감이 사라진 것은 아니었다.

나는 이 일을 겪으며 왜 나는 그동안 '작은 것'들을 보지 못했을까 하는 자각에 이르렀다. 작은 것들이 가져다주는 행복과 소중한 의미를 왜 느끼지 못했을까. 왜 소중한 사람을 곁에 두고 그것을 몰라보았을까. 공기 같고 나무그늘 같은, 평소에는 있는 듯 없는 듯 알지 못하다가, 그 존재가 사라지면 곧바로 질식할 것 같은 그런 아름다운 사람을 왜 몰라보았을까. 그러면서 생각했다. 정말 세상을 맑게 하는 이들은 나 같이 '나 하나'만을 생각하는 그런 사람들이 아닌, 다른 이의 상처를 감싸 안아 위안을 주는 사람들이 아닐까? 이들의 소리 없는 희생에 세상은 맑아지는 것이 아닐까? 이들이 세상을 사랑하기에 사람들은 그래도 세상을 살 만한 곳으로 여기게 되는 게 아닐까. 이러한 깨달음을 내게 주기 위해, 미욱한 나를 깨우치기 위해, 누군가 다른 사람이 나 대신 십자가를 지는구나. 고통의 십자가를.

2

우리말 공부

1학기까지 서산으로 출퇴근 하다 2학기부터 나는 교원아파트에 살게 되었다. 서산에는 교육청에서 운영하는 교원아파트가 있었는데, 거기에 이미 살고 있던 P선생 방에 얹혀살았다. P는 교사로서는 보기 드물게 앞뒤가 휑 뚫린 고속도로 같은 이였다. 대부분 교사들이 좀 쪼잔한 데 비해 그는 그렇지 않았다. 그곳에서 시 쓰는 C선생도 같이 만났는데, 우린 수업이 끝나면 간월도 등 인근 바닷가로 나가 술을 마셨다.

2학기 들어 학내 분규가 있었다. 유도부 운영을 둘러싸고 지도교사 J와 전교조 분회가 대립한 것이다. 이 싸움은 2학기 내내 교육 당국뿐만 아니라 지역사회 모두의 이목을 집중시켰고, 그 결과 학교장, 지도교사 J, 싸움을 주도했던 P, 그리고 내가 학교를 뜨는 것으로 일단락되었다. 그리하여 나는 1년 만에 서산중학교에서 가야산 자락 하나 넘어 예산에 있는 고덕중학교로 학교를 옮겼다.

그런 어느 날, 나는 그동안 내가 쓴 글들을 다시 읽어보았다. 그동안 여기저기 발표한 것들이었는데, 몇 편 들추다 말고 이내 원고를 닫아버렸다. 글에서 독기(毒氣)가 뿜어져 나와 더 이상 읽을 수가 없었다. 시대 상황을 담고 있으면서도 시대 변화의 추이를 뛰어넘는 글이 좋은 글일 텐데, 그동안 내가 쓴 글은 전혀 그렇지 못했다. 소위 시대가 바뀌어서 그런 게 아닌가 생각했다. 그동안 90년대 들어 진행된 사회주의권 붕괴와 포스트모더니즘(비역사성, 비정치성, 주변적인 것의 부상, 주체 및 경계의 해체, 탈장르화 등의 특성을 갖는 예술상의 경향과 태도)의 확대로 문학을 보는 사람들 시선이 80년대에 비해 확 바뀌어져 있어서였다.

그러나 꼭 그렇지만도 않았다. 그동안 내가 쓴 글을 보니 적개심이 곳곳에 배어 있고, 불에 탄 건물처럼 그을음이 흉하게 묻어 있었다. 르포적이라는 느낌을 지울 수 없었다. 침탈과 저항이라는 시대 상황에서 문학은 '반역의 언어'가 될 수밖에 없다는 위안을 가져보기도 했다. 인간성을 파괴하고 그것에 기초해 유지되는 군사 파시즘 사회에서, 문학은 '문학다움'보다는 고발과 증언을 강력히 요청받을 수밖에 없고, 그 일에 충실할 때 문학은 사회적 역할을 다하지 않을까 생각하기도 했다. 그러나 아무리 그렇다 해도 이건 아니었다.

'다시 시작하자. 지금까진 운동에 전력투구했는데, 이제 운동은 내가 없어도 스스로 굴러갈 역량이 쌓이지 않았는가? 나까지 운동 일선에 나설 필요는 없다. 대신 그동안 제2선으로 제쳐놨던 문학에 전념하자.' 나의 내면 깊은 곳에서 끝도 없이 이런 소리가 들려왔다.

글을 써야 한다는 생각이 어떤 명령처럼 느껴졌다. 그 전에도 이런 조바심은 여러 번 있었다. 내가 쓴 글이 온전한 생각이나 느낌을 담아내지 못한 쪼가리 같다는 생각을 여러 번 했었다. 그리하여 두문불출. 나는 문학에 전념하기로 했다. 그러면서 몇 가지 원칙을 세웠다. 첫째, 전교조 활동은 학교에서 분회활동만 한다. 두 번째, 운동할 때 못지않게 자기 성실성을 지킨다(게을러짐을 방지하기 위해 새벽에 일어나 글을 쓴다). 세 번째, 가능한 한 사람을 만나지 않는다.

나는 만나는 사람마다 이 일을 공표했다. 앞으로 운동 일선에서 물러나 문학에 전념하겠다, 아무리 생각해도 그것이 내가 해야 할 일이다, 그렇다고 대충 농땡이 치거나 허튼짓은 하지 않을 테니 지켜봐 달라. 그러나 나에 대한 비판의 소리가 여기저기에서 들렸다. 운동 판으로 끌어들여 놓고 이제 와서 자기만 빠져나간다는 비판이었다. 그 소리가 아팠다. 그렇지만 나는 처음 결심했을 때의 마음을 지켜나갔고, 이런저런 말들 가운데에도 나를 이해하고 지켜보는 사람이 있다는 것을 알았다.

그러면서 시작한 일이 우리말 공부였다. 그즈음 나는 시보다 소설에 관심을 두고 있었다. 시도 나름대로 묘미가 있지만 시로 담아내지 못하는 이야기가 많았다. 그리하여 소설에 관심을 갖게 되었는데, 소설을 쓰는 데 가장 기본적인 것이 어휘력이란 생각이 들었다. 어휘력이 빈약해서는 아무리 좋은 생각도 제대로 표현할 수 없기 때문이었다. 나는 먼저 우리나라 소설을 읽어나갔다. 그 가운데 우리말을 알아보게 한 소설 두 권을 꼽으라면 홍명희의 『임꺽정』과 이기영의 『두만강』이다. 홍명희와 이기영 소설은 우리말의 성격이 어떤지를 일깨워준 보고(寶庫)와 같은 책이었다.

나는 우리말을 공부하며 어려서 우리 부모님이 쓰던 말을 다시 만났다. 부쩌지 못하다, 쇠임직하다, 한갓지다, 두시럭떨다, 싸게싸게, 몽근벼, 에지간하다, 시부저기, 청처짐하다, 가물쓰다, 난리통구리에, 옴니암니, 마뜩찮다, 수더분하다, 대중치다, 지청구먹다, 숭덩숭덩 썰다, 지랄 정쳤다구, 갱신 못하다 등 이미 사전 속에 묻혀 있는 말들이 생생하게 살아 올랐다. 말뿐만이 아니었다. 문장 또한 그러했다. "숨이 콱! 콱! 막힌다. 논꼬에 고인 물이 부글부글 끓어오른다. 텀벙! 뛰어드는 개구리는 두 다리를 쭉 뻗고 빼드러진다. 그놈은 비시감치 자빠지면서 입을 딱딱 벌리었다."(『두만강』 1권) 이런 말을 보면 그 말에 담겨 있는 생활 정서, 그 말을 하는 사람의 의식과 감정을 송두리째 느낄 수 있었다. 말이 담고 있는 의미와 정서가 괴리되어 있지 않았다.

나는 우리말이 사람의 감정과 정서를 표현하는 데 적합한 말임을 알았다. 서양 언어가 추상적 개념과 논리적 정합성을 드러내는 데 적합하다면, 우리말은 말하는 이가 처한 상황을 드러내는 데 적합한 말이다. 우리말은 상황 언어다. 우리말은 사실을 전하고, 사물을 그려내 보이며, 말하는 이의 감정을 상황에 맞게 드러내는 데 알맞은 말이다.

우리말을 공부하면서 우리말 목록을 만들었다. 책에 나오는 말이나 시골 어른들이 하시는 말 가운데 놓치지 않고 뽑아 정리한 목록이었다. 그 목록을 녹음테이프에 녹음해 시간 날 때마다 듣고 외웠다. 그 말이 온전히 나의 일부가 되도록 하기 위해서였다. 그렇게 시작한 우리말 공부가 시간이 지나자 내 영혼의 한 부분이 되었고, 이후 글을 쓰는 데 상당한 도움이 되었다.

3

일상과 일상성

지나고 나서 생각해 보면 내가 무슨 일을 한 게 아니라 무슨 일이 나를 통해 이루어졌다는 생각이 들 때가 있다. 책도 그러하다. 내가 책을 찾아 읽은 게 아니라 그 책이 나를 찾아와 읽혔다는 생각이다. 나에게 '일상'과 '일상성'에 대해 충격적으로 제시한 앙리 르페브르의『현대세계의 일상성』이라는 책도 그러하다. 반복되는 장거리 출퇴근, 판에 박힌 듯한 학교 업무, 매일 보는 똑같은 사람들. 지루하게 반복되는 일상 속에 나는 거의 정신을 차리지 못한 채 허우적대고 있었다. 문학도 운동도 지리멸렬해져 가는 가운데 하루하루 출퇴근하기에 바쁜, 그리하여 일상의 늪에 빠져 있는 그러한 때, 이 책이 날 찾아와 내 앞에 놓였다.

일상성은 우선 보잘것없다. 지루한 임무, 모욕적인 인간관계, 언제나 반복되는 사물들 혹은 상품들과의 관계, 늘상 해결되지 않는 돈이나 욕구와의 관계 등등. 요컨대 궁핍의 존속이고, 부족함의 연장이며, 박탈, 억압, 채워지지 않는 욕망, 비천한 인생의 반복이다. 이것이 일상성의 비참함이다.

그러나 일상성에는 비참함만이 있는 것은 아니다. 그 속에는 온갖 창의성과 기쁨, 쾌락도 들어 있다. 아인슈타인이 상대성 이론을 발견한 것도 지루한 어느 일상적 하루 중에서였고, 위대한 예술작품이 만들어지는 것도 어느 권태로운 일상 속에서일 것이다. 그러나 일상성의 가장 위대한 측면은 그 완강한 지속성이다. 영원히 지속되는 인간의 삶처럼 일상성은 땅에 뿌리박고 영원히 지속된다. 일상에서 탈출하여 여행을 다녀와도, 일상의 지루함에서 벗어나기 위해 축제를 벌여도, 그것들이 끝나면 다시 일상성은 집요하게 계속된다. 혁명도 마찬가지이다. 비참한 일상을 끊기 위해 혁명을 해 봐도 그것 역시 어느새 다시 관료주의 등의 딱딱한 일상적 틀 속으로 굳어진다.

_『현대세계의 일상성』 서문 중에서

그러니까 일상의 지루함이야말로 창조성의 원천이라는 말이었고, 그 말이 복음처럼 나에게 와 닿았다. 삶에 비약은 없다, 한 달 30일을 꼬박 출근해야 월급이 나오고, 그 돈이 있어야 살 수 있다는 것.

그제야 내 눈에 작은 것들이 보이기 시작했다. 자잘한 것들이 가져다주는 삶의 온도를 느끼기 시작했다. 그러나 결코 만만한 일은 아니었다. 딸아이 교육 문제, 그동안 잊고 있던 형 문제, 서서히 연로해가는 부모님 문제, 학교 현장에서 부딪는 여러 문제……. 멀리서 바라볼 때는 하나의 숲이었지만, 그 숲에 외틀어지고 비틀어진 나무들이 있었다. 그 전에도 작은 것의 가치를 무시하지는 않았다. 이해와 요구를 갖는 작은 것들이 모여 조직을 이루고, 개미 떼가 지나간 자리에 코끼리도 뼈만 남을 수 있다는 대중투쟁의 원리를 모르지 않았다. 그러나 나는 그것을 구체적인 삶의 문제로 느껴 보지 못했다. 교사운동과 사회변혁운동이라는 대의 속에서 본 것이지 인간의 피가 도는 생활로 느껴 보지 못했던 것이다.

강둑에 앉아
강물을 본다

다 같이 흐르는 강물이지만
한복판에 흐르는 물살은 급하고 도도하다
마치 내가 걸어온 지난날처럼

다 같은 강물이지만
강가에 흐르는 물살은
물무늬도 짓고 맴돌기도 하면서
강둑의 플라타너스나 풀뿌리들을 키운다
마치 내가 걸어오며 놓친 것처럼

굼실대며 앞다투어 흐르는
한복판의 물살이기보다는

앞서거니 뒤서거니 장난도 치며
흐르는 강가의 물살이고 싶다
피라미 떼도 키우고
아이들 발목도 적실 수 있는

_「강물」 전문

강가에 흐르는 강물이 되고 싶었다. 운동도 문학도 그렇게 앞서거니 뒤서거니 장난도 치며 하고 싶었다. 그러면서 정말 피라미 떼도 키우고 아이들 발목도 적시고 싶었다. 그동안 나를 사로잡았던 거대 담론의 자리에 비로소 '생활'이 눈에 들어왔다. 그야말로 일상을 처음으로 발견했던 것이다.

4

처음으로 적금을 들다

가장 먼저 눈에 들어온 것은 시골집이었다. 정신을 차리고 보았을 때 부모님이 계신 시골집은 이미 폐가나 다름없었다. 90년대 초 내가 해직되어 운동에 미쳐 돌아다닐 때 우리 집은 한 번 풍비박산이 났었다. 20대의 동생이 청주에서 커피숍을 하다 사기당해 집안을 몽땅 들어먹었다. 집안만 들어먹은 게 아니라 빚이 대추나무 연 걸리 듯 여기저기 넌줄넌줄 걸려 있었다. 동생은 빚쟁이를 피해 달아나 소식이 없고, 이자까지 받아낸다는 청주의 형님들이 봉고차에 야구방망이를 싣고 청양 산골 우리 집에까지 들이닥쳐 패악을 떨던 때였다. 홧김에 아버지는 술만 퍼마시며 성질만 부렸고, 그 뒤치다꺼리를 어머니 혼자 다 하셨는데, 아무리 옴니암니 따져가며 아랫돌 빼서 윗돌 괴고 윗돌 빼서 아랫돌 괴어도 대책이 없더란다.

한 번은 내가 시골집에 갔을 때였다. 눈물로 눈자위가 짓무른 어머니가 말씀하셨다. 며칠 전 청주에서 또 그 새끼들이 들이닥쳤더란다. 아들 어딨는지 대라고. 그래서 모른다니까 씨바 집구석에 불이나 확 질러버릴까, 하더란다. 그 말을 듣고 어머니 하도 기가 막혀, 자기도 모르게 헛간에 걸린 낫을 빼들고, 이 씨앙늠의 새끼들이 워디 와서 개지랄여, 하며 낫을 꼬나들고 덤벼들었더란다. 그러자 그중 한 놈이, 아, 진짜 늙은이 재수 없게 골통을 확 빠개버릴라 하여, 하도 기가 막히고 분해 그 자리에 주저앉아 땅을 치며 대성통곡을 하였더란다. 그러면서 눈물을 닦으며 한 마디 하셨다. 니가 계약할 때 옆에만 가 있었어도 이런 일을 당하진 않았을 거라고. 그 말이 뼈에 사무쳤다. 해직된 놈이 무슨 일이 그리 급하다고 하루 시간 내어 동생 사업 계약하는 데 가 주지도 못하고 일을 이 지경으로 만들었나 하는 생각에 가슴이 미어터졌다.

그 후 어머니는 8천만 원이라는 빚을 떠안고 농사일을 하셨다. 아버지는 병이 도져 방에 들어앉아 계시고, 남자도 하기 어려운 일을 어머니는 혼자 죽자 사자 해내셨다.

아, 그즈음에 읽은 알렉산드르 솔제니친의 아래 글을 나는 지금도 잊지 못한다.

> 활활 타고 있는 모닥불 속에 썩은 통나무 한 개비를 집어넣었다. 통나무가 우지끈 소리를 내며 타오르자 나무통에서 개미들이 떼를 지어 쏟아져 나왔다. 한 무리가 통나무 뒤쪽으로 달리다가 불길에 휩싸여 타 죽어 갔다.
>
> 나는 황급히 불붙은 통나무를 모닥불 속에서 끌어내었다. 생명을 건진 개미들 일부가 모래 위로 달려가고, 더러는 소나무 가지 뒤로 기어

오르기도 하였다. 그러나 대부분의 개미들은 좀처럼 불길을 피해 달아나려 하지 않았다.

가까스로 불길을 피해 나갔던 개미들도 방향을 바꾸어 다시 통나무 둘레를 빙빙 맴돌기 시작했다. 그 어떤 힘이 그들을 내버린 고향으로 다시 돌아오게 한 것일까. 많은 개미들은 활활 타오르는 통나무로 다시 기어 올라갔다. 그리고는 통나무에 붙어서 그대로 타 죽어 가는 것이었다.

_「모닥불과 개미」

삶의 비의(秘意)을 보아버린 것 같았다. 8천만 원이라는 거액을 사기당하고, 1년 내내 푼돈도 되지 않는 돈을 벌기 위해 뼈에 구멍이 나도록 흙노동에 매달리다니. 그뿐인가. 몸이 아파도 병원 문턱 한 번 넘어보지 못한 채 밤새 끙끙 앓다, 때 되면 일어나 밥 한 술 떠먹고 허청대는 발걸음으로 다시 들로 향하는, 이들의 삶은 도대체 무엇인가. 본능인가 저주인가, 하루 종일 맴돌아도 내내 그 자리에 멈춰 버리는 염소의 목에 매인 밧줄인가. 나는 무서웠다. 몸서리가 쳐졌다.

집안 형편도 그렇거니와 형 문제는 더 심각했다. 그동안 나는 형을 거의 잊고 살았다. 형도 말을 못하고 몸이 불편했지만 최소한 자기 용변은 자기가 가릴 줄 알았다. 그리고 어머니가 옆에서 그림자처럼 따라다니며 하나하나 도왔기에 집에서 그런대로 지낼 수 있었다. 그러나 나이가 들면서 사정은 달라졌다. 형은 시도 때도 없이 용변을 지렸고, 그때마다 어머니와 전쟁 아닌 전쟁을 치러야 했다. 어머니 말을 잘 듣고 옷을 벗으라면 벗어야 하는데 형은 죽어도 옷을 안 벗으려고 했다. 그러면 아버지께서 성질을 내고, 어느 땐 형에게 손찌검도 하고. 그러면 형은 또 눈을 부라리며 대들고, 그런 일이 하루에도 비일비재. 날씨가 따듯한 봄이나 여름에는 그래도 괜찮았다. 그러나 겨울엔 사정이 또 달랐다. 어머니는 형이 추울까 봐 내복이며 옷을 잔뜩 껴입히셨다. 방 안에 가만히 앉아 있으라고 해도 형은 말을 듣지 않고 눈보라 치는 그 추운 날에 부득부득 밖으로 기어나갔다. 그런 데다 옷에 똥을 쌌다. 똥을 싼 채로 돌아다녀 아랫도리가 똥으로 뭉개져 집에 오면 어머니는 또 형의 옷을 벗기고 씻기느라…….

안방이다
벽장문이 비젓히 열려 있는
퀴지근히 냄새나는 시골집 안방이다

암갈색에 대(竹)그림이 박힌 밥상에 둘러앉는다
나와 아버지와 어머니와 말 못하는 형이 함께 하는
저녁상이다

아버지의 병환과
칠순 어머니의 고된 노역과
농협 융자와
문창을 할켜 대는 장마철 비바람에
말없는 초라한 볼품없는 저녁

이따금 후루룩 찌개 떠먹는 소리 들린다
국그릇에 수저 부딪는 소리 들린다

어머니는 아버지의 병환을 깊이 근심한다
아버지는 객지 동생의 실직한 생활을 걱정한다
나는 어머니의 고된 노역을 측량하고
그러면서 제각기 말이 없는 저녁

_「저녁 밥상」 부분

이루 말할 수 없는 참담함의 연속이었다. 그런 집안에 돈이 한 푼도 없었다. 내 통장에도 돈이 한 푼 없었다. 이러다 정말 큰일 나겠다 싶었다. 집안에 상(喪)이 나도 장례 치를 비용도 없겠다 싶었다. 그동안 10년여 동안 해직되어 운동한다고 돌아만 다녔지, 집이 이렇게 개판이 되도록 신경 한 번 쓰지 않은 내가 기가 막혔다.

나는 은행에 가 적금부터 들었다. 내 이름으로 처음 들어보는 적금이었다. 81년에 발령받아 95년에 처음 든 적금. 적금만 든 게 아니었다. 매달 월급을 타면 7만 원씩 현금을 떼어 그 돈을 비닐봉지에 넣어 자동차 운전석 방석 밑에 넣어두었다. 그렇게 6년을 모았다. 매달 한 번도 거르지 않고 7만 원씩. 그렇게 모은 돈 천만 원을 우선 급한 대로 어머니께 드렸다. 어머니의 눈자위가 다시 붉어졌다.

5

꼴도 보기 싫어 책을 치우다

학교에 출근하면서 새벽에 꼬박꼬박 일어났다. 그때 일어나 두어 시간 글을 쓰다 잠시 누워 눈을 붙인 후 다시 일어나 아침을 준비했다. 두문불출, 성실함을 잃지 않고 문학에 전념하기로 한 나 자신과의 약속을 지키기 위해서였다. 그러면서 생활에 지침이 될 만한 문구로 다음 세 글자를 정했다. '근(勤)', '검(儉)', '건(健)'—부지런함, 검소함, 건강함이었다. 앞의 두 글자는 다산 정약용이 18년 유배를 살면서 두 아들에게 유산으로 물려주었다는 말이고, 뒤의 건(健)은 내가 헤아려 더한 것이다.

나는 이 세 글자를 스탠드 바닥에 붙여놓고 생활 기준으로 삼았다. 게으름을 피우진 않는가, 낭비하지는 않는가, 건강을 소홀히 하진 않는가. 그러면서 주말이면 외가에서 자라는 딸을 보기 위해 서울에 갔고, 노약(老弱)해진 부모님 농사일을 돕기 위해 시골에 갔다. 그런 가운데 네 번째 시집 『사십 세』와 산문집 『내 안의 작은 길』을 펴냈다.

그렇다고 생활이 순탄하지는 않았다. 우리 부부는 아이의 교육문제, 시골 부모님 문제 등으로 자주 다투었고, 한번 다투면 크게 상처를 받아 속에 염산이 뿌려진 듯 부글부글 녹아내렸다. 언성이 높아지고, 말하지 않는 날이 며칠씩 이어지고, 그러다 보면 나라는 인간에게 침이라도 뱉어주고 싶었다. 그렇게 자기 모멸감이 깊어갔다.

그런 어느 날, 집에 쌓여 있는 책이 꼴도 보기 싫었다. 책은 책꽂이를 타고 천장까지 올라갔으며 방을 빠져나와 거실까지 침범하고 있었다. 아마 못 돼도 2천 권 이상 되지 않을까 싶었다. 책에 파묻혀 눈을 뜨고 책에 파묻혀 잠을 잤다. 벽마다 빼곡히 꽂혀 있는 책이 무너져 나를 덮칠 지경이었다.

그런 어느 날 이런 생각이 불현듯 들었다. 지금까지 읽은 책이 아무리 안 돼도 5천 권 이상 될 터인데, 나란 인간은 어떤가? 그 책을 읽은 만큼 인간이 달라졌는가? 아는 것과 행하는 것이 같은가? 그렇지 않았다. 아는 것이 산이라면 행하는 바는 산기슭에 구르는 돌멩이에 불과했다. 아는 것이 바다라면 행하는 것은 바닷가에 뒹구는 조약돌에 불과했다. 그런 내가 마음에 들지 않았고 지금까지 책을 헛읽었다 싶었다. 시간 때우기 위해 책을 읽었단 말인가.

책을 모조리 다 치우기로 했다. 책에 화풀이하듯 800여 권은 버리고 나머지는 박스에 집어넣었다. 책을 치우며 그동안 내가 읽은 책 가운데 내 인격 형성에 결정적으로 영향을 미친 책이 몇 권이나 될까 헤아려보았다. 대나무의 마디마디처럼 내 영혼의 성장에 결정적으로 영향을 준 책. 30여 권 남짓 되었다. 그 책만 남겨 놓았다. 나머지는 1톤 트럭을 불러 시골집으로 가져갔는데 차에 실린 책을 보고 어머니께서 말씀하셨다. "저게 다 돈인디."

남겨 놓은 책 가운데 『성경』이 있었다. 언제였더라. 내가 복직하던 해 집에 큰 우환이 있을 때였다. 잠을 이루지 못한 채 뜬눈으로 밤을 지새우며 기도와 시 쓰기로 하루하루를 보낼 무렵이었다. 나는 일요일 아침 무엇에 이끌리듯 산책을 하러 나갔다. 찻길을 피해 주택가 골목골목으로 걷는데, 어느새 나도 모르게 발걸음이 성당에 가 닿았다. 내가 사는 집 근처에 있는 구성동 성당이었다. 하늘엔 봄 햇살이 찬란하고 새로 돋은 나뭇잎이 연둣빛으로 싱그러웠다. 나는 잠시 주춤대다 알 수 없는 어떤 힘에 이끌려 성당 안으로 들어섰다. 사람들이 마당에 가득 들어찼고 한쪽에서 학생들이 달걀을 팔고 있었다. 그제야 나는 그날이 부활절임을 알았다. 나는 미사 보는 사람들 맨 뒤에 가 섰다. 신부님 목소리가 들리고 성가대의 합창소리가 장엄하게 울려 퍼졌다. 그 순간이었다. 가슴에 알 수 없는 뜨거운 기운이 솟아오르더니 온몸으로 잔잔히 퍼져나갔다. 그러면서 눈물이 툭 터졌다. 한번 터진 눈물은 걷잡을 수 없는 울음이 되어 나는 미사가 끝날 때까지 울었다. 사람들이 나를 이상하게 쳐다보았다. 그러나 나는 부끄럽지도 않았다. 몸이 불에 닿은 듯 뜨거운 상태에서 쏟아지는 눈물. 아무 기도의 말도 생각나지 않은 채 그냥 눈물이 쏟아졌다. 하느님 앞에 흘리는 통한의 눈물, 참회의 눈물이었다. 그러면서 환희의 눈물이었다. 얼마나 울었는지 미사가 끝나 정신을 차렸을 때 나는 속이 텅 빈 나무처럼 몸이 가벼워져 있음을 느꼈다. 흙덩어리가 얹힌 듯 답답하던 가슴이 뻥 뚫려 산들바람이 불어왔다.

그런 일이 있고 난 후 성경을 읽었다. 교회나 성당에 나가지는 않았지만 성서에 쓰인 말씀을 바탕으로 하느님을 섬기는 사람이 되려고 했다. 필사하며 읽고, 명상하며 읽고, 비유의 속뜻을 헤아리며 읽었다. 새벽에 일어나 성서 읽는 일을 하루 일과의 맨 처음으로 삼았다. 나보다 먼저 하느님을 섬긴 분들의 책도 읽었다. 여러 책 가운데 미우라 아야코가 쓴 『길은 여기에』라는 책이 기억에 남는다.

책이 치워진 텅 빈 방에서 망연히 이런 생각에 잠겼다. '나는 왜 쓰나? 왜 그렇게 필사적으로 쓰려고 하나?' 세간의 이목이 집중되는 문제작을 쓰는 것도 아니고 돈이 되는 것도 아닌데 왜 그렇게 기를 쓰고 쓰려고 하나. 한 마디로 '너 정말 왜 쓰니?'였다. 더구나 학교 선생하면서 소설을 쓰려고 하다니. 솔직히 선생 하면서 글쓰기에는 시가 딱 알맞았다. 소설은 무리였다. 소설은 어쨌든 책상에 앉아 써야 하는데, 그럴 시간을 낸다는 일이 선생에겐 불가능했다. 그런데도 시로 담을 수 없는 이야기를 소설로 쓰려고 했다.

릴케였던가. 글을 쓰지 않고도 살 수 있다면 글을 쓰지 말라고 일갈한 사람이. 나는 솔직히 그 정도는 아니었다. 글을 쓰지 않으면 곧 죽음, 그것은 아니었다. 초조함에 절박하긴 했지만 말이다. 그러던 차에 조지 오웰을 만났다. 오웰은 그의 책 『나는 왜 쓰는가』에서 자신이 글을 쓰는 이유에 대해 네 가지로 이야기했다. 첫째는 순전한 이기심이다. 나이 들어서까지 자기 삶을 살아보겠다는 고집 센 인간들이 있는데, 작가도 그런 부류에 속한다. 둘째는 미학적 열정이다. 미학적 열정은 외부 세계의 아름다움에 대한 인식이다. 낱말과 그것의 적절한 배열이 주는 묘미, 훌륭한 표현에서 얻는 기쁨, 글꼴이나 여백 따위에서 오는 매혹일 수도 있다. 셋째는 역사적 충동이다. 역사적 충동은 기록하려는 욕망이다. 사물을 있는 그대로 보고 진실을 후대에 보존하려는 욕구이다. 마지막 네 번째는 정치적 목적이다. 세상을 특정 방향으로 밀고 가려는, 어떤 사회를 지향하고 분투해야 하는지에 대한 남들의 생각을 바꾸려는 의도이다.

그러니까 그의 글쓰기는 언제나 당파성을, 곧 불의를 감지하는 데서 시작되어 미학적 경험을 아우르는 일이었다. 오웰에게 글은 미학적 경험이자 정치적 목적, 곧 공공 의식의 발현이지만 그 밑엔 허영심과 이기심이 자리하고 있으며, 더 깊은 밑바닥엔 거역할 수도 이해할 수도 없는 어떤 미스테리 같은 본능—아마도 그것은 아기가 관심을 가져달라고 마구 울어 대는 바와 다르지 않는 본능—이 자리하고 있다는 것이다.

나는 대체로 오웰의 입장에 동의했다. 특히 나는 운동 일선에서 물러나 글을 쓰기로 결심한 만큼 자기 성실성을 지켜야 한다고 생각했고, 그리고 무엇보다 하고 싶은 이야기가 많았다. 그 이야기의 싹들이 언제부터 내 안에 자리 잡았는지 모르겠으나, 늘 가슴속엔 나의 선택에 힘입어 글로 쓰여지길 기다리는 이야기들이 넘쳐나고 있었다.

6

망상과의 투쟁

그즈음 끊임없이 나를 괴롭히는 게 있었다. 외부에서 오는 문제가 아니라 내 안에서 일어나는 문제였다. 그동안 나는 이 문제를 해결하려 하기보다는 솔직히 방관하고 용인하는 자세로 대해 왔다. 문제란 바로 망상이었다. 이를테면 이런 식이었다. 나도 모르게 문득 튀어 올라 순식간에 나를 휘감아 버리는 생각—갑자기 내가 운전하다 사고로 죽는다면? 우리 가족은? 부모 형제는? 또 내가 지금 다니는 직장에서 쫓겨난다면? 이런 망상과 성질이 다른 망상도 있었다. 갑자기 돈다발을 주워 벼락부자가 된다면? 내가 아는 어떤 여자와 관계를 맺는다면?

망상은 시도 때도 없이 아무 때나 불쑥불쑥 튀어 올라 나를 휘감아버렸다. 운전할 때나 책을 읽을 때나 혼자 있을 때나 심지어 수업 중에도 회의 중에도 TV를 볼 때에도 움쑥움쑥 대가리를 들이밀고 한꺼번에 튀어나와 주체할 수 없었다. 망상은 나를 완전 노리개로 삼아 멋대로 갖고 놀다 때가 되면 슬그머니 사라졌다. 그럼 나는 망상에 사로잡혀 휘둘리다 심신이 망가질 대로 망가져 속수무책으로 놈을 떠나보낼 수밖에 없었다. 이런 일을 지겨워하면서도 막상 망상이 떠오르면 또 거기에 휘말리고, 그러다 보니 날로 심신은 피폐해지고, 집중력은 저하돼, 밤에도 악몽에 시달리는 때가 많았다. 그렇게 몇 년을 보냈다.

그런 어느 날, 나는 이놈의 망상과 정면으로 맞서 이것의 실체가 무엇인지 캐내고야 말겠다고 마음먹었다. 나는 망상의 실체를 벗겨내기 위해 치밀한 작전을 세웠다. 곧 지금까지는 망상이 떠오르면 그 생각에 휘말려 지내다 말았는데, 이제부터는 망상 하나가 튀어오르면 그 망상의 뿌리가 규명될 때까지, 그놈을 대충 보내지 않기로 했다. 그러면서 공책을 하나 마련하여 '망상일지'를 적었다. 몇 월 며칠 몇 시에 어떤 망상이 떠올랐고, 그 망상이 떠오르게 된 원인을 분석한 결과 그놈의 실체는 무엇이다, 하는 식으로 기록했다.

이렇게 두 달 넘게 기록하니 70여 가지 망상이 기록되었다. 똑같은 망상인 경우 떠오르는 횟수만 적었고, 새로운 망상인 경우 그 내용을 자세히 적었다. 일지에 적힌 망상을 분석해보았다. 크게 세 종류로 분류되었다. 피해의식, 가족문제(부모님 문제, 형 문제, 외가에 있는 딸 문제 등), 섹스와 공포 문제. 피해의식은 그동안 교사운동을 하면서 나도 모르게 갖게 된 피해의식을 말했다. 언제 또 학교에서 쫓겨날지 모른다는, 연행되어 구속되고, 감시받고 탄압받을지 모른다는 그런 생각이 끈질기게 나를 괴롭혔다. 가족문제는 부모님과 형이 날로 연로해지면서 나타나는 여러 문제들(특히 아버지의 병환과 생활이 점점 어려워지는 형 문제)이 나를 압박했고, 초등학교에 다니는 딸 교육문제도 내적 갈등의 요인이었다. 섹스와 공포는 분석해 보니 어려서 서울로 전학 간 후 싸구려 극장에서 무분별하게 보았던 영화에서 남은 잔상들 때문이었다. 몇십 년 전에 보았던 에로와 공포영화의 잔상이 머릿속에 남아 있다 어느 순간 불쑥불쑥 튀어나왔다.

망상과의 투쟁을 통해 나는 망상의 속성은 욕망임을 알게 되었다. 나와 우리 가족에게 아무 일도 일어나지 않았으면, 평안했으면, 하는 바람이 강박적으로 잠재되어 있다 어느 순간 망상으로 튀어나왔다. 그러면서 또 망상은 다분히 감정적이라는 것. 어떤 사실적 근거도 없이 막연히 어느 순간 튀어나와 순식간에 나를 사로잡아 버리는 악의 기운이라는 것을 깨달았다.

망상과의 투쟁을 통해 내가 얻은 것은 '사실'의 중요함이었다. 망상과 싸우면서 나는 내가 얼마나 감정적이고 허약하고 제멋대로 휘둘리는가를 알았다. 이 일을 하는 동안 나는 줄곧 '의식의 등불'을 환히 켜고 있었다. 망상의 흐름에 대한 집중력을 놓지 않았고 변화에 대한 주의력을 잃지 않았다. 그러면서 느낀 게 의식에 불을 켜고 있다는 것, 다시 말해 깨어 있다는 것이 얼마나 힘들고 에너지가 소진되는 일인가를 알게 되었다.

망상과 집중적인 투쟁을 벌인 후 나는 어느 정도 정신의 평온과 육체의 건강을 되찾을 수 있었다. 걱정이 중요한 게 아니라 대비가 중요함을 알면서 마음의 여유도 얻게 되었다. 보이지 않는 것에 휘둘리지 않게 되니 당연한 일이었다.

그렇다고 망상이 완전히 사라진 것은 아니다. 지금도 이따금 망상이 떠오른다. 그러나 예전처럼 그렇게 휘둘리지 않고, 그런 생각을 하고 있는 나 자신을 거리를 두고 바라볼 수 있는 힘이 생겼다.

7

12년 만의 담임

1994년 서산중학교로 복직한 후 예산의 고덕중학교, 아산의 선도중학교를 거쳐 내가 살고 있는 천안부성중학교로 발령을 받은 게 1999년이었다. 부성중학교에서 근무한 지 2년째 되던 해 나는 12년 만에 담임을 했다. 담임 경력으로만 말하자면 나는 담임을 제대로 한 게 공주농고에 있을 때뿐이었다. 그 외 나머지는 모두 1년을 채우지 못한 채 중간에 박탈당하거나 그만두었다. 복직한 후에도 담임할 기회가 없었다. 장거리 출퇴근에 담임하는 일이 솔직히 부담되었고, 학교에서도 은근히 내가 담임하지 않기를 바랐다. 그러다 보니 결국 12년 만에 담임을 하게 되었다.

2월에 있은 인사자문위원회에서 막상 내가 담임에 결정되자 스트레스가 생각보다 컸다. 내 마음은 '하면 하는 거지' 하는 초연함과 '이걸 어떻게 하나' 하는 초조함 사이 마구 널뛰었다. 어떤 식으로 학급을 이끌어 가야 하나. 그런데 이런 불안과 초조함을 차분히 정리해 준 것은 뜻밖에도 로베르토 베니니 감독의 〈인생은 아름다워〉라는 한 편의 영화였다. 유태인 말살 정책에 의해 수용소로 끌려간 주인공이 어린 아들을 위해 어려운 상황에서도 유머를 잃지 않음으로써 '어른'이 무엇인가를 보여준 이 영화는, 나에게 삶을 대하는 또 하나의 방식을 보여주었다. 살육이 자행되는 수용소 생활을 하나의 게임으로 전환시켜 어린 아들에게 제시한 주인공의 지혜, 위기 때마다 당황하거나 화내지 않고 어린 아들의 눈높이에 맞게 적절히 상황을 설명하면서 넘기는, 그럼으로써 엄혹한 현실에서 인생은 어떻게 아름다워질 수 있는가를 보여주는 영화였다.

개학하기 전까지 일주일 정도 나는 어떻게 우리 반을 이끌어갈까 고민하였다. 그러면서 몇 가지 떠오르는 게 있었다. 우선 너무 많은 일을 하지 말자고 생각했다. 자기 훈련이 덜 된 교사일수록 이 일 저 일 벌여 놓고, 자기가 애쓴 만큼 보답이 돌아오지 않으면 상처를 받는다. 또 하나는 아이들과 함께 하는 일에 가능한 한 어떤 의미를 부여하지 않기로 했다. 내가 하는 일이 전교조의 참교육을 실천한다거나, 교육적으로 아이들에게 꼭 필요한 일이라든가, 이런 생각을 하지 말자고 했다. 어쩌다 보니 이 일을 하게 되었고, 그렇게 된 이상 최선을 다해서 하자, 가능하면 다른 사람과 같이 하면 좋고, 그게 아니라면 나 혼자서라도 하자, 그런 정도로 일을 하자는 거였다.

나는 급훈을 '스스로 하자'로 정했다. 그러면서 ① 자기 말과 행동에 대해 책임진다, ② 예와 아니오를 분명히 한다, ③ 대답을 크게 한다, 를 실천 항목으로 정했다. 나는 봄철 환경정리 때 교실 뒤 게시판에 붙은 너저분한 걸 모두 떼고 급훈만 써 붙였다. 그리고 매일

조·종례 시간에 아이들과 함께 크게 낭송했다. 뿐만 아니었다. 청소가 끝나고 아이들이 돌아간 빈 교실에 들어와 칠판 한가운데 노란색 분필로 "스스로 하자"라고 커다랗게 써 놓았다. 다음 날 아침 아이들이 교실에 들어오는 대로 볼 수 있게 말이다. 그렇게 하길 한 달여. 우리 반 급훈이 어느덧 아이들의 행동 기준이 되어 갔다. 아침 자율학습 시간에도 나는 교실에 들어가지 않았다. 출근 후 교실을 한 바퀴 둘러본 후 자습이 끝날 때까지 교무실에 있었다. 스스로 하자고 해 놓고 담임인 내가 일일이 간섭하려 들면, 이건 아이들과 내가 한 약속을 어기는 일이요, 아이들에게도 어떤 일을 스스로 할 기회를 빼앗는 결과가 되기 때문이었다.

그 후 1년 동안 담임한 내용을 정리해 나는 『일등은 오래가지 못한다』라는 책으로 펴냈다. 아이들과 있었던 자잘한 일, 급훈을 지키려는 아이들이 어떻게 변화해 가는가, 시간이 갈수록 자율성을 보장받은 우리 반이 다른 반에 비해 어떻게 달라지는가, 아이들 지도에 중요한 일은 무엇이고 덜 중요한 일은 무엇인가, 자아발견을 위해 1년간 실시한 여러 프로그램, 학교장과의 관계는 어떻게 맺어야 하나, 그리고 여러 가지 교육에 대한 단상들이 들어 있는 이 책은 한 학급을 담임한 담임 일기이자 교육 현안에 대해 문제를 제기하는 교육 에세이이다.

8

함께 나누는 마인드 비전

2천 년, 새 천 년이 시작되는 새해 벽두 아내인 방진희 선생이 1년 휴직을 했다. 앞으로 학생들에게 무엇보다 필요한 것은 새로운 시대에 걸맞는 인성교육인데, 그 인성교육을 할 만한 프로그램이 없으니 그것을 개발해야겠다고 했다. 나는 방 선생 의견에 흔쾌히 동의했다. 수십 년 째 우리나라 학교교육의 중심축이 학력신장과 인성교육에 놓여 있지만, 실상은 인성교육은 구색 맞추기일 뿐, 모든 역량과 관심이 학력신장에 집중되었기 때문이었다. 그리고 인성교육도 시대 변화에 따른 학생들의 인성 변화에 초점이 맞춰지지 않고, 충·효·예절교육 같은 구태의연하고 틀에 박힌 내용으로 이루어지고 있어 실효성에도 의문이 가기 때문이었다.

우리는 우리가 개발하는 인성교육 프로그램을 '마인드 비전'이라 이름하고, 그것을 연구 실천하기 위해 '마인드 비전 연구회'를 결성했다. 방 선생이 프로그램을 개발하면 연구회 회원(회원은 모두 충남

천안에 사는 중·고 교사들이었고, L, S, J, K 등 7명으로 구성됨)들은 그 프로그램을 갖고 학교에 가 아이들과 직접 활용한 다음, 다시 모여 문제점을 토론하고 수정했다. 우리는 정말 열심히 했다. 나중에 책으로 출간되기까지 약 3년간 우리는 학급 단체 활동 시간에, 학생 동아리 활동 시간에, 특기적성교육 시간에, 교내 징계학생을 대상으로, 문예토론 활동 시간에, 성당 학부모 모임에서, 그리고 일반 가정에서 자녀와 함께, 우리가 개발한 프로그램을 가지고 직접 교재로 활용하고 토론하고 문제점을 수정했다.

마인드 비전 프로그램과 관련하여 우리들이 가졌던 문제의식은 다음과 같았다.

> 겉보기에 아이들은 변화에 잘 적응합니다. 새 상품에 환호하고 하이테크 문명을 너무나 자연스럽게 잘 받아들입니다. '변화무쌍한 신세대'라는 말이 무색할 정도로 말입니다. 그런데 이렇게 잘 적응하고 있는 듯한 아이들의 내부를 조금만 깊이 들여다보면 의외로 많이 깨져 있음을 알 수 있습니다. 친구나 가족 간의 의사소통은 단절되어 있고, 이기적이며, 자신의 감정을 표현하지도 주체하지도 못합니다. 그들은 우울하지만 자신이 우울하다는 것을 모르고, 막상 사고를 치고 나서 왜 그랬는지 그 동기를 검토해 볼 의욕도 방법도 없으며, 자신에 대한 절망이 깊습니다…… 어찌 되었든 한 마디로 '삶의 비전'을 상실했다는 것인데, 이는 학생들뿐만 아니라 어른들도 그러하며, 그렇다면 우리는 이미 상실한 삶의 준거점을 어디서 어떻게 구할 수 있을까요?

_『함께 나누는 마인드 비전: 길잡이용』 '머리말' 중에서

마인드 비전 프로그램은 크게 제1부와 제2부로 나뉘어져 있다. 그리고 각 부마다 6개의 소단원('마음을 열어요', '귀를 열어요', '눈을 떠 봐요', '말을 해 봐요', '나, 여기 있어요', '우리는 가족입니다')이 들어 있다. 제1부는 '나'의 생각과 정서를 표현하고 어떤 사실에 대한 이해를 돕는 데에, 제2부는 가치와 충동을 식별하고 사물 간의 연관성을 파악하여 창조적인 대안을 모색하는 데에 역점을 두고 있다.

마인드 비전 프로그램은 3년 동안 현장 활용을 거쳐 2013년 우리교육 출판사에서 두 권으로 출간되었다. 제목은 『함께 나누는 마인드 비전』. '학생·일반용'은 워크북 형태로 프로그램 자체를 담았고, 다른 한 권은 '길잡이용'으로 우리들이 학교에서 학생들과 실제로 행한 내용을 프로그램을 진행하는 데 도움이 되도록 담았다. 우리는 책이 출간되기 전부터 전교조 신문과 『우리교육』에 연재했고, 출간 이후에는 전교조 각 지부 지회 연수, 참실대회 등에서 프로그램을 소개했다.

9

다시 시작한 학생 글쓰기 교육

① '마인드 비전 글쓰기'

1년간 학급 담임, 3년에 걸쳐 이루어진 마인드 비전 프로그램 개발 이후 나는 학교를 다시 천안에 있는 목천중학교로 옮겼다. 학교를 옮기기 전 내 신상에 중요한 변화가 한 가지 있었다. 담배를 아주 끊은 일과 현미식으로 식사를 하게 된 점이다. 담배는 예전에 몸이 절단난 후 1년여 동안 한 차례 금연한 적이 있었다. 그러나 이번엔 아주 끊게 되었는데, 그런 데에는 이런 사연이 있었다.

2001년 8월 17일로 기억한다. 여름방학이었는데 새벽부터 비가 몹시 내렸다. 나는 늘 하는 대로 새벽 4시쯤 잠에서 깨었다. 아마 다른 때 같았으면 그때 일어나 담배도 한 대 피우고 커피도 한잔 하면서 어떤 일에 달라붙었을 것이다. 그런데 그날은 그러지 않았다. 잠에서 깼는데 일어나고 싶지 않았다. 밖에는 좌아 좌아 쏟아지는 빗소리. 나는 요 위에서 이리 뒤척 저리 뒤척거렸다. 그렇게 편안할 수 없었다. 따듯한 물에 몸을 담근 듯, 부드러운 솜털에 싸인 듯, 마치 어머니 배 속에 들어 있을 때와 같다고나 할까? 암튼 이 세상에서 좀처럼 맛보기 어려운 편안함이었다. 그렇게 30여 분 뒹굴었을까? 그러다 문득 아, 이제 그만 일어나야지 하는 생각이 들었고, 그 순간 일어나긴 일어나는데 뭔가 결심을 해야겠다, 하는 생각이 들었다. 그런데 생각해보니 결심할 게 별로 없었다. 뭘 결심하지?, 하는데 그래 담배나 끊자, 담배도 피울 만큼 피웠는데 이제 그만 끊자, 하는 생각이 들면서 일어났다. 그러면서 그때부터 담배를 끊었다.

30년 넘게 피워 온 담배였다. 중2 때부터 사십 대 중반까지 피웠으니까. 그것도 대충 피운 게 아니라 뼈가 녹도록 줄기차게 피운 담배였다. 그리하여 담배에 얽힌 일화도 많았다. 그런 내가 담배를 완전히 끊었으니. 새벽 잠자리에서 일어나기 전 단 한 번의 결심으로. 그것도 이 앙다물고 몸부림치며 한 결심이 아니라 그저 스쳐 지나가는 듯한 다짐 한 번으로. 정말 담배 생각이 나지 않았고, 그 순간 이후 담배는 나와 전혀 무관한 것이 되어버렸다. 아쉬움도 안절부절도 어떤 금단현상도 없었다. 술자리에서도 처음부터 아예 담배를 피우지 않은 사람처럼 편안했다. 사람들이 물었다. 어떻게 그럴 수 있냐고. 나도 정말 모르겠다. 이 신기한 현상을 나도 설명하기 어려웠다. 아무튼 그 후 지금까지 나는 10년 이상 담배를 피우지 않고 있다(아니 한 대 피웠다. 2008년 시인 S, P와 함께 만주를 여행할 때였다. 몽골 국경 근처 만주리 게르 안에서 술을 마시는데 올려다 본 하늘이 너무 푸르고 아스라했다. 마치 태곳적 영원이 스며 있는 듯싶었다. 문득 저 푸른 영원에

가 닿고 싶었다. 그러나 방법이 없었다. 나는 담배를 피워 연기라도 하늘로 뿜어 올려 그 신비의 영역에 가 닿고 싶었다).

나중에 생각해 보니 그 순간, 그러니까 이부자리에서 뒤척이면서 담배를 끊어야지 결심한 순간, 아마도 그 결심이 무의식의 영역까지 꿰뚫은 듯싶었다. 일반적으로 사람이 하는 결심은 의식의 영역에서 이루어지는데, 그러다 보니 의식적으로 무슨 일을 하려고 하고 그게 안 되면 야단법석을 떠는데, 그때 내가 한 결심은 의식의 영역뿐 아니라 무의식의 영역까지 꿰뚫은 게 아닌가 한다. 그렇게 밖에 나는 설명할 길이 없다.

목천중학교로 학교를 옮긴 후 나는 다시 학생 글쓰기를 시작했다. 그 전에 있던 학교에서는 마인드 비전 프로그램 개발로 중단한 글쓰기였다. 그동안 나는 교직에 첫 발을 딛은 이후 글쓰기 교육을 줄기차게 해 왔다. 『민중교육』지 사건으로 해직되어 청주 검정고시학원에 잠시 있을 때도 학원생들과 문집을 발간했다. 글쓰기 교육을 통해 학생들 처지를 이해하고, 교사와 학생 사이 가로놓인 벽을 허물 수 있어서였다. 그러다 보니 글쓰기 주제는 자연 '삶'이 주가 되었다. 생활 속에서 자신이 보고 듣고 행하고 느낀 일을 정직하게 표현하는 이른바 '삶을 가꾸는 글쓰기', '생활 속의 글쓰기'를 하게 되었다.

그러다 마인드 비전 프로그램을 개발한 이후 나는 생활뿐만 아니라 학생 자신의 내면을 표현하는 글쓰기가 필요함을 절감하였다. 그리하여 마인드 비전 프로그램에서 다룬 내용 가운데 글쓰기로 적합한 주제를 다시 뽑아 그것으로 글쓰기를 진행했다. 일주일에 주제 하나씩, 1년 동안 할 수 있는 주제 34개를 뽑 창의적 재량활동

시간에 미리 숙제를 내 준 후 써 온 글을 검사해서(수행평가에도 일부 반영) 좋은 글은 다시 정리하여 다른 반 학생들에게 읽어주기도 하고, 그렇게 쓴 글을 모아 교지『나무내』를 만들었다.

마인드 비전 글쓰기에서 나는 자세히 쓰기(구체적으로 쓰기)와 진실하게 쓰기를 무엇보다 강조했다. 좋은 글이란 읽는 이에게 감동을 주는 글이며, 감동을 주기 위해서는 무엇보다 이 두 가지가 중요함을 여러 차례 강조했다. 그리고 이와 함께 역시 중요한 일은 좋은 글을 미리 준비하여 그것을 아이들에게 예문으로 읽어주는 것이다. 예문을 읽어주지 않으면 아이들은 글을 어떻게 써야 할지 갈피를 잡지 못한다. 따라서 그때그때마다 좋은 예문을 준비해야 하며, 쓸 주제를 설명한 후 준비한 예문을 미리 읽어주는 것이 글쓰기 지도에 꼭 필요하다.

② '정서 표현 글쓰기'

마인드 비전 글쓰기는 그 후 '정서 표현 글쓰기'로 이어져 내가 학교를 떠나올 때까지 계속되었다. 정서 표현 글쓰기는 마인드 비전 글쓰기에 비해 훨씬 더 학생 자신의 정서를 직접 표현하는 글쓰기이다. 가정이 깨지고 사회 문제가 복잡해지면서 아이들 역시 어른만큼이나 마음의 상처를 받고 스트레스에 노출되어 있으며 정서적 위기에 처해 있다. 이런 상황에서 자신이 지금 어떤 상태에 있는지를 자각하고, 자기감정을 적절히 표현할 수 있느냐 하는 문제는 인생을 살아가는 데 중요한 문제가 아닐 수 없다. 자기 정서를 제대로 인식하고 그것을 바르게 표현할 수 있으면 어른이든 학생이든 큰 문제가 되지 않는다. 어쩌면 인생을 살아가는 데, 행복하고 풍요로운 삶을 가꾸는 데 정작 필요한 것은 인간의 정서가 아닐까? 그것을 인식하고 표현하고 공감하는 능력은 그러나 그냥 길러지지 않는다. 교육에 의해 하나의 문화로 정착될 때까지 학습될 필요가 있다.

불안/우울/과잉행동(ADHD)/적대적 반항장애/품행장애/강박, 틱/열등감/중독/공포/과도한 걱정/함구증/자살충동/소외감/분노/스트레스/가정불화/이혼, 별거, 폭력/수줍음/부끄러움/긍정

정서 표현 글쓰기에서 내가 다룬 주제들이다. 각각의 주제에 대해 교사인 내가 먼저 기본 내용을 공부한 후 그것을 아이들에게 간단히 설명한 후 글을 쓰게 한다. 이때 자칫 아이들이 받아들이기에 무거운 주제가 있을 수 있는데(예컨대 자살 같은), 재밌게 생활 주변에서 일어나는 일로 예를 들어 설명해 주면 좋다. 글을 쓸 때 강조한 것은 역시 자세히 쓰고 진실하게 쓴다는 점이다. 글 형식은 자유롭게(편지, 인터뷰, 생활글, 시 등), 글 대신 그림으로 그려도 좋다고 했다. 학생 글 몇 편을 소개한다.

〈우울〉

글 1: 엄마가 술을 드시고 오시면 어떤 주정을 하십니까?

—어쩔 때는 외할머니를 찾기도 하시고 울기도 하시고 아빠 욕을

하시기도 합니다.

엄마의 주량은 얼마입니까?

—2병은 족히 되는 것 같습니다.

엄마는 왜 술을 드시는 것 같습니까?

—모임 때 아는 사람들이 술을 주거나 슬픈 생각을 잊기 위해서인 것 같습니다.

글2 : 난 아빠한테 맞을 때 무지 서럽다. 동생이 까불었는데 나만 맞았다. 너무 서럽다. 잘 준비를 할 때 눈물을 찔끔찔끔 흘린다. 나는 너무나 서러워 아빠랑 말을 않는다. 아빠도 기분이 안 좋았나 보다. 술을 드시고 있다. 오늘 아침 아무 일 없던 듯 등교하였다. 아빠랑 싸움은 끝이 났다. 그리고 그 다음부턴 별로 많이 혼나지 않았다. 지금은 평화롭다.

〈불안〉

글 1: 아빠는 천안 복자여고 근처에서 볼링장을 하셨다. 그런데 5월 24일 그 건물을 허물고 집주인이 주차장을 만든다고 했다. D-24일…… 아빠의 일터가 사라지는 순간이다. D-Day가 다가올 때마다 점점 불안해진다…… 아빠의 실업위기 D-24일…… 하…… 우리는 이렇게 살아갈 수밖에 없는 건가…… 아빠의 실업위기와, 우리 집 가정 형편 등등 난 모든 것이 불안하다. 아빠가 걱정하시면 어쩌나…… 줄곧 그 생각밖에 들지 않는다. '아빠…… 낙심하시면 안 되요!' 이 말을 전해드리고 싶다…….

글 2: 불안은 누구에게나 있다고 생각이 된다. 어떤 사람은 친구 문제로 불안하고, 어떤 사람은 시험 문제로 불안하고, 어떤 사람은 취업 때문에 불안하고.

이처럼 '불안'이라는 감정을 가지고 있지 않은 사람은 없다. 불안은 무엇이 두려워서 어떻게 하지 못하는 것이라고 생각이 된다. 그래서 불안은 '걱정+두려움'인 것 같다.

불안하면 걱정도 하게 되고, 두려워하기도 한다. 불안을 하면 손에 식은땀이 나고 머릿속엔 그 일이 떠오르고, 안절부절못하는 증상이 나타난다고 생각을 한다. 왜냐하면 내가 그런 증상이 나타나기 때문이다. 그래서 불안은 무서운 것 같다.

불안은 제일 무서운 감정이라고 생각이 된다. 두려움에도 불안이 속하고, 걱정도 불안이 속해 있다. 그래서 안 좋은 감정에 불안이 꼭 속해 있다고 생각이 된다.

불안은 정말정말 무서운 감정이다.

인간의 감정 교류는 이해에서부터 시작된다. 그 사람이 어떤 처지에 있는가를 아는 데서부터 감정 교류는 시작된다. 교사와 학생 간에도 마찬가지이다. 학생이 어떤 상황에 처해 있는지 알게 되면 교사는 그 학생에게 관심을 갖게 되고, 그러한 마음 작용이 계속되다 보면 학생 역시 교사에게 마음을 열어, 인격적인 만남이 이루어진다. 그리고 이러한 소통 교육을 이루는 데 글쓰기는 아주 중요한 활동 영역이다.

10

6·15 민족작가대회, 평양에 가다

2005년 7월 20일 새벽 4시 반. 나는 부랴부랴 일어나 아침밥을 먹었다. 현관문을 나서며, 드디어 가는구나, 감회가 물결쳤다. 60년 만에 남과 북의 작가들이 한자리에 모이는 '6·15 민족작가대회'에 참석하기 위해 평양에 가는 길이었다. '6·15 민족작가대회'는 2000년 6월 15일 남측의 김대중 대통령과 북측의 김정일 위원장이 만나 한반도의 평화를 위한 공동선언을 채택했는데, 그 선언의 내용을 작가들이 실현하자는 취지에서 이루어진 행사였다. 내 가방 속에는 체류에 필요한 기본 물품 외에 개인 시집 10여 권, 그리고 북에 선물로 줄 5만 원 상당의 의약품과 다른 몇 가지가 들어 있었다.

아침 8시 인천공항에 집결해 방북증을 받아 목에 걸고 출국 수속을 마쳤다. 원래 출발이 10시인데 안개가 자욱하게 끼어 평양에서 비행기가 뜨지 못해 언제 출발할지 모른다고 하였다. 그러다 갑자기 부산해졌다. 조금 있으면 비행기가 도착하니 출국 준비를 하라고 했다.

기자회견을 마친 후 비행기에 올랐다. 비행기는 북에서 전세기로 보내온 '고려항공'이었다. 비행기에는 방금 틀어놓았는지 에어컨 김이 뿜어져 나오고 있었다. 자리에 앉자 부채가 눈에 띄었다. 두 손바닥을 합친 듯한 크기의 손부채인데, 붉은 글씨로 고려항공이라 써 있고, 날아가는 비행기 그림이 그려져 있었다. 비행기 안에 부채라니. 에어컨(에어컨의 찬바람은 이륙 후에 나옴) 대용이란 말인데, 이를 통해 북의 경제 사정을 단박에 알 수 있었다.

순안(평양)공항은 정말 한적했다. 고요 그 자체였다. 귀뚜라미 우는 소리마저 들릴 정도였다. "민족작가대회 참가자들을 열렬히 환영한다!"는 붉은 현수막이 햇살을 되튕기며 짱짱하게 걸려 있었다. 그 앞에서 도착 성명을 발표하고 마중 나온 북쪽 사람들과 사진을 찍었다.

숙소인 고려호텔까지 20여 분 걸렸을까? 공항에서 평양 시내까지 고속도로를 타고 달렸는데, 지나오는 동안 김 주석의 유해가 안치되어 있다는 금수산 기념궁전, 김일성 종합대학, 개선문, 천리마동상, 인민대학습당과 금릉동굴, 구구절 거리 등을 지나쳤다.

듣던 대로 평양은 공원도시였다. 평양에는 70여 개 공원이 있다고 했다. 또 평양은 아파트 도시였다. 20층, 30층짜리 고층 아파트가 줄지어 서 있었다. 그런데 남한처럼 울긋불긋한 게 아니라 대부분 아파트에 페인트칠을 하지 않았다. 환경오염 때문이라고 하는데 아마도 물자 부족 때문인 듯싶었다. 정치 구호는 생각보다 극성스럽지 않았다. "미제를 몰아내고 조국통일 앞당기자", "우리나라 사회주의 만세!" 등이 눈에 띄었고, "위대한 김일성 수령 동지는 영원히 우리와 함께 계신다"는 구호가 건물 곳곳에 걸려 있었다.

숙소인 고려호텔에 도착했다. 저녁 식사 후 6·15 민족작가대회는 인민문화궁전에서 열렸다. UN 총회장을 연상시키는 듯한 회의장은 썰렁하기 그지없었다. 북쪽 문인들이 먼저 와 자리를 잡고 있었는데, 그들은 우리들이 회의장에 들어오는 모습을 멀뚱멀뚱 바라보기만 했다. 일어나 환영의 박수라도 칠 줄 알았는데, 웬걸, 소 닭 보듯 하는 태도였다.

대회는 매우 건조하게 진행되었다. 남한의 작가회의 이사장과 북한의 조선작가동맹중앙위원회 위원장의 개회사에 이어 각처에서 보내온 축사(일본의 오에 겐자부로와 독일의 귄터 그라스 등)가 소개되었고, 안건 제안과 그에 대한 약정 토론으로 한 시간 반 만에 끝났다.

대회 후 우리는 3층 연회장으로 갔다. 영화에서나 볼 법한 크고 고급스런 샹들리에가 대낮같이 불을 밝히는 가운데 정면에 공연 무대가 있고, 6명씩 앉을 수 있는 둥근 테이블에 술과 음식이 정갈하게 차려져 있다. 술은 맥주와 소주였는데, 소주는 우리나라 소주보다 훨씬 독한 평양 소주였다.

우리 자리에는 북의 민화협(민족화합협력위원회, 남북 간 민간단체 통일사업을 총 주관하는 단체)에서 나온 사람, 평양 출판사에 나온 사람, 그리고 소설을 쓴다는 작가 한 사람이 앉았다. 난 주로 민화협의 김학송이란 자와 이야기했는데, 나이 30대 중반, 김일성 종합대를 나온 그야말로 인텔리였다.

"작가로서 글을 쓰는 데 가장 크게 주안점을 두는 게 뭡네까?"

"교원으로서 학생을 지도하는 데 가장 큰 문제가 뭡네까?"

그쪽에서 물어온 질문이었다. 나는 남한 학생들 이야기를 하다가 인터넷과 게임 같은 말이 나오면 대화를 중단하지 않을 수 없었다. 남에서는 누구나 누리는 생활 현실이었지만 북에서는 이해할 수 없는 영역이었기 때문이었다.

평양의 밤은 암흑에 가까웠다. 많지 않은 가로등에도 최소한의 불만 켜 놓았다. 거리에 교통 신호등도 없었는데 아마 전력난 때문인 듯싶었다. 안타까웠다. 평양뿐만 아니라 북한에는 관광지에 서점과 그림 파는 매대(매점)가 있다. 남한에는 관광지에 기념품 가게나 음식점, 술집 등이 많은데, 북엔 그러한 개인이 운영하는 가게는 없고 서점과 그림 파는 곳은 반드시 있었다. 내가 묵었던 고려호텔에도 3층 로비에 서점과 그림 매대가 있었는데, 서점에 들어가 보니 여러 책이 눈에 띄었다. 의학, 민속 등과 관련한 전문 서적도 있었지만 대부분은 주체사상과 북한 사회주의 체제에 관한 이론이나 선양 서적들이었다. 이채로웠던 점은 북에서 발간하는 계간지 『통일문학』에 남측 작가들 작품이 실려 있었다는 점, 북으로 간 장기수 어른들의 자서전이 한 사람당 한 권씩 나와 있었다는 점, 그리고 북의 오영재 시인이나 리호근 시인 등이 펴낸 '6·15 민족작가대회'에 즈음한 기념 시집이 출간되어 있었다는 점이다.

나는 그곳에서 책 몇 권, 민요 테이프, 그리고 그림 매대에서 일급화가 리광철 씨가 묘향산 '무릉폭포'를 그린 그림을 샀다. 그림을 사며 그와 한 시간 넘게 이야기를 나누었는데, 북에는 전문 화가들이 1, 2, 3급으로 나뉘어져 있으며, 3년에 한번씩 '성과'를 중심으로 심사하여 등급을 조정한다고 했다. 그림 판매 대금은 일부는 화가 개인이 갖고 나머지는 국가에 바치는 식으로 처리되며, 기본적으로 월급을 받고 생활하고, 의료와 교육 문제만은 국가에서 전적으로 책임지기 때문에 생활에 큰 어려움이 없다고 했다.

옥류관의 냉면, 민족식당의 단고기(개고기) 식사, 개선문, 김 주석 생가인 만경대, 그리고 어린 유치원생부터 청소년까지 전문적 기예를 가르치고 지도하는 만경대학생소년궁전 참관과 공연 관람 등을 마치고 우리는 백두산으로 향했다.

평양에서 백두산 삼지연 비행장까지는 50분 남짓 걸렸다. 삼지연 비행장. 어느 시골의 한적한 역사(驛舍)에서나 맛볼 수 있는 고즈넉함이 고원지대의 서늘한 바람결에 묻어나고 있었다. 귀뚜라미 우는 소리, 풀벌레 소리까지 다 들렸다. 하늘도 바람도 풀도 고원지대인 여기에서는 모두가 달랐다. 해발 1,400여 미터에 위치해 있으니 그럴 수밖에 없었다. 그런데 놀랍게도 비행장 화장실에 물이 나오지 않았다. '큰일'을 보고 나면 30여 미터 떨어져 있는 물통에서 물을 퍼다 직접 부어야 한다. 그런데 그게 전혀 이상하지 않았다. 오히려 자연스러웠다.

잠시 휴식한 후 우리는 대기 중인 차에 올랐다. 끝도 없이 기어들어가는 산악길. 길 양편에 가지를 무성히 늘어뜨리고 있는 이깔나무 숲을 헤치며, 덜컹거리며, 두 시간 이상 달렸을까. 차가 지금까지 달려온 큰길을 버리고 기어를 바꾸어 액셀을 다시 밟아 부릉 부르릉 진저리를 치며 가파른 샛길로 접어들자마자, 장대같이 쏟아지는 빗줄기. 폭풍에 버금가는 바람이 창문을 때리고 우박이 쏟아지듯 빗방울이 쏟아졌다. 모두들 넋을 잃고 감탄, 백두산 일기가 험하다더니 과연 하며 혀를 내둘렀다.

그렇게 찾아간 곳이 백두산 밀영(密營). 밀영이란 일제시대 항일투쟁 당시 혁명 지휘부와 참모부 그리고 유격대원들 비밀 아지트가 있던 곳이다. 우린 저마다 우비에 우산을 챙겨 차에서 내렸다. 그런데도 지칠 줄 모르고 쏟아지는 비. 잠시 후면 갤 거라고 하지만 도무지 그렇지 않을 듯했다. 나는 동행한 시인 S와 같이 우비를 뒤집어쓰고 밀영의 추녀 밑에 앉아 비를 피하고 있었다. 그때였다.

"저분 홍석중 선생 아냐?"

바라보니 강영주 씨(상명여대 교수, 벽초 홍명희 연구의 대가)가 홍석중 선생, 남대현 선생(장편소설『청춘송가』의 저자)과 우산을 나란히 하고 이야기하고 있지 않은가. 나는 개인적으로 홍석중 선생의 소설『높새바람』과『황진이』, 그리고 남대현 선생의『청춘송가』를 읽은 터여서 더없이 반가웠다. 나는 다가가 인사들 드렸고, 비가 쏟아지는데도 우리는 기념사진을 찍었다.

백두산 밀영을 보고 숙소인 베개봉 호텔로 내려왔다. 그곳에 짐을 풀고 저녁 식사 전 산책을 하러 나왔다. 이깔나무 숲 사이로 붉은 속살을 드러내고 있는 산악도로. 한 떼의 사람들이 숲이 쩌렁쩌렁 울리도록 노래를 부르며 윗도리를 벗어든 채 트럭을 타고 달려 내려왔다. 아마도 집단농장에서 일을 마치고 돌아가는 사람들인 듯싶었다. 북의 운전사들은 웬만해서는 브레이크를 밟지 않는다. 그 울퉁불퉁하고 커브가 심한 산길을 그들은 가차 없이 내달렸다. 소설『고요한 돈강』에 나오는 코자크 인들 같았다. 독한 화주를 털어 넣고 털이 숭숭 박힌 도야지 고기를 날것으로 뭉텅뭉텅 썰어 입에 넣고 질겅거리는 북쪽 고원의 사내들이었다.

다음 날엔 새벽 2시 30분 기상, 3시에 차를 타고 백두산 천지(天池)로 출발했다. 하늘엔 별이 총총했고, 보름을 갓 넘긴 달이 휘영청 떠 있었다. 끝없이 이어진 검은 이깔나무 숲을 헤치며 버스가 달렸다. 자작나무인지 봇나무인지 그 허연 줄기가 마치 유령처럼 나타났다 사라졌다. 그렇게 한 시간 남짓 달렸을까. 점점 키가 낮아지던 숲이 끝나고, 펑퍼짐한 구릉이 펼쳐졌다. 해발 2,000미터쯤에 형성되어 있다는 삼림분포 한계선을 지나 고산지대에 들어선 것이다. 차창 밖으로 키 작은 야생화들이 거센 바람에 몸살을 앓고 있었다. 말로만 듣던 담자리꽃, 비료용담, 물싸리, 분홍바늘꽃, 범꼬리, 하늘매발톱꽃들이었다.

마침내 4시 40분경 정상에 도착. 아직 해는 모습을 드러내지 않았으나 끝없이 펼쳐진 동쪽 운해의 끝자락은 마지막 산통을 다하는 듯 붉은 기운을 마음껏 토해내고 있었다. 세찬 바람에 몸을 가눌 수 없었다. 모두들 두터운 옷에 몸을 웅크리고 있으면서도 얼굴엔 환희의 빛이 흘러넘쳤다. 아, 오늘 정말 운이 좋다. 난 백두산을 지금까지 다섯 번 올랐는데 천지를 보기는 이번이 처음이야, 시인 L이 기뻐 어쩔 줄 몰라 했다. 운이 좋은 건 누구나 마찬가지. 정말 천지를 사이에 두고 왼쪽엔 달, 오른쪽엔 해가 똑같은 크기로 떠 있었으니까. 그 황홀한 장관은 정말 운이 없으면 보지 못할 일이었다. 1년에 20일 정도밖에 볼 수 없다는 천지를 60년 만에 만난 남과 북 작가들이 함께 보았다.

'통일맞이 문학의 신새벽' 행사가 시작되었다. 사회는 북의 리호근 시인과 남의 은희경 소설가. 바람이 어찌나 세게 부는지 전날 새벽까지 술을 드셨다는 신경림 선생은 몸을 제대로 가누지 못했다. 홍석중 선생은 달변가였다. 선동가였다. 마이크 앞에 서자 '6·15 통일시대의 문학'을 열어 나가자라는 취지의 말씀을 거침없이 쏟아놓았다. 행사의 대미는 소설가 정지아 씨가 김남주 시인의 시「조국은 하나다」를 낭독하는 일로 끝났다.

백두산 행사를 마치고 삼지연 대기념비를 찾았다. 삼지연 대기념비에는 짓푸른 삼지연 호수를 배경으로 군복 차림의 김 주석 동상이 중앙에 있고, 항일유격대원들이 출정하는 모습과 승리한 모습이 좌우에 새겨져 있었다. 날은 무더웠다. 햇볕이 머리 위에서 쨍쨍 내리쬐었다. 우리는 저마다 모자를 쓰고 있었는데, 북쪽 사람들은 어느 누구도 모자를 쓴 이가 없었다.

북의 오영재 시인과 나란히 걷게 되었다. 연세를 묻자 일흔이라고 했다. 선생은 고향이 전라도 장성이었다. '김일성 상'을 수상한 북의 계관시인이기도 한 선생은 북의 대표적 서정시인이었다. 난 전에 선생이 쓴 산문「나의 발자욱」을 읽은 터여서 고향에 대해 물었다. 말씀하시는 선생의 눈자위에 이슬이 내비쳤다. 하얀 와이셔츠 차림에 검고 주름진 얼굴. 머리칼 세세히 땀이 배어 나왔다. 내가 모자를 벗어 권해드리자 사양하셨다. 몇 번을 더 권하자 그제야 받아 머리에 쓰셨다. 그러면서 이런 저런 이야기를 나누며 가는데, 앞서 가던 홍석중 선생이 뒤돌아보며 하시는 말씀.

"오 선생이 모자를 쓰니깐 혁명 기운이 싹 사라졌어. 북조선 최고의 시인이 모자를 쓰면 되갔오?"

모두 다 웃었지만 속이 뜨끔했다. 오영재 선생도 얼른 모자를 벗어 내게 건넸다. 농담이었지만 언중유골었다. 그렇구나. 그래서 그들은 모자들을 안 썼구나.

백두산에서 우리 일행은 묘향산으로 발걸음을 옮겼다. 묘향산은 평양에서 약 160킬로미터쯤 떨어져 있었다. 평안도와 자강도 사이에 걸쳐 있는데, 처음에는 태백산이라고 부르다가 산에서 묘한 향기가 난다고 하여 묘향산이라고 불렀다고 한다. 특히 김 주석이 이 산을 몹시 사랑했다고 하는데, 그래서 뒤에 이야기할 국제친선전람관을 이곳에 지었는지도 모르겠다.

묘향산 가는 길에 북의 인민들이 생활하는 모습을 차창 밖으로 나마 볼 수 있었다. 여름철 햇빛을 흠씬 받아먹고 자란 농작물들이 성하의 싯푸름을 더해가고 있었는데, 이례적인 일은 논과 밭 사이 2~3층짜리 단독주택들이 들어서 있다는 점이었다. 옆에 있던 시인 S가 말했다. 김 주석이 가능한 한 농민들이 일하는 일터에서 가깝게 집을 지으라고 해서 저렇게 들 한가운데 지었다고 했다. 그러고 보니 그럴듯했다. 그러나 단독주택이라기보다는 임시로 거처하기 위한 가건물 같다고 할까? 페인트칠을 하지 않아 더욱 그런 인상을 주었지만 아무튼 생활 형편은 더없이 초라하고 힘겨워 보였다.

어두워서야 향산호텔에 도착했다. 호텔인데도 역시 TV도 나오지 않고 전화기는 다이얼식. 저녁 식사를 마치고 공연을 관람했다. 부르는 노래들이 새로 작곡한 민요였는데 내용에 한결같이 '수령님', '장군님' 등의 말이 들어가 있었다. 평양에서도 그랬지만 공연을 보는 동안 불쾌감이 들었다. 꼭 저래야만 하나, 노래에서마저 저럴 필요가 있을까, 하는 의구심이 꼬리를 물었다. 호텔 로비 매대에서 묘향산에서만 난다는 석이버섯(돌버섯)과 다른 나물을 샀다.

다음 날 아침 식사 후 국제친선전람관을 관람했다. 그곳은 김 주석과 김정일 위원장이 각국의 수반들에게 받은 선물을 전시해 놓은 곳이다. 1978년에 건립된 6층짜리 본관에는 김 주석이 157개국에서 받은 선물 21만 4,093점이 전시되어 있고, 별관에는 김 위원장이 163개국으로부터 받은 선물 5만 3,419점이 전시되어 있었다. 한마디로 세계에서 보내온 보물이란 보물은 모두 모아놓았는데, 안내원 동무 말에 따르면, 우리 주석님과 장군님께서 이렇게 세계 정상에 있는 유수한 정치경제 지도자들로부터 신망을 받아 선물을 받았는데, 하나도 개인적으로 꼬불치지 않고 그 가치를 인민들과 함께하기 위해 내놓으셨다고 했다.

아무튼 세계의 온갖 진귀한 보물이란 보물은 다 모아놓은 듯했다. 그런데 재밌는 일은 남한의 힘깨나 쓴다는 자들이 거의 모두가 북에 선물을 했다는 점이다. 정주영은 금송아지와 자동차를, 이건희는 컴퓨터와 대형 TV 등을 보냈고, 김우중이 보낸 선물은 한두 가지가 아니었다. 정치인 중에는 전두환이 보낸 선물이 가장 많았고, 하다못해 북의 문제라면 쌍심지를 켜고 반대하던 김종필이 보낸 선물까지 있었다. 게다가 남한의 대표적 보수 신문 중 하나인 동아일보는 자기들 신문에 났던 김 주석의 보천보 전투 기사를 동판으로 떠서 선물하기도 하였다. 보천보 전투는 김 주석이 항일 투쟁을 하던 당시 처음으로 국내에 진입해 벌인 전투였는데, 보천보 전투를 인정함은 사실 북의 사상과 역사를 모두 인정하는 일과 다를 바 없는 것이다.

선물을 구경하다가 어떤 장중한 음악이 흐르는 방에 들어갔는데 거기서 나는 잠시 숨이 멎을 뻔했다. 김 주석의 밀랍 상을 모셔놓은 방이었는데 실물과 하도 똑같아서 금방이라도 김 주석이 뚜벅뚜벅 걸어 나올 듯싶었다. 중국에서 만들어주었다는 이 밀랍 상은 삼지연을 배경으로 뒷짐을 지고 서 있는 모습이었다. 등신대 크기로 만들어져 안경, 양복, 구두, 넥타이까지, 어쩌면 그렇게 실물과 똑같은지 정말 놀라웠다. 듣기로는 밀랍상 온도까지 36.5도로 맞춰져 있다는데, 그걸 확인할 수는 없었지만, 어쨌든 북의 여성 안내원들 대부분이 이 밀랍상 앞에서 감격에 겨워 눈물을 흘렸다.

옛날 묘향산에는 절이 많았다고 한다. 360개나 있었다는데 지금은 그 정도는 아닌 모양이다. 한복을 곱게 차려 입은 해설 동무가 보현사 입구에서 우릴 맞아 주었다. 보현사는 서산대사와 관련한 유물이 많고 또 팔만대장경도 잘 보존되어 있는 곳이다. 안내원 동무의 해설이 지루해 샛길로 빠져 어느 둥구나무 그늘에 앉았는데, 어느새 소설가 K씨가 시멘트 의자에 넉장거리로 뻗어 있다. 자는지 꿈꾸는지 아니면 쏟아지는 매미소리에 귀를 씻는지, 숨 쉬는 배가 남산만 하게 오르락내리락거렸다.

향산 호텔에서 점심을 먹었다. 고사리, 취나물, 돌버섯, 표고버섯, 참나물 등 각종 산나물과 송어튀김, 소고기 볶음 등이 나왔는데, 산나물은 호텔의 접대원이나 의례원들이 손님이 없는 날 직접 산에 올라가 채취해 온다고 했다.

점심을 먹고 다시 평양으로 향했다. 작가대회 폐막식이 남아 있었다. 평양으로 돌아오는 여름 북녘의 들판을 잊을 수가 없었다. 노을로 붉게 물든 하늘, 붉은 황토. 밭 가운데 한가로이 매여 있는 황소, 드넓은 옥수수 밭에 엎드려 일하고 있는 인민들.

작가대회 폐막식은 개막식이 열렸던 인민문화궁전에서 열렸다. 폐막 연회에서 우리 자리에 북의 작가 세 분이 같이 앉았다. 소설가 김청람 선생, 아동문학가 한 분, 또 다른 소설가 한 분. 수인사가 끝나자 기다렸다는 듯이 아동문학 하시는 분이 언성을 높였다.

"남쪽에선 아동문학을 홀대한단 말입니다."

이야기인즉 개막식 때 남쪽 작가들을 소개하는 자리에서 시인 소설가 수필가 극작가 등등 모두를 소개한 말미에 아동문학가를 소개했는데, 그걸 보고 속으로 분개했다고 했다. 다시 말해 아동문학을 남에서는 꼬래비로 천대한다는 거였는데, 그러면서 하는 말이

"우리 북에서는 위대한 장군님 지도 아래 문학은 거저 시, 소설 그리고 아동문학 이렇게 세 분야가 앞뒤 없이 나란히 가고 있시오."

만나자마자 마치 꾸지람하듯 열변을 토하는데, 은근히 밸이 꼴렸다. 하여 꼭 그렇지만은 않다, 남쪽에서도 아동문학은 엄연한 문학의 한 영역이자 주체요, 그걸 생산해내는 작가들 역시 풍부하며 시장 또한 하나의 독자적인 영역으로 형성돼 있다고 조곤조곤 이야기해 주었다.

폐막식 내내 나는 김청람 선생하고 이야기했다. 선생은 65세에 평양 토박이. 일찍이 문예창작단에서 작품 활동을 하였고 지금은 집에서 창작하고 있는데, 자녀들 모두 결혼하여 큰아들 집에서 부

인과 함께 산다고 했다. 기름한 얼굴에 연신 담배를 피워 대는데 폐가 안 좋아 병색이 얼굴 밖에까지 비쳐 있었다.

소설작법, 그 속에 관철되는 창작 방법론으로서의 사회주의 리얼리즘에 대하여, 60·70년대 북한 문예작품이 80년대 중·후반에 들어서 변모하게 되는데 그렇게 된 배경, 90년대 이후 북의 문예창작의 주류 등에 대해, 내가 묻고 그분이 답하는 형식이었다.

"조 선생은 글을 쓴지 얼마나 됐소?"

"올해로 등단한 지 꼭 20년입니다."

"그동안 성과는 어느 정도 냈소?"

"네? 성과요?"

"책 말이오, 책."

그렇게 뻗어나간 문학 이야기는 술잔을 사이에 두고 담배 연기를 피워 올리며 서로의 집안 이야기, 남북한 교육 이야기, 생활 이야기 등으로 이어져나가다가 다음 말에서 한 머리 돌렸다.

"지금까지 평생 글을 써 오셨는데 감회가 어떠신지요?"

내 말에 양 볼이 옴쏙 들어가도록 담배를 빨아 대며 하시는 말씀.

"작가가 글을 써야지요. 난 후회 안 해요. 조 선생도 살아 있는 한 글을 써요. 다른 사람은 몰라도 우리 작가들은 글로 만나야 돼요. 나중에 좋은 때가 오면 우리도 글로 만날 수 있을 거요."

그러면서 테이블 밑으로 내 손을 꽉 잡아 쥐었다.

선생이 자기 주소를 적어주었다. 그러면서 나에게도 주소를 적어 달라고 하셨다. 언제 다시 만날지 모르지만 그때가 되면 서로 찾아보자고 하셨다. 우린 연회 후 껴안고 또 껴안았다. 포옹을 풀지 않은 채 그분을 배웅하면서, 북쪽 작가들 대기실 문 앞까지 따라가 이별을 아쉬워했다.

기원(紀元)이란 무엇일까? 하나의 점일까, 아님 요동치는 어떤 움직임일까? 어쨌든 이번 '6·15 민족작가대회'의 의미는 같은 모국어를 쓰는 언어의 형제들이 서로 다른 국가의 실체를 인정하는 가운데 하나가 될 수 있는 가능성을 탐색하는 자리였다. 막심 고리키였다. "작가는 나라와 계급의 귀이자 눈이요 감각기관이다"라고 말한 사람이. 그런 면에서 볼 때 이번 우리 만남은 기존의 남북교류의 연장선에서 이루어진 일이긴 하였으나, 사람과 사물, 역사를 바라보는 고도의 감수성을 지닌 '작가들'이 만났다는 점에서 의미가 있다고 볼 수 있겠다. 문학의 교류는 바로 우리 민족의 내면적 소통이요, 정서의 교환이며, 사상과 생활 감정의 뒤섞임이고 체제를 뛰어넘어 '인간'을 볼 수 있게 하기 때문이다.

그런 역사적인 자리에 일행의 꼬래비로나마 참석하여 통일염원의 웅숭깊은 기운을 느낄 수 있었음이 나에겐 다시 오기 어려운 기회였다는 생각이다.

11

죽음들

때가 되면 누구나 죽음으로부터 초대장을 받는다. 아무리 반송시켜도 초대장은 어느 날 다시 날아온다. 결국 언젠가 문을 열어주고 받아들일 수밖에 없는데, 그래서 인생은 신묘한가. 초대장에 초대된 그 이후의 세계만큼이나 이전의 세계도 신묘한 것인가. 왕후장상이든 저잣거리 한량이든 그래서 제 인생은 다 값지고 고귀한 것. 높아봤자 얼마나 높고 길어봤자 얼마나 길겠는가.

그리하여 누구에게나 입을 열면 눈물이 솟구치는 말이 있다. 누구에게나 떠올리면 눈물부터 맺히는 가슴 아픈 장면이 있다. 가슴속 응어리로 맺혀 있는 말. 혼자 간직하다 죽어야 사라지는 가슴속 한 장면. 상처로 남은 말, 상처로 남은 장면. 그리하여 상처는 죽기 전부터 응어리였다. 누구도 죽음 앞에서 두 번 다시 상처의 핏물을 닦아낼 수 없다. 그래서 유행가 한 구절이 이렇게 뼈아프게 다가오는가. "있을 때 잘해." 누구는 그러고 싶지 않았나? 또 누구는 그렇게 안 했나? 그런데도 회한은 사무친다. 잘했으면 잘한 대로, 죽음이 보낸 마지막 초대장을 받아든 이들 앞에서 회한은 사무친다. 그래서 생각하면 눈물이 고이는가 보다. 아름다운 영혼을 회억하는 눈물이.

6·15 민족작가대회로 북한에 가기 몇 달 전 나에게 두 가지 큰 일이 있었다. 하나는 전교조 위원장이셨던 윤영규 선생님이 돌아가신 일이고, 하나는 형을 장애인 시설에 보낸 일이다. 그동안 교사운동하면서 많은 분들의 죽음을 목격했다. 1987년 이순덕 선생부터 시작해 직접 살을 맞비비며 일했던 20여 분이 세상을 떠났다. 거의 대부분 암이었다. 그런데 그런 죽음이 언제부턴가 일상의 일이 아닌 실존의 문제로 와 닿기 시작했다.

윤영규 선생님 죽음부터 그러했다. 생각해보니 그때 내 나이가 마흔 아홉이었다. 삶에 외로움을 느끼면서 그리된 듯싶었다. 외로움이라. 할 일이 없어 혼자 심심해하는 그런 외로움이 아니라, 몇십억 광년 전부터 운명처럼 짝지어져 지구라는 행성을 운항하던 중, 그중 어느 하나가 먼저 소멸해 홀로 무한 천공에 남겨진 듯한 그런 외로움이었다. 나를 응원하고 지지해주고 알아주던 이들이 하나 둘 내 곁을 떠나 내 삶의 한쪽 기둥이 기우뚱 기우는 그런 당혹스러움이었다.

윤영규 선생님도 그러했고 최근(2011년)에 돌아가신 유상덕 선생님도 그러했다. 유상덕 선생님은 30여 년을 어두운 밤바다에서 노를 젓듯 인생의 바다를 같이 저어왔는데, 암이라는 덫에 걸려 참혹하게 돌아가셨다. 그런 분들을 잃을 때마다 나는 내가 서 있는 땅의 일부분이 뭉떵뭉떵 잘려나가 급기야 단애의 벼랑 끝에 홀로 서 있는 듯한 느낌을 받는다.

형을 장애인 시설로 보내게 된 일은 오랫동안 가족의 논의를 거쳐서였다. 형도 형이지만 무엇보다 어머니가 걱정이었다. 태어나서 지금까지 52년을 비록 성치 못한 자식일망정 당신이 손수 먹이고 입히셨던 터였다. 그런 어머니가 과연 형을 시설에 맡겨 놓고 아무렇지 않게 사실 수 있을까? 그러나 우리는 우리대로 시설을 물색했고, 집에 가 그 일을 어머니께 말씀드렸다. 날이 갈수록 형이 집에서 생활하기가 어려웠다. 식사를 제대로 하지 못했고, 나이 들어 행동이 굼떠 대소변을 제때 가리지 못했다. 더구나 아버지도 병세가 악화되어 다른 이의 도움 없이 생활하기가 어려웠다. 이마에 난 대상포진 후유증으로 고생하신 아버지는 이마의 상처를 긁어 자고 나면 얼굴이 피칠갑이 되었고, 역시 대소변 때문에 옷을 자주 버렸으며, 등창이 나고, 마당에서 넘어져 대퇴골 골절 수술을 받는 등 어머니 혼자 감당할 수 있는 처지가 아니었다. 시골에 가면 나는 어머니와 마주 앉아 아버지와 형 문제로 심각해져 가는 집안 문제에 대해 많은 이야기를 나누었다. 형을 시설에 모시자는 내 말에 어머니는 말가웃이 넘는 한숨을 폭 쉬셨다.

"몸이나 성하면 모를까, 집이서두 션찮은디 그런 디 가 살 거 생각허믄."

그럴 때마다 어머니는 눈물바람이셨고, 나도 눈시울이 젖어 더 이상 아무 말도 못하는 그런 날들이었다.

형이 시설에 들어가는 문제는 내게도 엄청난 스트레스를 주었다.

우선 형이 생활하기 좋은 곳을 찾아야 하는데 마땅한 곳이 없었다. 나는 충남 일대, 충북, 경기도까지 마땅한 곳을 찾아 두루 돌아다녔다. 시설도 시설이지만 또 하나 고민은 형이 과연 새로운 생활에 잘 적응할 수 있을까 하는 거였다. 이런 문제로 고민하다 잠이 드는 날이면, 나는 형이 집에 간다고 시설을 걸어 나와, 교통사고가 나 피투성이가 되는 꿈을 꾸곤 하였다.

많은 이야기가 오간 끝에 2005년 4월 형이 '사랑의 집'에 들어갔다. 형이 집을 떠나던 날 우리 모두는 완전히 긴장한 채로 형을 지켜보았다. 혹 가지 않겠다고 고집하면 그보다 더 당혹스런 일은 없을 듯싶었다. 그런데 이게 웬일인가. 형은 마치 소풍가는 어린이처럼 즐거워하며 집을 떠나 우리 모두를 당혹스럽게 했다. 그 후 어머니는 시간이 나는 대로 사랑의 집을 찾았고, 원장님께 감사했으며, 별 탈 없이 잘 있는 형을 보고 편안해 하셨다. 그곳에서 형은 1년 6개월 정도 살았다. 그 후 몸이 안 좋아 의료원에 입원하여 지내다, 퇴원 후 2008년 1월 9일 요양원에서 세상을 떠났다.

그가 우리 곁을 오래오래 다녀갔다
깊고 둥근 발자국을 우리들 가슴에 새겨 놓았다
그가 떠나던 날
그는 말하지 못하는 입으로
평생 나로 하여 많은 이들이 아팠을 것이다
말하는 것 같았다, 어느 날 그는
빈 외양간의 소처럼 우리 곁을 떠났다

비가 내렸다, 어머니 눈물처럼 빗방울은 굵고
우린 삽으로 구덩이를 팠다, 구덩이 속 어둠 대신
빗물이 고였다, 어머니 무덤 가 향나무 심고
그를 묻었다, 여기까지 끌고 온 지상에서의 삶이
마침표처럼 찍힌 구덩이였다
곰국처럼 흐린 일생 위에서
다시 곰국처럼 흐린 일생 밑으로
그가 내려가고 있었다

_「소 3」 부분

어린 시절 나에게 풀리지 않는 최초의 의문을 던져준 형. 다른 이들은 다 말을 잘하는데, 왜 형만 말을 하지 못할까, 에서 시작된 의문은 형이 세상을 떠난 후까지 풀리지 않는 의문이 되었다. 우린 형의 죽음을 가까운 친척과 온암리 마을 사람들에게만 알렸다. 형이 사랑의 집에 있을 때, 어머니께서 황망히 돌아가시고(2006년), 아버지는 병환으로 노인병원에 계셔서, 온암리 시골집은 텅 비어 있었다.

우린 형을 화장하여 어머니 무덤가에 묻었다. 화장장에서 형이 한 줌 재로 변하는 동안 나는 형이 나와 우리 가족에게 가져다 준 운명적 상처에 대해 생각했다. 장애를 통해 평생 우리들에게 드리운 씻을 수 없는 상처를. 그러나 상처야 우리가 받으면 되었지만, 형의 인생은 무엇인가? 형이 너무 불쌍했다. 왜 똑같은 사람인데 이렇게 불공평하게 태어나야 하나. 한 번도 사람대접을 제대로 받아보지 못한 형이었다. 어려서부터 가슴에 품었던 이 '운명적 불공평'에 대한 의문을 나는 형이 죽은 후에도 풀 수 없었다. 형이 잘못한 게 뭔데 그렇게 태어난 거야? 왜 어머니에게 평생 벗을 수 없는 짐을 안겨준 거야? 누구야? 신이야? 하느님이야? 나는 형이 불구덩이에서 재로 변하는 동안 대기실에서 끝도 없이 울었다. 이런 모습을 보지 않고 어머니께서 먼저 돌아가신 일이 다행이다 싶으면서도 흐르는 눈물은 걷잡을 수 없었다. 치매기까지 도져 어머니와 형의 죽음조차 잘 알지 못하시던 아버지. 한줌 재가 된 형을 어머니 곁에 묻으며 나는 마음속으로 다짐했다. 언젠가 형의 이야기를 글로 쓰겠노라고. 그렇게라도 해서 나는 형이 우리 곁을 다녀간 흔적을 남기고 싶었다(그 후 2007년 나는 『이빨자국』이라는 청소년 소설에서 형의 모습을 담았다).

그 후 아버지는 노인 병원과 요양원을 4년간 전전하다 돌아가셨다(2009년). 아버지의 죽음. 아버지는 죽음이 보내온 초대장을 여러 번 거절하시다 그날 결국 받아들이셨고, 아버지를 거친 그 초대장은 이제 곧 나에게 전해질 거라는 생각에 가슴이 서늘하였다. 아버지. 나는 생전에 아버지를 좋아하지 않았다. 참을성 없이 몰아붙이는 성격 때문이었다. 그런 성격이 어머니의 가슴을 조였고, 내가 아버지를 싫어하게 했으며, 느닷없이 집안의 온도를 싸늘하게 했다. 그렇지만 또 그런 점이 있어 많은 일이 과단성 있게 처리된 것도 사실이었다.

어려서 내 목에 보자기를 두르고 머리를 깎아주던 일, 동이 트지 않은 신새벽 폭설이 내려 무릎까지 푹푹 빠지는 산길을 걸어 첫차를 타러갈 때, 앞서 걷는 아버지 발자국을 뒤따르는 엄마가 딛고, 엄마의 발자국을 내가 밟으며 서울로 유학을 가던 일, 고등학교 시험에 떨어졌을 때 유리컵에 내 눈물을 담아 친척들 앞에 내보이며 나를 모욕한 일. 아, 그때 그 밥상에서 흘린 눈물. 나는 그날 너무나 창피해서 꼼짝하지 못한 채 밥그릇에 눈물만 뚝뚝 떨구었지. 그때 그 눈물이 없었더라면, 오늘날 나라는 인간이 존재할 수 있었을까?

어머니는 너무 경황없이 돌아가셔서 충격이 컸다. 시골집에서 홀로 지내시다 복통이 일어 홍성 의료원을 거쳐 단국대 병원에 오신지 6시간 만에 돌아가셨으니 말해 무엇하겠는가? 게다가 형과 아버지에 비해 어머니는 평소 너무나 건강하셔서 그렇게 황망히 돌아가실 줄은 정말 꿈에도 생각하지 못했다. 나는 넋이 나가 눈물도 없이 어머니 장례를 치렀다. 장례식 때 나오지 않던 눈물은 그 후 한 달쯤 지나 혼자 시골집에 가는 차 안에서 터졌다. 52년간 당신에게 드리운 운명의 '그늘'을 밀어내지 않으시고 끝까지 형을 보듬었던 어머니. 그런 어머니를 생각하며 나는 차 안에서 눈물이 앞을 가려 운전을 할 수 없을 정도로 울었다.

그렇게 고생하시며 돌아가신 어머니였지만, 어머니에 대한 회한은 없었다. 평생 얼굴에 수심의 빛이 가시지 않았던 어머니였지만 나는 생전에 어머니와 많은 이야기를 나누었다. 집안 문제, 인생살이, 그 외 많은 것들에 대해 때론 자식으로 때론 친구로 가슴속 응어리를 이야기로 풀어나갔다. 아마도 어머니도 나와 이야기를 나누며 많은 근심을 덜었을 것이다. 자식이 여럿이었지만 특히 나하고 어머니는 가슴에 엉킨 응어리를 담배로 이야기로 또 노래로 풀어내었다.

어느 이야기보다 긴 이야기

_「어머니」 전문

언젠가 어머니에 대한 시를 쓴 적이 있다. 처음 30여 행 되는 시를 다듬고 다듬다 보니 이 한 줄이 남았다. '어느 이야기보다 긴 이야기', 이 한 줄로 남은 어머니. 세상엔 얼마나 많은 이야기가 넘쳐나는가. 그러나 이 세상 모든 이야기를 다 합해도 나와 어머니가 나눈 이야기보다는 짧을 듯싶었다.

부모님과 여러 가까운 분들을 떠나보내며 이제 그분들은 세상에 없지만, 누군가 그분들을 기억하는 한 그분들은 아직 이 세상을 떠난 게 아니라는 생각이 든다. 아무도 기억하지 않을 때, 기억해주는 이가 이 세상에 없을 때, 그때 그분들은 진짜 세상을 떠난다. 그때까지 모든 죽음은 사라지는 게 아니라 나와 함께 하는 것이다.

12

청소년 문학과 청소년 평화모임

① 청소년 문학

문학에 전념하기로 한 이후 나는 우리말을 공부하면서 새벽에 일어나는 생활을 계속해 왔다. 앞서 말했듯이 나 자신과 한 약속을 지키기 위해서였다. 그러면서 시집 세 권(『그 나라』, 『백제시편』, 『좋은 날에 우는 사람』)을 간행했고, 산문집 『내 안의 작은 길』, 전교조 결성을 소재로 한 장편소설 『지난날의 미래』, 그리고 생활동화 『넌 혼자가 아니야』 등을 펴냈다.

그런데도 마음은 편치 않았다. 1999년에 전교조가 합법화됐지만 여전히 학교 현장은 어려웠고 아이들은 입시 위주의 경쟁교육에 시달렸다. '마인드 비전 프로그램'을 개발하여 여러 학교, 지회, 지부, 참교육실천대회 등 강연에 참여하면서 마음속 갈등은 더 깊어졌다. 문학을 한다고 모든 걸 외면하고 있지는 않은가? 이건 그야말로 이기적인 태도가 아닌가? 운동이라는 측면에서도 그랬거니와 인간관계에서도 그러했다. 지금도 마찬가지지만 그때도 모든 인간관계는 '일'을 중심으로 풀려나갔다. 예컨대 전교조 활동을 하다 중단하면 그동안 맺었던 인간관계마저 소원해지거나 단절되었다. 경조사마저 전교조 라인을 통해 알려지기 때문에, 누가 특별히 연락해 주지 않으면 알 길이 없었다. 그런 상태로 10년 이상 틀어박혀 있었으니 자연 관계가 소원해지고, 어쩌다 한 번 만나면 공동의 화제로 서로 말 섞는 일조차 어색해졌다.

그럼에도 나는 내 생각이 맞다고 확신했다. 이제는 무슨 일을 하더라도 '문학'을 통해 일을 해야 한다는 생각이 자리를 굳혀 갔다. 확고한 '자기 영역' 없이 예전처럼 헌신적으로 운동만 한다면 결코 오래가지 못할 거라는 생각에서였다. 그런데도 늘 마음속에서는 이른바 '운동'과 '문학'이 충돌하며 길항하고 있었다.

그러다 2004년 '아이들'을 위한 문학, 청소년 문학을 하자는 생각이 들었다. 아이들이 읽을 수 있는 글을 쓰자, 그동안 학생 글쓰기를 주로 해 왔는데, 이제 내가 쓴 글로 아이들을 만나자, 그리고 그 일이라면 누구보다 내가 잘 할 수 있겠다는 생각이 들었다. 왜냐하면 나는 교사로 매일 하는 일이 학교에 출근해 아이들과 같이 생활하는 터라 누구보다 아이들 사정을 잘 알았고, 좋은 글을 쓰기 위한 문학적 훈련은 앞으로 계속해 가면 되겠다 싶었다. 그해 나는 처음으로 「자연교실 ①: 돼지 잡던 날」이라는 제목으로 단편 하나를 썼다. 원고지 50여 매 분량의 짧은 소설이었다. 이렇게 분량을 짧게 한 것은 교실에 들어가 한 시간 안에 아이들에게 읽어줄 수 있게 하기 위해서였다. 아이들 반응은 좋았다. 한 시간에 걸쳐 읽어주는 낭독에 아이들은 귀를 기울이며 재미있어 했다. 아이들은 소설 속 이야기를 좋아했다. 이야기 속에 녹아 있는 따뜻한 휴머니티를 좋아했다. 이렇게 쓰인 글들을 나는 나중에 『싸움닭 샤모』라는 책으로 묶어 청소년 소설로 발간하였다.

그동안 나는 교사로 그리고 글을 쓰는 작가로 살아오면서 이런 생각을 많이 했단다.

사람을 집에 비유하자면, 어린 시절은 집터와 같고 청소년기는 그 집의 대들보와 같다고.

그러니까 한 사람의 인격이 형성되는 데 중요한 시기는 유년기와 청소년기인데, 청소년기보다 더 중요한 것은 유년기, 곧 어린 시절이라는 것.

왜 그렇게 유년기가 중요할까?

사람에게는 가족과 친구 주변 사람들과의 따뜻한 관계 속에서 어려서 체험해야 할 인격적 요소가 있기 때문이야.

그 시기가 아니면 안 되는 것들, 이를테면 우정, 호기심, 자기만의 비밀 공간, 놀이, 생명에 대한 외경, 이성에 눈뜸, 말로 표현할 수 없는 마법 같은 이야기에 빠져드는 일, 새로운 세계에 대한 그리움, 이런 것들이 그것인데, 이러한 삶의 요소를 대자연의 품에서 체험해 보는 것.

나는 이 책을 통해 그런 이야기를 하고 싶었단다.

_『싸움닭 샤모』 '작가의 말' 중에서

소설 속 주인공인 안평대에게 작가인 내가 편지로 이야기하듯 쓴 글이다. 온갖 인공물에 둘러싸여 지내는 요즘 아이들에게 필요한 것이 무엇이며, 온전한 인격을 갖춘 사람으로 성장하기 위해 무엇이 필요한지를 이야기하는 내용이다.

학생 글쓰기와 내가 쓴 글을 아이들에게 읽어주면서 나와 아이들과의 행복한 만남은 계속되었다. 그러다 2007년 돌아가신 형을 소재로 『이빨자국』이라는 청소년 소설을 썼다. 『이빨자국』은 구승재라는 중2 남학생을 주인공으로 내세워 장애를 지닌 그의 형 구승운과의 생활을 그린 청소년 소설이다. 나는 이 소설에서 예전에 내가 학교에서 실시한 '마인드 비전 프로그램'을 끌어들였고, 마인드 비전반에 들어가 타인과 함께 함으로써 구승재의 자아가 어떻게 확대되어 가는가, 다시 말해 형의 장애로 인한 열등감을 어떻게 극복해 가는가, 하는 과정을 소설에 담아내고 싶었다.

그 후 원래 3부작으로 쓴 소설 중 첫째 권인 『싸움닭 샤모』에 뒤이어 두 번째 소설 『불량 아이들』을 썼다. 그리고 6·25 때 서울이 인민군에게 함락되어 3개월 동안 인공 치하에 있을 때, 중풍에 걸린 할머니 때문에 피란 가지 못한 17세 여학생을 주인공으로 한 『노란 달맞이꽃의 여름』을 썼다.

청소년 문학은 그동안 늘 마음속에서 갈등해 오던 운동과 문학의 행복한 만남이었다. 운동과 문학이 '청소년 문학'을 통해 하나로 거듭난, 그리하여 내가 가야 할 길이 거기 있었다. 운동에 전념한 지 10여 년, 그리고 문학에 전념한 지 10여 년. 그 긴 대립과 충돌의 세월을 지나 두 영역이 행복하게 만나는 지점이 나에겐 청소년 문학이었다.

② 청소년 평화모임

1994년 복직하면서, 다시 말해 문학에만 전념하기로 하면서 나는 한 가지 결심을 했었다. 앞으로 절대 강연을 하지 않겠다는 것, 그리고 어떤 단체나 모임을 조직하지 않겠다는 거였다. 강연을 안 하기로 한 것은 남 앞에서 책임질 수 없는 말을 한다는 게 끔찍했고, 무슨 단체를 조직하면 역시 그에 대해 책임을 져야 하는데 이제는 그럴 수 없어서였다.

하여 그렇게 10년을 보내고 있는데, 2005년 무렵 내 안에 무르익어 가는 '꿈'이 하나 있었다. 그것은 문학을 통해 한·중·일 동북아시아 청소년들의 평화를 위해 무엇인가 해야 하지 않을까 하는 거였다. 우리나라나 중국, 일본 모두 씻을 수 없는 역사적인 상처가 있다. 우리나라엔 5·18 광주가 있고, 중국의 경우 난징 대학살이 있으며, 일본엔 오키나와 대학살이 있다. 이 현대사의 상처를 고리로 각국의 청소년들에게 평화의 소중함을 일깨워주는 일이 필요하다 싶었다. 이 문제를 위해 3국이 먼저 느슨한 연대의 틀(예컨대 동북아 청소년 평화 포럼)을 만들고, 각국 실정에 맞게 문학을 통해 청소년 평화를 실현하면 좋겠다는 생각이 들었다. 이 세 나라는 같은 유교 문화권 안에 있고, 앞으로 세계 질서의 변화 속에 때론 각축하고 때론 힘을 합쳐야 하는데, 미래세대의 주역인 청소년들이 자라나면서 역사와 평화에 대한 인식을 조금이나마 같이 할 수 있었으면 하는 바람에서였다.

또한 우리나라 청소년의 경우 입시 위주의 경쟁교육이 가장 큰 스트레스 요인으로 자리하지만, 그 외에 생활 속에 뿌리 내린 가정 폭력과 해체, 군사문화, 유교적 봉건잔재(남녀차별, 제사 등)로 고통받고 있어서였다. 실제로 우리나라 고등학생 22퍼센트가 우울증, 초·중고생 10퍼센트가 은둔형 외톨이, 그외 ADHD(주의력결핍장애), 인터넷 게임 중독 등으로 심각한 정신장애에 처해 있지 않은가.

이런 문제의식을 문학으로 풀어볼 생각으로 나는 실천문학사의 '청소년문학기획회의'에 참여하게 되었다. 그곳에서 약 5년여 활동했지만 내 생각과 실제 돌아가는 현실과는 많은 차이가 있었다. 특히 나는 학생들이 쓴 글이나 그림 모두 청소년들에게 필요하다고 생각되어 출판하려 했지만, 출판사는 기성작가들이 쓴 소설에 더 큰 비중을 두었다.

기획 일을 하면서도 청소년 평화를 위해 무슨 일을 어떻게 할 수 있을까 하는 생각을 늘 갖고 있었다. 그러던 차에 사계절 출판사에서 펴낸 '한중일 공동기획 평화 그림책' 시리즈를 보고 무릎을 탁 쳤다. 그렇구나. 내가 갖고 있는 문제의식을 누군가도 가지고 있었고, 또 이렇게 구체적인 결과물로 만들어 냈구나. 그러나 사계절의 기획 작품과 내가 생각하는 동북아 청소년 평화 문제는 기본적으로 틀이 달랐다. 그러면서 시간이 가고, 어느새 명예퇴직 문제가 코앞의 현실로 다가왔다. 마음이 급해졌다. 청소년 평화를 위해 무언가 단체를 만들어야 하나 말아야 하나. 나는 이 문제를 두고 그동안 7년여를 고민했다. 그러다 내린 최종 결론은 '만들자'였다. 만들되 내가 감당할 수 있는 선에서, 조직 형태도 기존의 어떤 것과도 완전 색다르게, 회원에게 구체적인 이익이 가도록 만들기로 했다.

'청소년 평화모임'은 말 그대로 '청소년들이 평화롭기 위해서는 어른들이 먼저 평화로워야 한다'는 취지에서 출발하는 모임입니다. 부모나 교사들이 경쟁 심리에 사로잡혀 있는데, 그 가정의 그 교실의 아이들이 평화로울 리 없습니다. 내가 평화로워야 내 주위가 평화로울 수 있습니다. 그런 평화의 그물망을 실현하고자 하는 것이 우리들의 모임입니다.

이 모임은 전적으로 회원의 자율성에 바탕을 두고 있습니다. 이 모임에는 다른 모임과 같은 조직체계나 회칙, 임원, 회원 간의 모임이나 임무 같은 게 없습니다. 회원은 오로지 월 회비 1만 원을 자동이체 하여 납부하면 회원이 되고, 모임이 마음에 안 들어 탈퇴하고 싶으면 자동이체를 해지하면 됩니다. 대신 회원은 서울에 있는 작은숲 출판사에서 발간하는 책과 회보를 무료로 받아보게 됩니다.

_「청소년 평화모임 안내문」 부분

청소년 평화모임은 2012년 3월 회보 1호를 발간하면서 활동을 시작했다. 청소년 평화모임은 말 그대로 뜻을 같이 하는 사람들이 모인 임의단체이다. 모임이 결성되어 활동에 들어가니 벌써부터 이 모임의 전망에 대해 고민하게 되었다. 전문가를 찾아가 자문을 구한 적도 있었다. 사단법인, 재단법인, 협동조합, 연구소 등 이야기가 나왔으나, 그분은 우선 뜻을 같이 할 수 있는 핵심 역량을 기르는 게 좋겠다고 조언했다.

청소년 문학과 청소년 평화모임은 그동안 내 삶의 귀결점이었다. 귀결점. 하나의 세계가 마무리되면서 동시에 다른 세계로 열려 있는 출발점. 앞으로의 내 삶은 이 두 영역에서 크게 벗어나지 않을 것이다.

에필로그

여기까지 쓰고 나서 나는 허리를 쭉 펴고 길게 숨을 몰아쉰다. 그동안 나는 55년 3개월 동안 살아온 나의 삶을 마치 어두운 밤바다를 헤쳐 오듯 이 글을 썼다. 우연에서 비롯된 한 점 씨앗으로서의 출생에서부터 지금 이 순간까지.

학교를 떠난 후 처음 6개월간은 아무 일도 안 하고 지내려 했다. 사람들은 말했다. 이제 시간 여유가 있으니 사람도 좀 만나고 여행도 다니라고. 그런데 그러고 싶지 않았다. 누굴 만나고 어딜 다니는 것도 일이다 싶은 생각에 그마저도 하고 싶지 않았다. 아무 일도 하지 않고 그냥 집에서 쉬고 싶었다. 어쨌든 다른 건 몰라도 글은 쓰지 않으려 했다.

그런데 이게 어인 일인가. 뜻하지 않게 이 글이 써졌다. 전혀 계획에도 없던 생각지도 않았던 글을 쓰기 시작했고, 한 번 손을 대자 3개월 동안 꼼짝 없이 매달렸다. 자그마한 실뿌리 하나를 건드린다는 게 그만 거대한 뿌리를 건드리고 만 셈이었다.

이 글을 쓰면서 나는 진짜 여행다운 여행을 제대로 한 셈이다. 나는 '나의 내부'를 샅샅이 돌아다녔으며, 그곳에 살고 있던 사람들을 다시 만났고, 그들과 나누었던 삶의 온기를 다시 느낄 수 있었다. 때로는 마음이 갈피없이 흔들렸고, 때로는 돌이킬 수 없는 후회에 뼈가 아팠고, 때로는 가슴에 성에가 낀 듯 서늘했으며, 때로는 오열이 터져 나와 한없이 울었다. 그만큼 떠오르는 장면 하나하나가 손에 잡힐 듯 생생했으며 구체적인 형상으로 다가왔다. 옷에 묻은 흙먼지를 마구 털어내듯 기억의 창고에서 지워졌으면 하는 부끄러운 일들도 있었고, 이제 막 파헤쳐진 붉은 상처처럼 쓰라린 일들도 있었으며, 슬프고 막막하여 생각만 해도 눈시울이 젖어드는 그런 일들도 있었다.

아, 마음의 오지(奧地)를 여행하며 얻은 선물.

지난 일을 떠올려 이렇게 이야기함은 기억만으로 되지 않는다. 더더구나 이미 드러난 객관적 사실이 아닌 개인의 고유한 삶, 내밀하고 소소한, 그리하여 드러내기 부끄러운 속살 같은 부분을 글로 이렇게 쓴다는 것은 그리 만만한 일이 아니다. 그것은 무엇보다 용기를 필요로 하는 일이며, 이성의 힘보다는 감성에 바탕을 둔 일이다. 몸이 기억하는 일들을, 오감이라는 감각기관을 통해 저 스스로 떠오르는 것들을 글이 따라가며 기록하는 일이다.

감각은 일상 속에서 발현되어 시간의 침식작용을 거쳐 과거의 기억 속에 저장된다. 어려서 처음 자동차를 보았던 일. '도락꾸'라는 트럭이 어느 날 굉음을 내며 학교 운동장에 들어와 섰을 때 그걸 보고 느꼈던 경이감. 하늘에서 떨어진 것도 아니고 땅에서 솟은 것도 아닌, 분명 그르렁거리는 소리와 함께 땅 위를 굴러들어온 그 거대한 이물스런 물체. 더구나 그 안 운전석에서 사람이 내리지 않았던

가. 운동장에 있던 우리는 처음 본 괴물체를 향해 겁먹은 가슴으로 섬칫섬칫 지켜보았고, 그러다 달려갔으며, 차갑기만 하던 그 금속성 물체를 손으로 만져보며 마냥 신기해했다. 그러다 '도락꾸'가 다시 출발하기 위해 운전수가 긴 쇠막대를 도락꾸의 코빼기에 넣고 마구 돌리자, 어느 순간 부르릉 시동이 걸려, 그때 꽁무니에서 터져 나오던 맵싸한 휘발유 냄새란. 나는 시골아이가 처음으로 맡은 그 문명의 냄새를 50년이 지난 지금도 잊지 못한다.

기억은 이렇게 몸속에 저장되어 있다가 감각의 실핏줄을 타고 온다. 그것도 어느 날 문득. 그 기억이 살아 있는 기억이며 생의 자잘한 그물망을 형성한다. 아, 그 맵싸하고 산뜻한 휘발유 냄새. 그 냄새에 얽혀 있는 여러 장면들. 그날의 시골 학교 운동장과 교정의 벚나무, 눈부신 가을 하늘. 그리고 피라미 떼처럼 몰려다니던 코흘리개 아이들.

내가 이 책에서 쓴 이야기의 대부분은 이같이 '머리'가 아닌 '몸'이 기억하고 있던 이야기들이다. 그리하여 이 글은 어느 날 쓴 일기의 한 귀퉁이에나 적혀 있을 법한 그런 사소하고 자잘한 내용들이 대부분이다. 그렇지만 나는 만족한다. 그런 자잘함에 의해 나의 삶은 비로소 피가 흐르고 온기가 돌아 살아 숨 쉬는 생명을 얻게 되기 때문이다.

이 글 앞에서도 말했지만 지금까지 내 삶을 한 마디로 정리한다면 '운동, 문학, 청소년'이라 할 수 있다. 앞으로도 그런 삶이 이어지겠지. 하루하루 잘려나간 손톱처럼 흔적도 없이 지워지는 일상 속에서, 그 일상의 자잘함 속에서, 삶의 물결무늬 같은 흔적을 몸에 새기며.

다만 예전과는 좀 다른 방식으로 살 거란 생각은 든다. 왜냐면 내가 처한 환경과 조건이 달라졌으니까. 삶의 초점을 새로 맞춘다는 말인데, 이제 나는 지금까지 타고 온 배에서 내려 생의 다른 언덕에 가 닿으려 한다. 다른 언덕. 내 인생의 또 하나의 모자이크 조각이 예비되어 있는 곳. 그 모자이크 조각 그림이 어떤 것일지는 아무도 모른다. 그러나 그곳에도 해는 뜨고 바람은 불고 사람들과의 어울림, 부대낌이 있을 것이다. 그러니 살아 보자. 천천히. 천천히 걸을수록 인생은 커지느니.

위로받고 싶은 날들

2016년 3월 15일 1판 1쇄 찍음
2016년 3월 22일 1판 1쇄 펴냄

지은이 조재도
펴낸이 김남일
편집 박성아, 이승한
디자인 김현주
관리 · 영업 김태일, 채경민

펴낸곳 (주)실천문학
등록 10-1221호(1995.10.26)
주소 서울특별시 마포구 월드컵로10길 48 501호(서교동, 동궁빌딩)
전화 322-2161~5
팩스 322-2166
홈페이지 www.silcheon.com

ISBN 978-89-392-0748-6 03810